Lunes

Chus Gago

Título original: *Lunes*

Primera edición: Julio 2015

www.editorialkolima.com

Autor: Chus Gago
Maquetación de cubierta: Patricia Fuentes
Dirección editorial: Marta Prieto Asirón
Maquetación: Carolina Hernández Alarcón

ISBN: 978-84-163642-4-4
Depósito legal: M-21639-2015
Impreso en España

A mis padres, Mª Jesús y José Antonio,
por enseñarme la vida desde la generosidad.
A Inés y Alonso, mis hijos,
por enseñarme la vida desde la inocencia.
A mi hermana Esther,
por aprender todos los minutos de la vida conmigo

Cualquiera puede ponerse furioso... eso es fácil.
Pero estar furioso con la persona correcta,
en la intensidad correcta, en el momento correcto,
por el motivo correcto y de la forma correcta...
eso no es fácil

Aristóteles, Ética a Nicómaco

Índice

Capítulo I 9

Capítulo II.................................... 23

Capítulo III................................... 35

Capítulo IV 43

Capítulo V..................................... 67

Capítulo VI 93

Capítulo VII 113

Capítulo VIII.................................. 127

Capítulo IX.................................... 153

Capítulo X..................................... 183

Capítulo XI.................................... 205

Capítulo XII 227

Capítulo XIII 239

Agradecimientos 245

Capítulo I

Cada lunes, cuando todo comienza,
no espero grandes hazañas,
sólo un montón de increíbles cosas pequeñas

Los metros de arcón frigorífico le echaron un pulso a la indecisión que guiaba mi mano mientras cogía un *pack* de yogures, miraba de reojo el siguiente, soltaba el primero, le hacía sitio al segundo, y avanzaba por el pasillo empujando el carro con el codo ante la poca operatividad de mis manos cargadas de postres que todavía no sabía si llegarían a conocer mi nevera. Las lágrimas me atacaron a traición para recordarme lo patético del hecho de no saber, a mis treinta y siete cumplidos, qué yogures me gustaban. Antes era más fácil, me justificaba en voz baja mientras confirmaba que se me daba mejor hacer la compra para los demás que para mí sola. Cuando te concentras en los otros, corres el serio peligro de olvidarte un poco de ti cada día. Y ahí estaba, pasando frío en el pasillo de los lácteos y reconociendo en el idioma del llanto descosido que había olvidado qué yogures me gustaban. La tristeza inicial le hizo sitio al rubor que invadió mis mejillas cuando me di cuenta de que estaba sonriendo como una niña pequeña cuando descubre algo sobre su forma de ser que le agrada.

La voz inesperada de Isabel por detrás de mi hombro derecho hizo que el castillo de yogures que sujetaba con una mano se tumbara como la Torre de Pisa recuperando la vertical en 3 segundos.

—Hola, Emma. Siento no haberte llamado. Lo siento mucho.

—No pasa nada –dije con media sonrisa.

—Me siento fatal, de verdad. Te tenía que haber llamado. Pero fue tan de repente, que no sabía muy bien qué decirte. Y, además, pensaba en ti, con los niños tan pequeños... Te imaginaba completamente hundida. Creo que por eso no me atreví a llamarte.

—Está bien, Isabel. No te sientas mal –le dije con toda la carga de sinceridad que pude reunir en aquellas dos frases.

—¿Te puedo decir una cosa? –me interrumpió de sopetón como si quisiera cambiar de tema.

—Claro.

—¡Pues que te veo genial! Muy guapa, no sé... Estás diferente, pero muy bien. Te veo mejor que nunca, Emma.

Dejé la vista perdida unos segundos y en mi cara se dibujó la sorpresa de escucharme con tanta seguridad diciendo:

—Me siento bien. Estoy bien. Estoy de lunes. ¡Estoy de lunes, Isabel! Y es genial.

Nos despedimos con dos besos cariñosos y la promesa (que nunca cumplimos) de llamarnos y seguir en contacto.

No recuerdo muy bien cuáles fueron los siguientes pasillos que caminé escoltada por aquel carro casi tan destartalado como mi vida. Pero mantengo vivos los sentimientos que me atravesaron después de pronunciar aquella frase.

Siempre me gustaron los lunes, pero nunca supe por qué hasta aquel encuentro casual con Isabel.

De pequeña me encantaba saltar de la cama y entrar a la carrera en el salón a coger el uniforme del cole que dormía con olor a plancha en el respaldo de una silla. Pichi azul marino, camisa blanca y jersey de punto a juego con la falda de tablas. Disfrutaba caminando los tres portales que separaban mi casa del bar de mis padres, donde desayunaba cada día con mi hermana pequeña. La misma que luego me acompañaba en el trayecto en bus hasta el colegio. Me siguieron gustando luego, cuando montaba en un pequeño Ford Fiesta blanco que aparcaba, con toda la suerte del mundo, a escasos metros de la Facultad de Ciencias de la Información en la que estudié Periodismo. Seguían sin darme pereza los lunes cuando empecé a trabajar de becaria en una pequeña emisora de radio, y por supuesto, cuando estrené temporada y contrato basura. Años más tarde, inaugurando matrimonio y nuevo destino profesional, los lunes seguían trayéndome cosas buenas. En esa época, trabajando en el departamento de eventos de un conocido portal web, fue la primera vez que alguien me hizo pensar en los lunes y en por qué eran mi día favorito de la semana.

Fue durante una dinámica organizada por el departamento de Recursos Humanos, cuyo objetivo era que los compañeros de los diferentes departamentos se conociesen mejor. El día que el equipo completo de eventos hizo aquel ejercicio, nos preguntaron un montón de cosas: color favorito, película, grupo de música, serie de televisión... y día de la semana. La forma aleatoria en la que nos habíamos sentado, alrededor de la gran mesa de la sala de reuniones, quiso que fuera la segunda en enumerar mis gustos en voz alta reconociendo, entre ellos, la pasión innata por los lunes. El silencio y las miradas socarronas de todos mis compañeros, creyendo haber encontrado a la *friki* de la empresa, llegaron justo después de que yo no supiese explicar por qué los lunes eran mi día favorito de la semana. Divagué un poco y salí como pude de la situación, desde luego muy lejos de hacerlo de forma airosa.

Pero aquel día en el supermercado, mientras hablaba con Isabel, las piezas se colocaron solas. No hice nada excepto dejar salir la verdad. Mi verdad. Toda mi vida se acababa de desmoronar, como cuando sujetas un azucarillo entre los dedos mientras lo sumerges en el café caliente. Pero yo me sentía bien, extrañamente bien.

En aquel instante comprendí que estaba de lunes. Que no estaba viviendo todo aquello como un final, sino como un principio. No estaba mirando atrás, sólo miraba hacia adelante. Se había acabado todo, pero todo empezaba de nuevo. Llevaba años viviendo con la minúscula expectativa que queda después de haber tomado las grandes decisiones de la vida. Ahora todo empezaba de nuevo y lo único que tenía por delante eran planes, ilusiones, sueños, fantasías y una vida entera por decidir. Un gran momento, el mejor de todos. El que me pondría a prueba. El que sacaría la mejor versión de mí o la peor. De repente supe que estaba quitándole el precinto a una vida nueva. Y supe que quería el papel de protagonista, nunca más el de actriz secundaria.

* * *

Volvía a casa conduciendo con la única preocupación de averiguar por qué Marco no me había cogido el móvil ni me había devuelto la llamada. No era urgente pero estaba impaciente por presumir de haber conseguido plaza para los niños en la escuela de verano. Una gran noticia. El verano en el pueblo era muy largo y pensar en mis hijos ocupando las mañanas de lunes a viernes en actividades con otros niños, me hizo subir el volumen de la canción que sonaba en el coche.

Cuando entré en casa no pude resistirme a desbaratar la tranquilidad del salón, que los cuatro niños de la casa habían convertido en su fortín particular, gritando la noticia, pero la voz de mi madre anunciando que la comida esperaba en la cocina, apaciguó los ánimos.

Mi cabeza seguía a lo suyo, elucubrando fantásticas teorías sobre por qué el móvil de Marco se había pasado al yoga a fuerza de repetir el mantra: «el teléfono al que usted llama está apagado o fuera de cobertura». Es genial lo que hace la mente cuando no tiene respuestas. Eso de rellenar huecos. No podemos con la incertidumbre y, por eso, cuando aparece para perturbar nuestras neuronas, construimos nuestras propias verdades. Pensé que tal vez, como es tan despistado, habría olvidado poner a cargar el móvil y ahora yo estaba pagando las consecuencias. Por si acaso decidí tener una versión B que explicara lo sucedido, sosteniéndose de puntillas en la idea de que hubiese vuelto a dejarse el móvil olvidado sobre la mesita de noche. Los gritos de Julia desde la cocina pidiéndome que regañara a Santos por llamarla «pestilencia» pulverizaron el tercer as que esperaba turno en mi manga.

Los niños saben ser muy inoportunos sin proponérselo. Irrumpí en la cocina increpando a Santos desde el pasillo para que dejase de insultar a su hermana.

—Pero mamá, es que Julia no quiere que pongamos Disney Channel –se justificó.

El primer estribillo de *Vértigo* de U2 me hizo parar en seco delante de la puerta de la cocina y me dejó el tiempo justo para asomarme y dictarle a mi madre la táctica a seguir:

–Mamá, si no se ponen de acuerdo los cuatro, les quitas la tele.

Avancé por el pasillo y salté con soltura los escalones que me separaban de la mesa baja del salón, donde mi móvil se iluminaba con la misma intensidad que mi decepción.

—Hola, Jess. ¿Sabes algo de Marco?

—No, no he hablado con él. ¿Por qué? ¿Pasa algo?

—No sé, le llevo llamando toda la mañana y tiene el móvil apagado.

—Habrá tenido mucho lío en el trabajo o se habrá dejado el teléfono en casa, tranquila. ¡Joder, qué susto me has dado! ¿Qué tal los peques? ¿Cómo se portan?

—Ah, sí. Bueno, tienen sus ratitos... Ahora están comiendo. ¿Quieres hablar con ellos?

—No, que coman tranquilos, luego llamo. Y no te preocupes por Marco, que te conozco. ¿Vale?

—Vale. Luego hablamos. Besos.

Intenté darle toda la credibilidad del mundo a ese «vale», pero erré. Lo sabía, y mi hermana también.

—Mamá, ¿podemos comernos el postre viendo la tele en el salón?

—Sí, pero sin peleas.

Los niños se reían viendo a Novita y a Doraemon haciendo de las suyas. Me quedé mirando la pantalla pensando en lo práctico que sería que de ese bolsillo mágico saliera un *comunicador telepático* que nos dejase hacer llamadas mentales; o una *ventana estelar* a la que poder asomarse para ver qué está haciendo alguien que no coge el teléfono en toda una puta mañana.

* * *

Intentar disimular delante de la que te ha parido suele ser una forma como otra cualquiera de perder el tiempo. Supe que se había dado cuenta cuando escuché las palabras mágicas: «Estás muy callada, Emy». Me llamaba así desde el primer recuerdo no prestado que tengo de mi infancia. Tendría 6 años. Puedo verla con el pelo recogido, en la cama de un hospital recuperándose de una operación de apendicitis y pidiéndome con resignación que parase de hacer ruido golpeando con los talones la pata de la silla. Todavía hoy lo hago cuando me pongo nerviosa. «Emy, para con los pies, cariño». Me gustaba cómo sonaba Emy, me gustaba de verdad. En el colegio conseguí que todo el mundo me llamase así, salvo cuando me metía en algún lío. Entonces dejaba de ser Emy por un instante para convertirme en Emma, o en Emma Bisar en el peor de los casos.

Rompí la ternura de aquel viaje en el tiempo mintiendo.

—Estaba pensando que olvidé preguntarle a Jess si al final subían este fin de semana.

—Qué bien lo de la escuela de verano para los niños. ¿Cuándo empiezan?

—Mañana, a las 9.00 h tienen que estar allí.

—No has probado la ensalada.

—Es que no me apetece mucho –mentí de nuevo.

Tampoco me apetecía bajar a poner orden en el salón, pero había que hacerlo. Esta vez eran las chicas. Julia y Amanda eran primas pero se estaban criando como hermanas, supongo que por eso discutían el doble que cualquier otra pareja de primas. A veces Marco se enfadaba cuando oía a Julia referirse a Amanda como a su prima hermana. No entendía el matiz; para él los primos son primos rasos sin más gradación. No conseguí convencerle nunca de que cuando te abres las rodillas ene veces con la bici de tu primo, duermes en su casa tantos sábados como en la tuya, o pierdes la cuenta de las reprimendas que te llevas en su lugar o por su culpa, el fino lazo sanguíneo que separa primos de hermanos desaparece casi por completo.

Cuando entré en el salón descubrí con alivio que me había quedado sin misión. Todo estaba tranquilo y en armisticio. Julia cedió el puesto y prometió en silencio esperar a que Amanda terminara su turno con la Nintendo. En el otro sofá, Santos dormía junto al pequeño de la camada que miraba la televisión ya casi soñando. Juan sería el siguiente en caer.

Cuando volví a la cocina, la única tarea que quedaba por hacer era barrer y fregar el suelo. Busqué el cepillo en el hueco que dejaba la nevera junto a la pared y empecé a empujar las migas de pan que se escondían entre las patas de la mesa y las sillas. Mi padre, sentado, movía los pies para esquivar la escoba mientras se ponía al tanto del último fichaje de algún equipo de fútbol en las páginas del periódico, pero cuando me vio rondarle con la fregona en una mano y el cubo en la otra, decidió trasladar el campamento. A solas con mi madre, mientras esperaba apoyada en la fregona a que vaciara la lavadora y perfumase de jabón de Marsella toda la planta baja de la casa, volvió a preguntarme si estaba bien y yo volví a mentirle.

Me quedé fregando el suelo mientras ella salía a tender. Aquello, más que fregar, era azotar baldosas. Pasó de repente. Dejé de estar preocupada y empecé a estar enfadada, muy enfadada. ¿Cómo coño alguien se puede dejar el móvil en casa? En toda la mañana. ¿Ni una vez te has acordado de nosotros? ¿Por qué no me has llamado desde otro teléfono? Tú, mejor que nadie, sabes qué me preocupo con estas cosas.

De todas las respuestas que mi gran imaginación dibujó para aquellas preguntas, ninguna consiguió aproximarse, ni un poco, a la verdad que esperaba agazapada en la garganta de Marco y que me sería revelada en los cinco minutos siguientes. Justo el tiempo que separó los gritos de los niños en el salón al verle y los primeros balbuceos que me espetó en nuestra habitación.

Escuché aquellas palabras sentada sobre el borde de la cama con la mirada empañada de sorpresa e incomprensión.

—Emy, este verano no voy a venir al pueblo. Quiero que nos demos un tiempo. El último año ha sido durísimo para mí. No sé lo que quiero. Necesito tiempo para pensar sobre mí, sobre nosotros.

—Espera. Marco, ¿me estás diciendo que quieres que nos separemos?

—No lo digas así. Te estoy diciendo que no voy a venir aquí de vacaciones. Que todavía no sé lo que quiero hacer. Que necesito pensar y decidir. Que ya no te quiero como antes.

Noté las lágrimas, un horrible nudo en la garganta y esa frase retumbando en mi cabeza: «ya no te quiero como antes». Y me quedé allí sentada, con las manos rendidas sobre las piernas, mientras él seguía de pie, hablando y hablando con la única distracción del sol que entraba por la terraza y le hacía entrecerrar sus grandes ojos castaños. Si aquella noche hubiera querido inmortalizar lo sucedido en un diario, no habría podido porque, desde aquel preciso instante, dejé de escucharle.

Su voz, grave y segura, se convirtió en una especie de murmullo que resonaba lejos de las palabras que yo me dirigía contra mí misma y que él no podía escuchar.

«Ésta era la china que llevaba en el zapato. Por esto pasó todo aquello. Por eso estuve tan triste». Es difícil y tremendamente irónico describir la sensación de alivio que me golpeó en aquella habitación, con más fuerza que las palabras que acaba de escuchar saliendo de boca de mi marido. Supongo que fue la excitación por haber encajado las piezas de aquel puzle con el que llevaba peleándome dos años, la que me hizo levantarme de la cama y tranquilizar a Marco que seguía hablando, aunque ahora con la voz algo entrecortada por las lágrimas. No pregunté si había otra mujer porque no quería saberlo, pero insistí en averiguar cómo y cuándo se lo diríamos a los niños. Marco estableció un calendario, que aunque tenía pinta de improvisado, creo que traía redactado en una nota de su *smartphone*. Nos robamos dos promesas, le acompañé al coche y en 45 minutos embalamos 13 años de vida compartida.

Le obligué a prometer que no dejaría que nadie en su presencia dijera «pobre Emy», o alguna frase de ese tipo. Y él hizo que me comprometiera a hacer todo lo posible por salir adelante con la garantía de que estaría ahí para ayudarme.

Para el tercer juramento elegimos el coche. Mientras me destronaba a la fuerza del asiento del copiloto, nos dijimos que seguiríamos siendo buenos amigos. Sellamos aquella sentencia con lágrimas cargadas de cariño, impotencia y conformismo.

Todavía hoy sigo sin tener muy claro cuándo me estoy adaptando a la vida o cuándo me estoy conformando con ella.

Pensé que no debía mirar, pero la tentación de hacerlo fue más fuerte. Giré la cabeza y vi cómo su coche se perdía sobre el asfalto junto a proyectos, ilusiones y cualquier esperanza de recomponer nuestra historia.

La cuesta que me esperaba por delante cuando cambié la vista fue como un mal presagio que me hizo aminorar el paso y tratar de visualizar, a modo de ensayo general, cómo sería la entrada en casa. No tuve que esperar mucho; con apenas 15 pasos salí de dudas.

Tampoco tuve que entrar en casa ya que el «Comité de Acción Familiar» me esperaba con casi todos sus miembros en el jardín delantero. Notaron que había llorado y adivinaron que las noticias no serían buenas, pero todos ellos negaron durante más de diez minutos mi versión de los hechos. El bombardeo de preguntas fue demoledor, y no por lo que dolieron algunas, sino porque no tenía respuestas para casi ninguna. ¿Cómo que Marco y tú os separáis? ¿Así, de repente? Pero si se os veía fenomenal. ¿Qué ha pasado? ¿Qué te ha dicho? ¿Hay otra mujer? ¿Es definitivo? ¿No podéis arreglarlo?

Estaba respondiendo como podía con mi verdad incompleta, cuando Julia se paró frente a mí y me preguntó por qué estaba llorando.

—¿Es porque papá se ha ido?

—Un poco por eso, cariño. Pero, sobre todo, porque papá ha venido a darnos una mala noticia.

—¿Está malita la abuela Carmen?

—No, mi vida.

»Es por el trabajo de papá. Tiene que viajar mucho este verano y no podrá venir de vacaciones con nosotros.

—¡Pobrecito!

Su ternura y la credulidad de sus siete años volvieron a hacerme un nudo de dos vueltas en la garganta, mientras la abrazaba muy fuerte como si quisiera pedirle perdón por haberle mentido.

Levanté la vista y vi aquel jardín partido en dos, como una especie de *yin y yang*. En un lado, los niños reían y se zambullían en la piscina portátil, y en el otro, un tribunal familiar armado de cariño e impaciencia esperaba respuestas que yo no podía darles.

Marco nunca se disculpó por no haberme llamado. Lo más cerca que estuvo de hacerlo fue cuando, de camino al coche, me explicó que había tenido que apagar el móvil aquel largo martes porque sabía que, si escuchaba mi voz, tampoco aquel día podría haber ido a decirme lo que llevaba un año rondándole la cabeza y el corazón.

Es curioso lo que ocurre a veces con el tiempo. Te quedas sentada en unos escalones, con la mirada perdida en los tejados de colores de las viejas casas que custodian una ansiada llamada de teléfono, con la sensación de que llevas ahí toda la vida, y apenas han pasado 5 minutos. Luego irrumpe la tarde, y la primera hora y media pasa volando llevándose en su estela púrpura un matrimonio, una familia y una vida. Y no te ha dado tiempo ni siquiera a parpadear.

Siempre hay una primera llamada de teléfono cuando algo así sucede.

—Hola, Emy. ¿Qué tal todo? ¿Tienes a los peques por ahí?

—Hola, Jess. ¿Dónde estás? Te escucho fatal.

—¿Hola? ¿Emy?

—¿Jess? ¿Me oyes? ¿Jess?

Hubo un segundo intento que sólo devolvió silencio cuando a mi hermana Jess le tocaba hablar. Volví a rendirme, por segunda vez en aquella tarde, dejando el móvil sobre la mesa, mientras hacía sitio a la bandeja de bocatas que traía mi madre. Los niños no tardaron mucho en abalanzarse sobre ellos y en discutir por el color de los batidos. Toda aquella situación era cotidiana, pero yo me sentía extraña. Me faltó el aire al recordar que en pocos minutos estaría rebobinando de nuevo la visita de Marco para contarle a Jess lo sucedido. Pensé en los amigos que llamarían para preguntar qué tal iba el verano, en los padres de Marco, en sus hermanos, en la condescendencia con la que todos susurrarían: «pobre Emma».

Debía ser miedo. Miedo frío, ése que te congela la sangre y te paraliza los sentidos.

Conseguí que el aire volviera a entrar en mis pulmones con la ayuda de algún que otro suspiro y un poco de inspiración. Alguien debió crear las musas para este tipo de situaciones, aunque también les saquen las castañas del fuego a los escritores. Busqué mi musa particular y no tardé mucho en recordar a mi abuela acariciándome con dulzura la mejilla para hacerle sitio a uno de sus pellizcos.

Lo suyo había sido mucho peor. Ella se enfrentó a la pérdida de su marido con sólo 35 años, 4 hijos, unas pocas tierras y muchas deudas. Pocas huestes para la batalla que aquella mujer tuvo que librar.

Pensar en su problema me ayudó a relativizar el mío. Aunque la sensación de alivio duró poco, lo que tardé en llevarme el móvil al oído para escuchar a Jess preguntando qué tal iba todo.

—Imposible llamarte desde el taxi, no oía nada. ¿Qué tal? ¿Qué hacen los niños?

—Acaban de merendar y vuelven a estar todos en la piscina. –Titubeé un poco antes de continuar hablando–, Jess tengo que contarte algo importante. No sé cómo decírtelo.

—¿A que has discutido con Marco? No da señales de vida en todo un puto día, te enfadas con él, y ahora vas pedo de culpabilidad. Como si lo viera. ¡Joder, Emma!

—Bueno –respiré hondo y lo solté a bocajarro–, Marco ha venido al pueblo esta tarde para decirme que quiere que nos separemos.

Jess se quedó en silencio. No decía nada, pero la oía respirar al otro lado del teléfono.

—¿Cómo que quiere que os separéis? ¿Así, de repente?

—Sí... –Jessica me atropelló con su siguiente pregunta y no pude seguir hablando.

—Emma, las cosas no pasan así. No entiendo nada. Se os veía muy bien pero, ¿teníais problemas?

—No, de verdad, todo estaba bien. El último año Marco ha tenido mucho trabajo, estaba un poco más pensativo, a veces también de peor humor, pero nada más.

Podía ver la cara de tonta que se me estaba poniendo a medida que aquellas palabras iban saliendo de mi boca. Diez años de matrimonio volaban por los aires y yo ni siquiera sabía explicarle a mi hermana pequeña las razones de todo ello.

Capítulo II

Hola, Lunes. Pasa despacio, entra sin ruido
y cambia las cosas de sitio.
Tendrás que esperarme un rato mientras me maquillo
y dejarme bailar frente al espejo de mi cuarto

Pasa en los primeros días y llega sin avisar abriéndose paso entre lágrimas, algunas noches de insomnio, desilusión, confusión y rabia. De repente irrumpe en todo esto la esperanza de que volverá para darle la razón a mi madre, cuando me consoló aquella tarde diciéndome: «El que se va sin que lo echen, vuelve sin que lo llamen».

Habría dormido como mucho dos horas, aunque lo había estado intentando por lo menos diez. Me desperté al lado de Julia que todavía me abrazaba y me hacía cosquillas con su largo pelo negro en la cara. Sabía que no lo había soñado. Sabía que era verdad, que había pasado, pero miraba a Julia y a Santos, que dormía en la cama de al lado, y pensaba que igual todo era un enorme malentendido.

Marco era la persona más impulsiva que conocía. Le pegaba confundirse de esa manera, dudar de sus sentimientos hacia mí, darle un par de vueltas y coger el coche para plantarse aquí a decírmelo a la cara. Cuando recordé que me había dicho que el último año había sido horrible para él, me estremecí como si tuviera frío y comprendí que la explicación que acababa de componer tenía una grieta. Una enorme grieta de inconsistencia que hizo que mi teoría se desintegrase en mi mente como la empatía en la cabeza de un psicópata. Comprendí entonces, que aquello había sido cualquier cosa menos un acto impulsivo y supe, con una certeza inmortal, que

Marco nunca volvería conmigo. Se había ido para siempre. Me quedé inmóvil mirando el paisaje que tenía delante. El pequeño Santi dormido junto a su inseparable peluche Blue, Julia enroscada sobre mí y, tapándonos a las dos, aquel viejo edredón lleno de corazones estampados. ¡CORAZONES, por el amor de Dios! Era del todo ridículo. ¿Cómo alguien que se despertaba con aquel paisaje, podía querer mirar hacia otro lado? ¿Por qué Marco había dejado de ser feliz?

Me dejé escurrir entre los brazos y la pierna derecha de Julia y salí del cuarto sin hacer ruido. El olor a ropa recién planchada a aquella hora dejó claro que mi madre tampoco había dormido muy bien.

—Hola, cariño –dijo sin mucho énfasis.

—Hola, mamá. Buenos días.

—Espera, apago la plancha y bajo contigo a la cocina.

El «buenos días» que mi padre me dio aquella mañana todavía me aprieta en el alma cuando lo recuerdo. Es un hombre de pocas palabras pero de ésos que, a pesar de tener pocas, siempre tienen las correctas. De ésos, que cuando no encuentran las palabras, se explican sin ellas haciendo, no diciendo.

Sin mirarme a los ojos me contó todo lo que había para desayunar. No se había dejado nada. Le había dado tiempo a comprar un enorme roscón de bizcocho, típico del pueblo, pomelos frescos por si me apetecía un zumo, galletas María, tostadas de pan, miel, mermelada, mantequilla, cereales de ésos para mantener la línea y hasta queso blanco. Mientras mi madre me colocaba una taza de café en la mesa, mi padre se acercó con un *brick* de leche de soja que me hizo sonreír para devolverle tanta ternura. Sabía que estaban conmigo, como siempre, pero su forma de expresarlo me conmovía.

Posiblemente debería haber respondido desayunando a dos carrillos y no con aquella insulsa sonrisa, pero en mi sorprendido estómago sólo había sitio para el café.

Pensé que sería buena idea arreglarme antes de que se despertaran los niños. Subiendo la escalera decidí que aquel ridículo edredón salpicado de corazones tenía los días contados. Sin embargo, en menos de un minuto, mientras me quitaba el pijama en el cuarto de baño, lo indulté al recordar cuánto le gustaba a Julia. Al recordarme sentada sobre él dándole el pecho a Santi. Al recordarnos a los cuatro escondidos bajo su calor de plumas jugando a la *Cueva de los Gatitos*. Los recuerdos buenos ganaban a los malos y me hicieron levantar el pulgar reclamando clemencia como hacían los emperadores en el circo romano.

Me miré de arriba a abajo y pensé que no estaba tan mal. Que todavía tenía un bonito cuerpo. Menudo, pero «resultón». Sonreí avergonzada por aquel pensamiento. ¿Qué ganas puede tener una mujer de pensar en otros hombres cuando acaban de dejarla? Bien, pues no tengo una respuesta universal a esa pregunta, pero tengo la mía: TODAS LAS GANAS DEL MUNDO. Me hacía ilusión pensar que la mujer que Marco había sacado de su vida podía resultarle atractiva a otro hombre. O tal vez era morbo ;-)

Mientras me duchaba, aquella ingenua ilusión hacía el mismo recorrido que el agua caliente y la espuma que resbalaban por mi piel hasta desvanecerse por el desagüe. El hueco de la ilusión lo ocupó la vergüenza. Un año dándole vueltas a todo aquello. Un año entero pensando en cómo dejarme. Eso significaba un montón de mentiras. Mientras me enjabonaba el pelo, sentí mucha vergüenza al recordarme en aquella habitación de hotel en la que estábamos celebrando nuestro décimo aniversario, y yo insinuándome para que hiciéramos el amor.

—¿Te has enfadado en serio?

—Joder, Emma, es que te estoy diciendo que estoy cansado y sigues insistiendo.

—Lo siento. Te dejo dormir tranquilo. Buenas noches.

—Buenas noches.

Me giré para intentar dormirme como si nada hubiera pasado. Pero había pasado. Otra vez. Disimular como alternativa a asumir #esmalo. Ahora lo sé.

Por la mañana, Marco me despertó besándome el cuello y abrazándome por la espalda. Me giré despacio para corresponder a su beso y fingimos que la noche anterior no había pasado nada haciendo el amor.

Aquélla fue la última vez que lo hicimos. La última vez que hicimos el amor para siempre. Nunca más volveríamos a estar juntos de aquella manera.

La temperatura del agua, el vaho, y aquel pensamiento hicieron que me mareara. Me costaba respirar, como si el vapor que se había condensado en el baño fuera una pesada losa sobre mi pecho cuando intentaba ventilar mis pulmones. Cerré el grifo y corrí las cortinas de la bañera buscando aire más fácil de respirar al otro lado. Me fui tranquilizando parada sobre una toalla de flores en el suelo mientras me cubría el cuerpo con el que había sido mi albornoz desde los diecisiete años. «Él no se ha cansado de mí», pensé. Y volví a sonreír ;-)

Un mensaje en el móvil me dio la bienvenida en el cuarto. Cuando entré, Santi se estiraba mientras buscaba de reojo a su inseparable elefante Blue.

—¡Buenos días, ratón!

—Buenos días, mami. ¿Ya se ha despertado Juan?

—No, los primos todavía están durmiendo.

—¿Y Julia?

—Shhh. Julia también está dormida. Habla bajito para que no se despierte. Todavía es temprano. ¿Quieres que baje contigo a desayunar?

—Mamá, ¿por qué he dormido yo en tu cama?

—Es que tuve una pesadilla anoche. Cuando me desperté tenía miedo y no me podía volver a dormir. Te cogí muy despacio y te puse en mi cama para probar a ver si me podía volver a dormir. ¡Y funcionó!

—El próximo día que te pase, puedes probar a dormir conmigo, ¿vale?

—Trato hecho, ratón. Hala, vamos a desayunar.

Todavía hoy pienso que sin ellos no lo habría conseguido. Es increíble de qué manera un niño te baja a la tierra desde cualquier planeta al que se escape tu mente. Tres minutos antes de aquella conversación estaba en el planeta Vergüenza, orbitando entre Nostalgia y Preocupación. De repente, ¡zas! Vuelta a la vida real entre cereales de chocolate, pesadillas inventadas y sinceros besos de buenos días.

Mientras Santi desayunaba, mis padres y yo disfrutábamos de un nuevo capítulo de *Doraemon*.

—El Novita éste es un poco tonto, ¿no? –dijo mi padre mientras buscaba a tientas una libreta para hacer la lista de la compra.

—Yayo, no te metas con Novita que es muy bueno. El que es más tonto de todos es Gigante.

—A mí la que más me gusta es Shizuka. Es muy simpática y siempre ayuda a Novita. Yo creo que son novios –dijo Julia entrando en la cocina.

—Bueno, si son novios, muy bien. El problema es cuando se casen y el asqueroso de Novita se vaya con otra. Entonces la buena de Shizuka se quedará llorando con el corazón roto, dos o tres hijos pequeños...

—Mamaaaaaaá –intervine, pronunciando su nombre entre dientes y cambiando de tema para que se detuviera–. ¿Me puedes acercar la leche de soja, por favor?

Los niños se rieron y empezaron a cuchichear entre ellos —«Yaya dice que Novita es un asqueroso»— y se volvían a reír.

El mensaje que esperaba en mi móvil era de Marco. Un escueto: «He llegado bien a casa. Me duele muchísimo hacerte pasar por todo esto. Te quiero mucho».

«Sí, seguro, me tienes abrumada con tanto amor». Aquello fue lo que pensé pero no manché de cinismo la pantalla del móvil cuando tecleé la respuesta a su mensaje: «Me alegra saber que has llegado bien. No te preocupes, todo irá bien».

Respiré hondo, me giré hacia el armario y comencé a mover perchas de izquierda a derecha. Faltaba algo y sabía exactamente lo que era. En segundos mi pulgar elegía B.S.O. para aquel momento. La elegida fue *One*, de U2. Los cuatro irlandeses siempre han sabido ambientar los grandes momentos de mi vida. Como aquella vez cuando me dejó mi primer novio y caminaba distraída por un pasillo del Metro como si la vida no fuera conmigo. Un chico tocaba con una guitarra, me gustaba cómo sonaba. Así que eché mano al bolsillo de mi vaquero y saqué una moneda de 500 pesetas. Por el rabillo del ojo me di cuenta de que el músico había visto la moneda. Devolver la moneda en busca de otra de menor valor dejó de ser una opción. Así que alargué la mano y dejé caer las 500 «pelas» sobre la ruidosa caja de puros de madera. Sonreí en respuesta a su reverencia con la intención de seguir mi camino hacia la facultad, cuando él me dijo:

—Espera, elige una canción. La que tú quieras, la tocaré para ti. Has sido muy amable.

Allí, parada en medio del pasillo, con gente pasando de izquierda a derecha, sin que nadie reparase en mí pero sintiéndome observada por todos... no supe elegir. Escuchaba música a todas horas y no se me ocurría una canción para salir de aquel apuro.

—La que toques estará bien –le dije.

—Muy bien, chica generosa. Elegiré por ti.

Y de aquella guitarra empezó a salir *With or Without you*. Me pareció increíble que hubiera elegido una de mis canciones favoritas. Me quedé allí parada sin rastro de prisa ni timidez, sólo escuchando a aquel chico desconocido animándome a seguir adelante parafraseando a mi grupo favorito de música. Posiblemente la canción hable de otra cosa, pero para mí aquel día se convirtió en una espacie de himno que me llevó en volandas el resto del camino, el resto de aquel día y de los siguientes.

«*...con o sin ti, puedo vivir...*»

Adoro la música y también la poesía, porque ambas nos dan la libertad de adaptarlas a nuestras propias experiencias, a nuestros propios intereses. Un poema, la letra de una canción en cualquier idioma del mundo, importan porque nos alivian, nos hacen decir «eso es, justo así es como me siento», aunque estemos a kilómetros de lo que realmente quiso decir su autor o autora al escribirlas.

Ese día se merecía una de U2, una de las buenas, *One*.

You say one love,
One life
When it's one need in the night
One love, we get to share it
Leaves you baby if you don't care for it...

Elegí con cuidado la ropa que me iba a poner porque, definitivamente, aquél no era un día cualquiera. Vaquero corto, camiseta de flores y sandalias. Me maquillé un poco, como todos los días, revolví con cuidado mi pelo corto y bajé las escaleras dispuesta a echar a suertes con los cuatro niños quién de ellos me acompañaría a comprar el pan y algunas chuches antes de llevarles a la escuela de verano. Canturrear *One* a ratos, me hacía sentir bien.

Le tocó a Julia (aunque tengo que confesar que amañé un poco el sorteo, haciendo coincidir el número que había pensado con el que había dicho mi hija en voz alta).

Me apetecía pasear con ella de camino a la tienda. Agradecí mucho la falta de suspicacia que se tiene a los siete años.

—Julia, podríamos bajar unos helados para todos de la tienda –le dije mientras apretaba un poco su larga coleta estirando con fuerza de los gruesos mechones en los que la había dividido.

—Vale, mamá –dijo ella con su entusiasmo habitual.

Saliendo de casa, le agarré la mano y comenzamos a pasear hacia la tienda.

—Julia, siento haber estado un poco triste ayer. Ya sabes, cuando vino papá. Es que me da mucha pena que no pueda venir de vacaciones este verano.

—Pero mamá, si papá se da mucha prisa y hace muy rápido su trabajo, igual sí que puede venir.

—No creo que pueda, cariño. Su jefe le ha encargado un trabajo muy difícil.

—¿Y tú no puedes ayudarle, mamá?

—Esta vez no puedo, Julia. Este trabajo es muy complicado y sólo puede hacerlo papá.

Bueno, esta vez por lo menos no le había mentido. Tampoco había sido el colmo de la transparencia precisamente, pero mentira no era. El trabajo que tenía por delante no parecía de los fáciles, pero el de Marco tenía todavía peor patrón que el mío. No podía dejar de pensar en nosotros como un equipo. Llevaba, ¿cuánto?, trece años haciéndolo. Mucho tiempo como para darle esquinazo tan pronto a aquella vieja costumbre de pensar siempre por los dos.

«El número de teléfono al que llama está apagado o fuera de cobertura». Empezaba a odiar aquella frase casi tanto como a Marco. Gaby seguía en Santo Domingo incomunicada del mundo. Me había advertido, pero también me había asegurado, que intentaría conectarse de vez en cuando por si había alguna llamada importante y dar señales de vida. Tal vez debería dejar de insistir para ahorrarle el «parraque» que se llevaría el día que conectase el móvil y viese 40 llamadas mías. Aunque, bueno, por una más no iba a pasar nada. Tres tonos, el cuarto y el número de teléfono...

—Emy, ¿estás arriba?

—Sí, mamá.

—Baja, anda. Ha pasado tía Carmen a tomar un café.

—Intentaba hacer una llamada desde mi cuarto –dije atravesando el quicio de la puerta–, sólo tengo cobertura en las dos losetas que hay entre el armario y la ventana de mi habitación. ¡Hola, tía!

—Hola, cariño. ¿Qué tal estás?

—Bueno, estoy tranquila. Con un poco en *shock*, todavía, pero tranquila.

La palabra resignada me la dejé en el tintero, pero sabía perfectamente que lo estaba. Resignada y conformada.

—Anoche, hablando con tu tío de todo esto, nos acordamos de cuando le pasó a Rosa. Lo de Rosa fue un poco diferente, pero ella también tenía dos niños cuando su marido la dejó por otra.

—Tía –le interrumpí–, no sé si Marco me ha dejado por otra.

—Qué tonta eres, Emma. Pues claro que te ha dejado por otra –asestó mi madre.

—Marco ya no me quiere. De momento ésa es la única verdad.

—¿Verdad? ¿En el último año crees que ha salido alguna verdad de su boca, Emma?

No pude responder, no me salían las palabras pero sí las lágrimas. Joder, cómo podía seguir creyendo en él. Cómo no me di cuenta de nada. Cómo no pude anticiparme a todo aquello. Dónde estaba mirando para ni siquiera verlo venir. Lo más frustrante de todo era seguir viendo pasar los días sin la más mínima respuesta.

—Emma, si esto va en serio, deberías hablar con un abogado.

Sólo escuchar aquella palabra me estremeció de los pies a la cabeza y me sacó de mi soliloquio interior de un empujón. ¿Un abogado? Ése suele ser el siguiente paso en el guión de toda separación matrimonial. Tocaba averiguar si yo quería seguir ese guión o escribir mi propia película. Mis pensamientos se interrumpieron para dejar paso a una larga lista de esos *hashtags* frívolos de Twitter y empecé a ordenar #peliscondivorcio:

- *El señor de los divorcios*
- *Harry Potter y el divorcio fisolofal*
- *Cuando Harry se divorció de Sally*
- *Un divorcio maravilloso*
- *Piratas del divorcio*

La ocurrencia era tan ridícula como divertida y me ayudó a escapar, por lo menos en alma, de la conversación que había atrapado a mi cuerpo.

Había cariño y buenas intenciones pero no me apetecía seguir allí. Ambas interpretaron mi silencio como una señal inconfundible de que el agua empezaba a salirse del vaso y lo dejaron para otro momento.

Jess me hizo subir los escalones de dos en dos para descolgar a tiempo.

—¡Hola!

—Hola. ¿Me oyes bien?

—Sí, estoy en mi cuarto. Aquí tengo cobertura. Creía que no me daba tiempo a coger el teléfono –le dije respirando como podía.

—¿Sabes quién ha venido a verme esta tarde a casa?

—¿Marco?

—Muy bien, a la primera.

—¿Qué te ha dicho?

—Creo que ha sido bastante sincero y directo, la verdad. Está convencido de que es algo definitivo. Pero está muy confundido todavía con todo esto. Cree que ha hecho lo que tenía que hacer pero no sabe si ha hecho lo correcto.

—Es más o menos lo mismo que me dijo a mí.

—Jura y perjura que no hay otra mujer.

—No creo que haya nadie, Jess. En serio. Me habría dado cuenta.

—Emy, no te enfades conmigo, pero tú no sabes desconfiar de la gente. Marco te podría haber estado engañando años.

—Supongo que sí –dije con la voz un poco derrotada, justo antes de que las lágrimas hicieran acto de presencia–. Me siento tan tonta, Jess. ¡Tan idiota! ¡Tan ridícula!

—No eres nada de eso, ¿me oyes? El único idiota y ridículo en todo esto es Marco, que te quede claro.

—¿Y tú qué le has dicho?

—Le he dicho que no estás sola. Que estamos todos contigo y que no dejaré que te haga mucho más daño del que ya te está haciendo. Que siempre has estado ahí entregada a él y a su profesión y que no va a venir ninguna zorra a aprovecharse de tu sacrificio y de tu esfuerzo.

Seguía llorando pero aquellas palabras me aliviaron. Debió ser la seguridad de saber que alguien le había dicho a la cara a Marco lo que no le había dicho yo. ¿Por qué me seguía costando tanto enfrentarme a él? ¿Por qué aquel miedo al conflicto?

Preguntas y más preguntas que me arrollaban y me hacían dar vueltas como el tornado que se llevó a *Alicia al País de las Maravillas.* Ahora sería un buen momento para estar allí. No para siempre, sólo para pasar allí el resto de las vacaciones. Tal vez para encontrar respuestas o encontrar un camino de baldosas amarillas que me llevase de puntillas hasta saber qué debía hacer con mi vida a partir de aquel momento.

—Mamá, es papá –gritaba Santi mientras corría en dirección a la cocina sujetando mi móvil. Tragué como pude un pequeño trozo de queso blanco embadurnado en miel y respondí a la inoportuna llamada.

—Hola, Marco. Estamos cenando.

—Lo siento, llamaba para hablar un poco con los niños, pero, si están cenando, llamo más tarde o mañana.

—No, espera, te los paso. Ellos ya han cenado.

—Mmm, Emma...

—Dime.

—También quería saber cómo estás tú...

—Bueno, estoy... haciéndome a la idea y sin llorar más de lo necesario.

—...

—¡Hola! ¿Marco?

—Sí, estoy aquí –dijo después de haberse quedado en blanco–. Entonces, ¿puedo hablar con los niños?

—Claro. Te paso a Julia.

—Julia, cariño, ponte que es papá –grité desde la cocina.

El estilo de mi hija al teléfono era igualito que el de su padre: hablar mientras ponía tierra de por medio dando cortos paseos sin destino fijo. Mientras terminaba de cenar pensé en el silencio de Marco al teléfono. Le faltaban las palabras. Qué difícil debe ser encontrar las palabras para consolar a alguien a quien le has roto el corazón. Creo que yo tampoco sabría cómo hacerlo. ¿Qué se le dice a alguien después de decirle «ya no te quiero»?

El balance de aquellos primeros días tiene difícil etiqueta. Dicen que al principio a todo le invade la negación, pero yo ésa me la salté. Bueno, más que saltármela, creo, sinceramente, que tuve un gran periodo de negación un año y medio antes de separarme. Por eso aquellos primeros días para mí fueron fundamentalmente de aceptación.

Capítulo III

Día pequeño, día grande... da igual.
Hoy empieza mi reinado

Cuando se tiene una misión de tal magnitud por delante, te despiertas cada mañana con la sensación de tener siempre algo importante que hacer. Los días dejan de ser rutinarios para convertirse en extraordinarios. Es posible que hasta tengan otra luz, otro color. Elegí el verde. O el verde me eligió a mí. Me gustaba salir al jardín con un libro, sentarme en un rincón y perder la vista por encima de las páginas vagabundeando con los ojos por el verde menta del césped. (Lo del libro hoy sería un clarísimo ejemplo de «postureo», una forma discreta y sencilla de que no me sacaran el tema o de colgarme al cuello por un rato un cartel de «Se ruega no molestar»).

No era una mala defensa para los demás, pero ¿quién o qué podía aislarme de mí misma? Cuando no sabía muy bien cómo podía engañarme por un rato para sacarme todo aquello de la cabeza, Zafón y su *Sombra del Viento* me funcionaron muy bien. Devoré aquel libro como si encerrara todas las respuestas que necesitaba, o quizás como si aquello nada tuviera que ver conmigo ni con lo que me estaba pasando.

Me inspiró aquel: «Ande, vamos. Que a usted y a mí nos esperan, Daniel. Nos espera la vida». Eso era justo lo que me esperaba al otro lado de las sábanas aquella brillante mañana del mes de julio. Me levanté saltando por encima de Julia y me abalancé sobre el armario. Pantalón corto vaquero, camiseta blanca salpicada de lunares y sandalias. *Et voilà*, estaba vestida para la vida. Una vida pequeña que me esperaba impaciente al otro lado de la puerta.

Claramente, mi madre no compartía aquel repentino entusiasmo mañanero. Me di cuenta por su forma de confirmarme que volveríamos a llegar tarde a la escuela de verano. Tenía razón. Dejé a mi padre el encargo y la responsabilidad de un café con leche de soja y subí pitando a despertar a los niños. A ellos, más que vestirles para la vida, los vestí con lo primero que pillé en el armario, dejando un tiempo prudencial para el desayuno y para el tira y afloja del lavado de dientes. ¿Alguien sabe cuántas veces hay que decirle las cosas a un niño para que obedezca?

El camino de vuelta desde la escuela de verano, donde había despedido a los niños interrumpiendo la primera manualidad de la mañana, se había convertido en uno de los momentos favoritos del día. Me encantaba planificar cualquier detalle de esa nueva vida que estaba estrenando a la fuerza, con la música sonando a volumen sala de cine. Seguía sin saber cuándo, dónde y cómo dar la noticia a los niños. Mi estómago era el primero en notar cuánto me preocupaba esto. Sacarle el tema a Marco era tener ganas de volver a escuchar un paternalista: «No te preocupes. Lo haremos cuando acaben las vacaciones». «¿Cómo que no preocupe?» pensaba yo. Entendía que él no lo hiciera, porque de hacerlo, nada de todo lo que estaba pasando tendría el más mínimo sentido. Pero en mí ganaba la inseguridad y lo hacía en el más amplio sentido de la palabra. No saber qué decirles, ni cómo hacerlo. Tener que prepararme emocionalmente para romperles el corazón a mis hijos era un peaje injusto por el que odiaba tener que pasar.

Intentaba relativizarlo poniéndome en la piel de una niña de siete años y luego en la de un niño de cinco. Pensaba en las cosas importantes que tenemos a esa edad. Pensaba en los juguetes, en el cajón de los helados, en los amigos del cole, en la cesta de las chuches, en la consola, en los abuelos, en los primos, y en ese papá enorme y esa mamá gigante que todo lo saben, que todo lo dan, que todo lo curan, que todo lo pegan, que todo lo riñen, que todo lo cuentan, que todo lo cocinan, que todo lo inventan, que todo lo ríen, que todo lo besan, que todo lo gritan, que todo lo arreglan, que todo lo cosen... ¿Cómo se le explica a un niño que Superman ha perdido sus poderes?

El volantazo a la derecha hundió la rueda delantera del lado del copiloto en un tocón de tierra que había en el borde del arcén y, al corregir la dirección, me llevé por delante uno de los postes que a modo de baliza van señalando el límite del asfalto. Frené como pude en el arcén y me quedé mirando el trasero saltarín de un pequeño corzo que se alejaba sin ni siquiera darme las gracias por haberlo esquivado. Cuando dejaron de temblarme las piernas y los brazos volví a la carretera, agobiada, creo que con un poco de taquicardia y unas ganas locas de llegar a casa. Faltaban 2 km que, efectivamente, se hicieron eternos. La vida hace estas cosas. La vida a veces responde por nosotros sin que le preguntemos. Como si escuchase. Como si espiase agazapada entre nuestros pensamientos. Debe de ser por eso que cuando pregunté «¿cómo se le explica a un niño que Superman ha perdido sus poderes?», ella decidió responderme con un «todavía tienes poderes». De otra forma no habría podido esquivar aquel pequeño ciervo.

¡Me sentí tan bien! Dios mío, tan segura de mí, de mi decisión de esquivarlo, de estar de nuevo en la carretera, de no haber llamado por teléfono a nadie, de estar de camino a casa. Subí el volumen del CD y fui haciéndole los coros gratis al *Días de Verano* de Amaral hasta que paré el motor delante de la puerta principal.

—Emma, ¿qué ha pasado? –preguntó mi madre desde la terraza en la que tendía la primera lavadora del día.

Las madres tienen esa especie de conexión sensorial con los hijos. Una obstinada clarividencia que les hace adivinar, vaticinar y anticiparse a casi todo. Pero aquella mañana, mi madre no necesitó de aquel poder. Sospechó que algo había pasado por cómo me bajé del coche para marcarme una inspección ocular digna del mismísimo Gil Grissom. Había algunas bajas. Faro derecho muerto en acto de servicio. Aleta del copiloto herida en combate. La única superviviente de la zona era la matrícula, que aguantaba como podía doblada y un poco arañada.

El coche tenía un mes. ¡Joder, Emma, un mes! ¡un mes! Me regañaba una y otra vez, fustigándome con aquellas odiosas frases, como hacemos con los niños cuando se cargan un juguete nuevo.

—Un corzo, mamá. Subo y te cuento.

—¿Le has dado a un corzo? ¿Estás bien?

—Mamá, no grites. Subo ahora mismo y te cuento –dije un poco avergonzada.

Después del susto y del golpe que le había dado al coche, lo que menos me apetecía era tener que dar explicaciones a grito pelado. Bueno, en verdad lo que no me apetecía mucho es que se sacaran ciertas conclusiones del tipo: «la pobre separada que va por la vida llevándose las señales de la carretera. *Cuitada*, iría llorando en el coche y no vio la señal...» Todo muy típico. Todo muy de aquí. Todo muy nuestro.

Sólo mis tíos y mis padres podrían hacer ese tipo de conjeturas porque el silencio me protegía de todos los demás. Que sólo ellos pudieran juzgarme así no me aliviaba. De hecho, me dolía pensarlo. Creo que por eso me di tanta prisa en subir a dar explicaciones. Cuando entré en casa, mi madre ya estaba bajando por la escalera.

—Cariño, ¿estás bien? Pero, ¿cómo ha sido?

—Sí, estoy bien. ¡Joder, qué susto, mamá! No lo vi salir... de repente me lo encontré plantado en medio de la carretera. Iba despacio, pero di un volantazo y me salí un poco de la vía.

Luego, al corregir la dirección, me llevé por delante uno de los postes del arcén.

—¿De verdad estás bien? ¿No te has hecho daño?

—Estoy bien, en serio. El coche sí que tiene un buen golpe. El faro del copiloto roto...

—Emma, acabo de ver el coche... ¿te has dado un golpe? –preguntó mi padre mientras dejaba la bolsa con el pan sobre la mesa de la cocina–. ¿Qué ha pasado?

El pequeño Juan soltó la mano del abuelo. No dijo nada pero vino corriendo y se abrazó a mis piernas.

—Tía, ¿te has hecho pupa?

Repetí la historia una vez más mientras caracoleaba con mis dedos entre los rizos rubios del pequeño Juan que estuvo amarrado a mis piernas hasta que terminé de contar la pequeña historia de aquel gran susto. Suspiré cuando me di cuenta de que el coche y el seguro estaban a nombre de la empresa que todavía compartía con Marco. Más explicaciones ;-(

—Hola, Marco.

—Hola, Emma. ¿Todo bien? ¿Los niños están bien?

—Sí, tranquilo. Te llamo porque he tenido un accidente con el coche.

—¿Un accidente? ¿Estáis todos bien?

—Sí, iba sola. Volvía de dejar a los niños en la escuela de verano y un corzo que salió de la nada me hizo dar un volantazo. Al esquivarlo me di con uno de esos bolardos que hay en el arcén de la carretera.

—Dicen que nunca hay que esquivarlos, Emma.

—Dicen que el amor es para toda la vida, Marco.

—Dicen que cuando te pones borde no hay quien te aguante.

—Dicen que no me interesa mucho tu opinión en este momento –contraataqué–. Te llamo porque necesito el sello de la empresa para firmar el parte del seguro. Bajaré a la ciudad un par de días, pero me quedaré en casa de Jess. Sería genial que le acercaras el sello a mi hermana cuando puedas.

—Espera, ¿vas a venir hasta aquí para sellar el parte del seguro?

—No exactamente. ¿Te acuerdas de Carlos Alarcón?

—¿El psicólogo de Santi?

—Sí. Le he pedido una cita. Me gustaría tener su opinión sobre cómo debemos decírselo a los niños.

—Me podrías haber consultado, Emma –respondió muy ofendido.

—Y tú a mí. Hace un año, por ejemplo, me podrías haber consultado un montón de cosas. Te lo estoy diciendo ahora, ¿no?

—¿Cuándo has quedado con él?

—El viernes por la tarde en su despacho, todavía no sé la hora.

—¿Este viernes?

—Sí. Me iré el jueves por la mañana. Seguramente venga conmigo desde aquí tía Carmen. Se quedará el fin de semana en casa de mis primos.

—Emma, me gustaría ir pero el viernes no puedo. Me voy fuera el fin de semana.

—Genial –dije con tanta ironía que si me hubiese estallado en la boca me habría podido mandar al otro barrio–. Jess vendrá conmigo.

—Entonces, ¿estarás por aquí todo el fin de semana?

—Sí. Voy a verme también con un abogado.

—¿Un abogado? Emma, no te entiendo. ¿Por qué tienes que verte con un abogado?

—Bueno, igual se te ha pasado que nos vamos a divorciar...

—Podemos hacerlo sin abogados. Me gustaría que habláramos más despacio sobre el tema.

—No hay mucho de que hablar, Marco. Lo siento.

—Muy bien. Luego llamo y hablo con los niños.

—Vale. Ah y acuérdate de acercarle el sello a Jess...

Un rítmico tu, tu, tu... empezó a sonar al otro lado del teléfono.

La última frase no entró, como esas canastas que no suben al marcador por atravesar el aro fuera de tiempo. Aquel recordatorio se quedó en el limbo de las palabras, allí donde posiblemente estaban todos los sentimientos que quedaban entre nosotros. Si los hubiese tenido que reunir, creo que un limbo habría sido el escenario perfecto.

Seguía resultando encantadora la forma que tenía él de colgar el teléfono cuando ya no tenía nada más que decir.

Capítulo IV

Nunca olvides que sólo los peces muertos
nadan con la corriente
MALCOLM MUGGERIDGE

Me asaltaban sin avisar. Mientras hacía cualquier cosa, incluso la más cotidiana. Como anoche, mientras ayudaba a mi madre a preparar la cena después de discutir con Marco. El martilleo del tenedor estallando contra el bol de cristal mientras batía los huevos, le puso banda sonora a aquellos pensamientos. Trataba de imaginar, con la mirada traspasando el amarillo de las yemas y posándose en el futuro inminente, cómo sería volver a pasar por mi calle. Cruzar el parque en el que por las tardes esperábamos a que Marco llegase del trabajo. Mientras aquellos pensamientos me aceleraban el pulso, mi madre trataba de interpretarme. Solía acertar. Y aquella vez no fue la excepción que acude impertinente a confirmar la regla.

—Cariño, yo creo que los huevos ya están muy bien batidos –dijo con sarcasmo.

—Ah, sí –dije parando en seco el tenedor y acercándole el bol a mi madre.

—¿Has discutido con Marco, verdad?

—Sí, un poco. Le he contado que iré a casa el fin de semana.

—¿Y no le ha parecido bien?

—Le ha sorprendido. Pero lo que realmente le ha molestado es que tenga una cita con un abogado. No sé mamá, igual Marco tiene razón y es un poco pronto para hablar con abogados.

—Bueno, en realidad Marco te ha pedido un tiempo. Quizá aún podáis hablar y arreglar las cosas.

—Mamá, nos vamos a separar. Marco tiene la decisión tomada. Es firme. Le conozco. Sé que no cambiará de opinión. Seguirá adelante con todo esto.

—Entonces, ¿por qué te ha dicho que necesita tiempo?

—Por miedo, supongo. Porque no se atrevió a decirme toda la verdad. Porque creyó que así me dolería menos. Pensó que sería una buena idea ponerme una red para amortiguar la caída.

—Yo creo que está hecho un lío. Pero se dará cuenta, Emma. Cuando pasen los días sin ti y sin sus hijos...

—Mamá –dije sin dejar que acabara la frase–, eso no pasará. Y si pasa, no estoy segura de querer volver con él.

—Emma, no lo puedes estar diciendo en serio. Piensa en los niños. Se me arranca el alma...

—Pienso en ellos a todas horas. No hago otra cosa, mamá. Pero también pienso en mí volviendo con Marco con el corazón roto. Algo ha pasado aquí dentro –dije, llevándome la palma de la mano al pecho–. Algo que no sé explicar con palabras, pero que me hace sentir diferente, como si fuera otra.

Habían transcurrido sólo unas semanas, igual no era tiempo suficiente, pero en aquel instante, hablando con mi madre mientras preparábamos una tortilla de patata a medias, tuve algo más que un presentimiento. Tuve la absoluta certeza de que nunca volvería con Marco. Supe que todo había acabado entre nosotros. Que no había nada romántico que levantar sobre aquellos cimientos que ahora sujetaban desconfianza, dudas y reproches. Y me sentí acertada en la decisión de volver a la ciudad para hablar con un abogado. Sí, era una buena idea. Puede que en el fondo necesitara a alguien que me diese otro punto de vista sobre toda aquella situación, alguien que opinara sin rencor ni resentimiento hacia Marco. Alguien imparcial que me ayudase a tomar decisiones que yo no quería tomar, pero de las que no podía seguir escondiéndome.

Era la cuarta vez que alguien me preguntaba aquella mañana si había cogido el cargador del móvil. La respuesta seguía siendo afirmativa y misteriosamente paciente. Una pequeña bolsa con la ropa justa, el depósito lleno y el asiento del copiloto en posición vertical preparado para recibir a la tía Carmen. Mientras ella se acomodaba en su puesto, mis padres me hicieron las advertencias de rigor: «conduce despacio», «vete con cuidado, que hay cada loco» y, por supuesto, el mítico, «en cuanto llegues, nos llamas». A mí tampoco me gustan las despedidas en general, pero aquella me incomodaba más de la cuenta. Mientras intentaba espantar las repentinas y surrealistas ganas que tenía de fumarme un cigarro, (después de más de 7 años sin hacerlo), pensaba en el destino de aquel viaje. No era una vuelta a casa normal de las que conocía, de las que había hecho tantas veces. No vería a Marco. No iría a nuestra casa. No vendrían los niños. Era como estar despierta pero con la sensación de seguir soñando. Como si todo aquello no fuera conmigo. Pero estaba pasando.

—¿No esperamos a que bajen los niños? –La pregunta de tía Carmen me devolvió a la tierra.

—No, están durmiendo. Me despedí ayer de ellos.

—¿Y qué les has contado del viaje?

—Les he dicho que tenía que ir con Jess a entregar unos papeles al colegio porque papá está viajando mucho por su trabajo y no podía hacerlo él.

Al final estaba empezando a sentir ese horrible nudo en la garganta. Tía Carmen también debió notarlo.

—Bueno hija, a veces es mejor mentirles.

—Supongo que sí.

—¿Cuándo se lo vais a decir?

—Si Carlos no me dice otra cosa, hemos pensado decírselo en septiembre, cuando volvamos de las vacaciones.

Mi tono delataba cierto malestar por seguir utilizando el plural de humildad. Joder, la decisión era de Marco, como casi todas las decisiones. Las de ahora y, por supuesto, las de antes. Respiré hondo y decidí dejarlo pasar, aunque me prometí a mí misma que sería la última vez. Ni una más. A partir de ahora Marco se ocuparía de sus decisiones y yo de las mías.

—Emy, si prefieres que hablemos de otra cosa, dímelo –apuntó mi tía al notarme un poco despistada.

—No, no pasa nada. Estoy bien. Sólo que es algo que me asusta un poco. A lo de decírselo a los niños, me refiero.

—Ya me imagino. Santi es muy pequeño, pero Julia, pobrecita mía... Julia lo va a pasar muy mal.

—Por eso necesito ver a Carlos. ¿Te he hablado alguna vez de él, verdad?

—No mucho, ni siquiera sabía que habías llevado a Santi al psicólogo cuando era más pequeño.

—Sí, se saltó el gateo y alguien nos comentó que podía ser algo importante y que debíamos consultarlo con un psicólogo infantil. Como Marco es un aprensivo-hipocondríaco y yo le saco dos cabezas en esto, no tardamos ni una semana en llevarle a la consulta de Carlos Alarcón. En dos meses Santi gateaba y yo salía de aquella consulta con la que hoy es una de mis mejores amigas, Gaby.

—No tenía ni idea. ¿Así fue cómo conociste a Gaby?

—No exactamente, nos conocimos en unas clases de cocina. Pero ella fue quien nos recomendó llevar a Santi a la consulta de Carlos por una amiga suya que trabaja con él. Estuvo muy pendiente de Santi aquellos meses y me acompañó a la consulta alguna vez. Nos hicimos inseparables.

—¿Ya has podido hablar con ella?

—No, todavía no. Aunque debe estar a punto de volver de Santo Domingo. Cuando consiga hablar con ella y le cuente todo lo que ha pasado, no querrá creerlo. Puedo imaginármela completamente desilusionada... Ella que estaba convencida de que nuestra relación era de las invencibles.

—Todavía puede ser de ésas. Igual es sólo un bache, Emma

«Uy, me acaba de llamar Emma, la cosa se pone seria», pensé a escondidas de mi copiloto.

—No es un bache, tía. Es una carretera cortada. Conozco a Marco muy bien... bueno, o al menos, le conocía.

—Si yo pudiera hablar con él, le diría lo equivocado que está.

—Posiblemente por eso te esquivará durante un tiempo; nunca es agradable escuchar lo que no se quiere oír.

—Marco es tonto. Tonto si piensa que no se cansará de ella. Tonto si piensa que la quiere a ella más que a ti.

—Tenéis esa teoría de «la otra mujer», pero hasta donde yo sé no hay otra mujer.

—Siempre la hay, cariño. Siempre la hay.

Enmudecí. Y aquel silencio, a medias con una de Ludovico Einaudi, narcotizó a mi tía durante más de 150 kilómetros. Mientras ella dormía, yo devoraba kilómetros de asfalto con la única compañía de mis pensamientos y las mágicas teclas del piano de Ludovico.

Tía Carmen soltaba esas frases lapidarias sin calcular daños colaterales ni efectos secundarios. Ante distintas circunstancias de la vida, ella simplemente percibía la realidad a su manera y encajaba las piezas del puzle hasta que cobraba sentido para ella. Conseguido el objetivo, regalaba su conjetura vital como si se tratase de una verdad absoluta digna de ser enmarcada y colgada en el salón de algún filósofo contemporáneo. Aliviaba el dolor de oír aquellas frases saber que únicamente el cariño y la preocupación por mí mecían aquella cuna.

Igual mi tía tenía razón, aunque yo siguiera empeñada en otorgársela al escritor francés Denis Diderot cuando sentenció: «Engullimos de un sorbo la mentira que nos adula y bebemos gota a gota la verdad que nos amarga».

Me sentía rara, intentaba comprenderme, pero era tan extraño lo que estaba ocurriendo en mí... Buscaba una imagen que describiera cómo me sentía y, entonces, pensé que podría tener cierto parecido con un pequeño y resbaladizo salmón cuando lucha obstinadamente contra la corriente. Sin analizarse demasiado, sólo haciendo lo que tiene que hacer. Sin pensar por qué los demás peces nadan a favor de la corriente y él en contra. Simplemente, haciendo lo que tiene que hacer y haciéndolo con energía, con determinación. ¿Un salmón? ¿En serio? Las leonas también «se lo curran» y tienen bastante más *glamour*, ¿no? –Sonreí y me encantó estar riéndome de mí misma–. Joder, hasta una gorila «molaría» más que un salmón... con ese instinto maternal y ese poderío físico. Sin embargo, no había nada que hacer, había elegido el salmón. Honestamente, y pasando por alto su falta de *glamour*, tenía bastante que ver conmigo y con todo lo que estaba pasando. Las personas que más me querían tenían una teoría acerca de lo sucedido que nada tenía que ver con la mía. Juntos eran como un río caudaloso que mi naturaleza había decidido remontar en el sentido contrario de la corriente. Yo era la única persona en todo aquel universo que no necesitaba respuestas. Para mí no tenía ninguna relevancia averiguar la razón o las razones por las que Marco me había dejado. No pensaba en por qué la vida me había puesto a nadar contra corriente. Sólo miraba el río mientras algo dentro de mí me decía: «lo remontarás».

Alguna extraña asociación de ideas me hizo pensar en los niños y caer en la cuenta de que era la primera vez que me separaba de ellos más de unas horas. Supongo que, pensar en una leona y en su instinto maternal, me los trajo a la cabeza, junto con el miedo de imaginar que en breve tendría que empezar a acostumbrarme a pasar días enteros sin verlos. Un sudor frío me invadió de sopetón asustándome por si me hacía vomitar mientras conducía. A menos de 500 metros, un oportuno bar de carretera se anunciaba en uno de los carteles de la autovía. Entré decidida en el carril de deceleración y no paré hasta llegar al parking del restaurante. Tía Carmen se despertó con el frenazo:

—Hija, ¿dónde estamos? ¿Ya hemos llegado?

—No, todavía no. Necesito ir al baño y estirar un poco las piernas.

—¿Te encuentras bien, Emma? Tienes mala cara...

—Sí, sólo se me ha revuelto un poco el estómago. Necesito tomar el aire –dije mientras abría de golpe la puerta del coche.

Aquella bocanada de aire no fue tan resolutiva como esperaba y sólo tuve tiempo de alejarme dos pasos del coche antes de vomitar. Tía Carmen se acercó enseguida y me sostuvo la cabeza como hacemos con los niños.

—¿Estás mejor? –dijo acercándome un *kleenex* arrugado que debía llevar días hecho un gurruño en el bolsillo de su pantalón.

—Sí, se me está pasando –dije un poco aliviada.

—Vamos, entraremos a tomar algo al bar. Un poco de agua o una manzanilla, si te apetece.

Me recompuse como pude después de la vergüenza de vomitar en público. Pensar que es algo que le puede pasar a cualquiera y que normalmente es un hecho involuntario en el ser humano, eran buenos atenuantes pero no cambiaban mucho lo abochornada que me sentía. Tener que explicar en el restaurante lo sucedido tampoco mejoró mucho la situación, pero la amabilidad del camarero y su forma de quitarle importancia me dieron una de las primeras lecciones que aprendería en aquel improvisado viaje de vuelta a casa.

—No se preocupe, joven. Tengo tres hijos, he limpiado vomitonas de todos los colores que pueda imaginar. ¿Qué le apetece tomar?

—Una manzanilla estaría bien. Tía, ¿tú qué quieres?

—Un café con leche en vaso de caña, por favor.

Mientras el camarero preparaba el pedido, tía Carmen me tocó la frente.

—Ya no estás tan fría y tienes mejor color de cara. ¿Te encuentras mejor?

—Sí, mucho mejor. No sé qué me ha pasado.

—Sí lo sabes, cariño. Te pasa siempre que te esfuerzas por aparentar que todo va bien, o cuando te pones nerviosa o te preocupas por algo... Tu estómago se encarga de decir la verdad por ti.

—Se llama somatizar. Tienes razón. Igual este viaje ha sido un error. Creo que no estoy preparada para volver a casa –dije con un hilo de voz antes de que las lágrimas asomarán a mis ojos.

—Yo no he dicho eso, Emma. Haces lo que tienes que hacer. Sólo que eso no es fácil. Mírame –dijo levantándome la barbilla con dulzura–, esconderte en el pueblo no solucionará nada. Las decisiones que no tomes ahora te estarán esperando a la vuelta del verano. Si sientes que es ahora, hazlo ahora. Pero si quieres que demos media vuelta, también lo entenderé cariño. Tú eliges.

—Es ahora, tía, estoy segura. Sólo que me acordé de los niños, de estos días sin verlos y de los que vendrán luego, fines de semana enteros sin ellos... Mi estómago hizo el resto.

—Es normal que te hayas sentido mal. ¿Te encuentras bien para conducir?

—Sí, de verdad. Pero, creo que será buena idea que no te vuelvas a dormir. Me vendrá bien que vayamos hablando de cualquier cosa.

—Vale, no me dormiré. Iré al baño mientras terminas la manzanilla.

—Pago y te espero fuera –le dije mientras rebuscaba en mi bolso.

Era cierto. «Lo que no haga ahora, sencillamente estará esperándome a la vuelta de la esquina», me dije en voz alta para convencerme de que estaba haciendo lo correcto mientras me sentaba en el coche y arrancaba el motor para conectar el aire acondicionado. Mientras volvía mi copiloto, revisé la pantalla del móvil. Nada importante, sólo la fecha y la hora.

—En marcha –dijo mi tía mientras cerraba la puerta con energía norteña.

—¡Vámonos!

—¿Estás mejor?

—Sí, tranquila. No me atrevería a conducir si no me encontrase bien.

—Muy bien. Pues hala, despacito hasta Madrid.

Sólo la música que salía del CD perturbaba el silencio. En mi cabeza un montón de neuronas trabajaban como los *L-Casei* del anuncio de la tele intentando encontrar algún tema de conversación que no tuviese nada que ver con mi separación, ni con Marco, ni con los niños. Los minutos pasaban y no se me ocurría nada. Fue mi tía, tan genial como siempre, la que abrió fuego.

—¿Cuánto tiempo llevas ya sin fumar?

—Mmmm, pues a ver... Lo dejé cuando me quedé embarazada de Julia, así que unos ocho años. ¡Ocho añazos...! Menudo récord. ¿Por qué me lo preguntas?

—Porque podrías hablar con tu prima Ana, a ver si a ti te hace más caso que a mí.

—Lo ha estado intentado hace poco con acupuntura pero creo que no ha funcionado.

—Ha probado también con mil potingues de la farmacia y nada. Hasta que no le ponga fuerza de voluntad, no lo conseguirá.

—Pero, ¿por qué te preocupa ahora que Ana fume?

—Porque está muy delgada y debería dejarlo; lleva un montón de años fumando... Bueno, y porque de algo tenemos que hablar hasta que lleguemos a Madrid.

Me eché a reír como una tonta y al minuto tía Carmen me estaba haciendo los coros. No podíamos parar.

—Claro, como tú querías que fuéramos hablando –intentaba decir antes de la que la risa le impidiese terminar la frase.

—Sí, pero no me refería a la primera chorrada que se te pasara por la cabeza –y volví a reírme con fuerza.

Así estuvimos un buen rato. Hasta que por el *bluetooth* del coche se coló la voz de Jess.

—¡Hola!

—Hola, Jess

—¿Por dónde vais?

—Debemos estar a unos 200 km.

—¿Todavía? Me dijo mamá que habíais salido temprano.

—Sí, pero hemos parado hace un ratito a tomar un café –mentí guiñándole el ojo a mi copiloto.

—Ah, vale. Bueno, tranquilas. Venid despacio, yo os espero en casa para comer.

—Genial. ¡Jo, qué ganas tengo de verte!

—Y yo a ti, tonta. Te dejo conducir. ¡Hasta ahora!

—¡Ciao!

Después del intento fallido, aunque divertido, de hablar de cualquier otra cosa que no fuera la separación, retomamos el asunto con tantas ganas que no paramos hasta que llegamos a casa de Jess. «Dios mío –pensé cuando la luz del semáforo cambió a verde dándome permiso para entrar en la calle de mi hermana pequeña– todo está igual». La pequeña acera y sus obstinados socavones, los cubos de basura estorbando como siempre, los dos grandes árboles que custodian el portal y que arañan a escondidas los techos de los coches que aparcan debajo. Un inquietante *déjà vu*, de ésos que te hacen sentir que ya has estado en un lugar, en una situación o en una conversación, aunque se trate en realidad de algo nuevo. Un *déjà vu* pero al revés. Estaba en un escenario que conocía muy bien pero que ahora percibía como si fuera nuevo para mí. Aquella sensación me asustó un poco y pensé que, si le daba un nombre, ganaría confianza y dejaría de sentir miedo. Funcionó y además pasó a la memoria de mi historia personal como el primer *vu déjà* de mi vida.

Cuando vi a Jess a contraluz mientras entornaba la puerta de su casa, tuve una sensación parecida. Estos giros inesperados de la vida marcan una especie de punto y aparte que nos obliga a poner el contador a cero. A partir de ese momento es como si todo volviera a empezar. Para darle más credibilidad, medimos de otra manera el tiempo y todo lo que en él acontece y rematamos la faena con la solvencia que siempre aportan unas buenas siglas. Yo también tenía mis propias siglas para todo aquello: D.D.S. (Después De la Separación). Por eso, aquel saludo a Jess no fue uno de tantos. Fue el primer abrazo D.D.S. a mi hermana pequeña La primera vez que esquivaba los viejos socavones y los impertinentes cubos de basura D.D.S.

Nueva vida, nuevas siglas... pensé sonriendo y mordiéndome un poco el labio en señal de tímida protesta por reírme de todo aquello. Ese ramalazo de culpa que aparece cuando sentimos o actuamos de forma diferente a la que se espera socialmente de nosotros. Esa buena conducta social exigía una versión más justiciera, beligerante y ultrajada. Mientras se esperaba eso de mí, yo miraba desde la orilla de enfrente delatada por los ataques repentinos del humor más ridículo y espontáneo que había sentido nunca. Tan ridícula era la risa cuando llegaba como las lágrimas cuando brotaban. Aquellos días empañados por la soledad más ciclotímica que conocía empezaron a tener un algo especial, sobre todo cuando dejé de creer que me estaba volviendo loca y fui desnudándolos del miedo. Nueva vida, nuevas siglas, Emma. A.D.S. (Antes De La Separación) y D.D.S.

Y sonríe si te da la risa y déjala salir aunque sólo tú la entiendas.

—¡Qué guapa estás, Emy! Un poco más delgada, pero muy guapa –dijo mi hermana mientras me abrazaba con fuerza contra su menudo cuerpo.

Sólo me apetecía seguir abrazada a ella, procrastinando el momento de ganar distancia, mirarla a los ojos y sujetarme las lágrimas.

—Estás mucho más guapa que Marco –«Zas», pensé. «Ésta es mi Jess».

—¿Le has visto?

—Sí, vino hace un rato a dejar el sello de la empresa.

—Pensé que se le olvidaría.

—Pues no, sólo se ha olvidado de quererte.

—¡Jess! –dije, regañándola con el tono de mi voz.

—Lo siento, Emy. No entendía nada cuando me llamaste hace tres semanas, pero hoy, después de hablar con él, todavía entiendo menos.

—Ya, bueno... si lo piensas un poco, realmente, ¿qué hay que entender? Yo tampoco entiendo nada, Jess, pero no quiero seguir intentando comprender lo que ha pasado. Estoy cansada de hacerme un montón de preguntas para las que no tengo respuestas. No quiero entender nada, sólo asumirlo y seguir adelante. Si me quedo un minuto más intentando encajar esta historia, me volveré loca.

—Es un rompecabezas de tres piezas y solo encaja ordenándolas de una manera, Emma: HAY–OTRA–MUJER

—Eso tampoco cambia las cosas, Jess. Marco ya no me ama, eso es lo que lo cambia todo. Las razones por las que ha dejado de quererme ya no importan. Y aunque importen, no me incumben.

—¿Cómo que no te incumben? Es de tu matrimonio de lo que estamos hablando.

—Son asunto de Marco. Es él quien debe interpretar sus sentimientos y tomar decisiones al respecto. Y lo ha hecho. Hace tres semanas se puso frente a mí y me lo dijo con todas las letras: «Ya no te quiero». Lo de darnos un tiempo nunca me lo tomé en serio y no pienso reconsiderarlo ahora.

—¿En serio no te duele, ni siquiera un poco, el hecho de que haya otra mujer?

—No me duele, Jess. Porque ni siquiera estoy segura de que exista.

El silencio de Jess no me daba la razón sino una tregua. Un «ya hablaremos más tranquilas» que interpreté sin necesidad de palabras. En mi cabeza sonaba todo más fácil, pero al ponerlo en las palabras adecuadas para que mi propia hermana lo comprendiese, algo fallaba. Como cuando piensas en una canción, la tarareas en voz alta y nadie sabe de qué canción estás hablando. Justo así.

Que tía Carmen nos diera tiempo para el abrazo y saliera del baño aprovechando aquel silencio dijo mucho acerca de su capacidad para una excelente gestión de la oportunidad. Jess guió la marcha a pie hasta la cocina donde esperaba la mesa puesta. Organizamos la tarde, disfrutamos de un gazpacho primerizo, aunque fantástico, y conseguimos estar sentadas alrededor de una mesa más de una hora sin hablar de Marco. No caímos en la tentación ni siquiera en la sobremesa-cafetera de rigor.

De aquel viaje tan improvisado –como empezaba a serlo también mi vida–, me sorprendió la ternura de las primeras horas y la seguridad que me envolvía al estar cerca de Jess. Seguramente todos tenemos una persona que tiene ese efecto sobre nosotros. Un pacificador que, en la mayoría de los casos, sólo tiene que estar para que notemos sus propiedades calmantes. A veces ni siquiera hablan, sólo están. No dicen nada pero nos miran y nos ven también por dentro. Incluso cuando piensan que no nos entienden, nos están comprendiendo mejor que nadie.

Había que ponerse en marcha. La hoja de ruta estaba clara. Acercaríamos a tía Carmen a casa de la prima Ana y luego iríamos a hacer algunas compras. No teníamos más plan hasta la hora de cenar.

Aquella tarde de compras con Jess sólo hubiese sido más perfecta si nos hubiese acompañado Richard Gere con su VISA platino. Bueno, que hubiese salido por los altavoces del Bershka de Gran Vía el *Pretty Woman* de Roy Orbison también habría estado de coña, la verdad. Me quedé con las ganas del viejo Roy, pero los primeros vaqueros pitillos de mi vida se vinieron conmigo aquella tarde. De camino a la caja todavía vacilaba, hasta que Jess soltó un oportuno:

—¡Ya verás cuando Marco te los vea puestos!

¡Qué nos pasa a las mujeres cuando alguien nos dice algo así! Utilizamos los siguientes 2 minutos en construir una película mental, en la que nos vemos como protagonistas de cualquier comedia romántica, enfundadas en unos flamantes pitillos levitando –que no caminando–, ante la mirada atónita del Romeo en cuestión. Mirada atónita A.D.W. (Antes De WhatsApp) porque después de este invento que nos ha regalado la comunicación del siglo XXI, la cara del sujeto en cuestión ante nuestro contoneo «pitillil» sería así:

El argumento era tan iluso e inmaduro que me convenció enseguida. Allí estaba la menuda y frágil Emma descubriendo la importancia que cobran los detalles más pequeños cuando te has quedado sin algo de lo grande. También reconocí en aquel acto tan cotidiano de comprar ropa en una tienda, la energía que me invadía cada vez que hacía algo por primera vez. Comprar mis PRIMEROS VAQUEROS PITILLO, eso era lo que realmente me había hecho sentir tan bien, y no fantasear con la cara de emoticono romanticón que pondría Marco cuando me los viera puestos (que también).

Un correcto «¿ya estás en Madrid?» vibró en mi móvil recordándome lo perdida que estaba en cuanto a mis nuevos derechos y obligaciones con respecto a Marco. Antes sabía perfectamente lo que debía hacer cuando llegaba a destino, y aunque había pensado en escribirle un breve «en Madrid», algo parecido al orgullo me aconsejó que no lo hiciera. Decidí contestar al tiempo que preparaba una justificación para Jess, que miraba de reojo mi maniobra mano derecha-bolso-móvil.

«Sí, llegué a la hora de comer. El viaje bien».

«OK».

—Marco... que me pregunta si he llegado. Le he dicho que sí, que llegué a la hora de comer –reconocí sin mucha emoción.

Jess no dijo nada pero, por su forma de apretar los labios, supe que se la estaba intentando tragar. Mientras ella cerraba aquella puerta, decidí abrirle una ventana.

—Al final no me has contado qué tal con Marco esta mañana cuando te llevó el sello a casa –insinué para que dejase salir una pequeña parte de lo que se guardaba.

—La palabra es surrealista, Emy.

—¿Surrealista?

—Sí, porque es todo bastante incomprensible. Marco intenta explicar su decisión con seguridad pero se contradice. Dice que ha estado un año pensando sobre todo esto, sus sentimientos, buscando el mejor momento para decírtelo... blablablá, y al mismo tiempo dice que no es definitivo, que necesita un tiempo para aclararse. ¿Hola? ¿No te ha dado tiempo en los 365 días que llevas dándole vueltas al tema?

—Es definitivo, Jess.

—Yo también lo creo, pero luego me dijo otra cosa que me confunde. Me reconoció que este tiempo para pensar le vendría bien pero que también le asustaba porque no sabe estar solo.

—No entiendo qué ha querido decir con eso de que «no sabe estar solo...»

—Supongo que es una forma de dejar abierta la posibilidad a que, después del verano, la soledad le devuelva a su sitio: contigo y con los niños.

—No pasará Jess.

Cada vez que lo decía, sentía que me convencía un poco más. Aunque realmente lo supe desde el primer día. Jess tenía razón, un año es mucho tiempo para tomar una decisión que no sea definitiva. Otra cosa es que llegues decidido a compartir tu decisión con la madre de tus hijos, y la pena, la ternura, el respeto, el cariño o la nostalgia te obliguen a improvisar y a salirte del guión que llevabas preparado. No me enfadaba si pensaba sobre ello; supongo que comprendía bien tanta consideración. Pero lo que seguía sin entender es que me hubiera dejado fuera de todo aquello durante un año entero. Más de trecientos días en los que le disparé hasta la impertinencia preguntas del tipo: «¿Estás bien?» «¿Estás preocupado por algo?» «¿Estás enfadado conmigo?» «Anda, dime, pareces agobiado por algo...» Ahora, con la verdad grabada a fuego en el alma, empezaba a doler más recordar las preguntas que la propia respuesta.

Después de las preguntas venían los detalles, los fragmentos de conversaciones que ahora cobraban otro sentido, las llamadas extrañas de teléfono, las reuniones a última hora. No me apetecía rebobinar el último año. Eso sí que dolía. Así que dejé que mi mente aterrizase de nuevo en el coche de Jess haciendo un comentario sobre la canción que sonaba por la radio y que interrumpió mi cuñado Pablo:

—¿Dónde estáis?

—Llegando. Al final fuimos al centro –contestó Jess.

—Vale. Me doy una ducha y os espero en la terraza del Paraíso.

—Genial. En 10 minutos estamos ahí. ¡Ciao!

Cenar en la terraza del «Paraíso» sonaba idílico... y también un poco irónico. Leyéndome el pensamiento, Jess comentó:

—Emy, igual preferías haber ido a cenar fuera del barrio.

—No, el Paraíso es buena idea. Estoy un poco cansada de coche.

—¿De verdad? Que sino nos tomamos una cerveza en la terraza y luego nos vamos a otro lado.

—No, en serio, esta noche me apetece cenar en el Paraíso –dije con sarcasmo y media sonrisa.

El bar Paraíso estaba en la misma calle en la que vivían Pablo y Jess, y a un paseo de 5 minutos de mi casa. Eso hacía que aquella noche estuviera «geolocalizada» exactamente a dos calles de Marco. Muy cerca, pero más lejos que nunca. Y también muy tranquila. Si algo tenía seguro era que Marco jamás aparecería por allí.

Aparcamos delante del Paraíso –risas enlatadas– en el único sitio libre que había. Mientras Jess cerraba el coche y soltaba su legendario «es increíble que siempre encuentres sitio en la puerta», levanté la vista y vi a Pablo al fondo de la terraza haciéndonos un gesto con la mano en alto. Mientras nos acercábamos, Jess, sin perder el contacto visual con su marido, me dijo por lo bajini:

—Pablo todavía está en *shock* por todo esto, Emma. Es como si no se lo creyese. No te molestes con él si no saca el tema. Lleva días buscando las palabras... pero esta mañana seguía sin encontrarlas.

—Se lo pondré fácil Jess, no te preocupes.

Las dudas de mi cuñado Pablo sobre qué decirme o cómo reaccionar al verme, me hicieron sentir mucha ternura y me recordaron a mi padre. También a él le seguía costando encontrar las palabras. Le pasaba siempre. Supongo que porque no era un hombre de palabras sino de actos. Cuando Woody Allen dijo «las cosas no se dicen, se hacen, porque al hacerse, se dicen solas», claramente estaba pensando en mi padre. Llamadme ilusa y exagerada, pero Woody y yo sabemos que es verdad ;-)

—Hola, cuñada –dijo Pablo, dándome un abrazo que casi me parte por el medio.

—Hola, amor de cuñado –le dije cariñosamente como si nada hubiese pasado y todo estuviese como la última vez que nos vimos.

Era la forma en la que solía referirme a él. Y con aquel «amor de cuñado» intentaba reconocerle el sitio tan especial que ocupaba en mi vida por querer a mi hermana pequeña.

—¿Calamares y bravas? –propuso Pablo como primera opción para cenar.

—Genial –dijimos a coro Jess y yo, y nos reímos.

—Vaya dos.

Tras las risas, la mesa se quedó en silencio. Hasta que Pablo se decidió a romperlo:

—Lo siento mucho, Emma. Todavía no me lo creo. Nunca os he visto discutir.

—Sí, ésa ha sido la primera impresión de todo el mundo. Pero la cosa va en serio Pablo.

—Al principio pensé que era una ventolera de Marco. Pero cuando Jessica me dijo que venías para ver a un abogado, entendí que iba en serio. ¿Estás segura de que es una buena idea?

—Bueno, ahora mismo no estoy muy segura de casi nada. Lo único que sé es que tengo que empezar por algún sitio. Lo que más me preocupa es cómo y cuándo se lo diremos a los niños, por eso mañana tengo una cita con Carlos Alarcón. Luego está todo el tema legal de la separación, la custodia –me seguía temblando la voz cuando pronunciaba esa palabra–, la casa y todo el papeleo... Si estoy perdida en lo primero, imaginaos en esto. Necesito alguien imparcial que me explique lo que viene ahora y me asesore un poco respecto a las decisiones que tendré que tomar en los próximos meses.

—Pues yo creo que tendrías que buscar un abogado experto en sacar los ojos a ex marido –sentenció Jess dejando clara su postura.

—Suena un móvil –advirtió Pablo.

Rebusqué a tientas en el bolso, como hacen las manos inocentes en las urnas de los sorteos, y allí estaba, sonriente, Marco brillando en la pantalla. Descolgué mientras me levantaba y me alejaba un poco de la mesa pidiendo a Jess y a Pablo con los ojos que entendieran que tenía que hablar un momento con él.

Cuando volví a la mesa, la espuma de mi cerveza había desaparecido y los calamares y las bravas me esperaban, aunque no tan impacientes como Jess y Pablo.

—¿Todo bien? –preguntó Jess.

—Regular. Hemos discutido.

—Pues muy bien, Emy. ¿Y esa cara? –preguntó acto seguido como si la palabra culpabilidad se me hubiese iluminado en la frente con luces de neón.

—Marco piensa que debería pensar en lo del abogado un poco más despacio. Ve bien la reunión con Carlos, y le da mucha rabia no poder venir conmigo a verle, pero lo del abogado le parece un error. He intentado explicarle que sólo quiero que alguien me asesore un poco, pero nada, se ha puesto como un loco.

—¿Y propone algo o se ha limitado a gritar?

—Cree que sería mejor buscar un único jurista con el que nos pudiéramos ver los dos para solucionarlo todo. Está enfadado conmigo por darme tanta prisa en buscar un abogado y venir a Madrid a verle.

—¡Encima! El señor te manda a cagar pero se enfada porque vayas a ver a un abogado. ¡Es de traca, el tío!

—De traca, nivel Fallas de Valencia, Jess –dije dándole la razón a mi hermana.

—¿Pero vas a mantener la cita con él, no?

—Sí, claro. Tengo que confirmar todavía si me puede recibir mañana por la tarde o el sábado por la mañana.

—Es lo que tienes que hacer. Marco te conoce muy bien y no será la primera vez que intente manipularte.

—Bueno, es posible que sea más sorpresa que manipulación. Creo que le ha sorprendido mi reacción. En nuestra relación, la iniciativa siempre ha sido cosa suya. Cuando me ha colgado el teléfono, me he dado cuenta de que no está preparado para una Emma con iniciativa.

—Prométeme que no la perderás.

—¿Que no perderé, el qué?

—La iniciativa.

De noche, con la vista perdida en el techo del cuarto de mi sobrina Amanda, entre peluches de colores y con un dosel de tul rosa palo atrapando cada uno de mis pensamientos, recordé aquella promesa a mi hermana pequeña. Mantener la iniciativa sería el objetivo de cada uno de los próximos días. Asumir todas las decisiones que tenía por delante. Las grandes, las pequeñas, los aciertos y los errores. Debía hacerme a la idea de que ya no serían consensuadas ni a medias con nadie. Serían mías, para lo bueno y para lo malo. En aquella cama de niña pequeña empecé a creer en mí misma con la misma fe que ponen los niños en los Reyes Magos.

En aquella cama me sentí bien por no haberle devuelto la llamada a Marco cuando me colgó el teléfono tan enfadado. Me sentí bien por estar en Madrid tan cerca de casa. Y me sentí impaciente por estrenar mis primeros vaqueros ajustados.

Sólo tenía que cerrar los ojos y dejar pasar la noche.

La mañana me saludó oliendo a café y con el sol entrando sin compasión por la ventana. Me estiré y remoloneé unos minutos, hasta que las ganas de tomarme un café recién hecho me hicieron salir de la cama con una sola maniobra. Mientras avanzaba por el pasillo, escuché un tintineo y, cuando entré, vi a Jess pensativa girando compulsivamente la cucharilla en su taza.

—¡Buenos días! –le dije–, ¿me invitas a un café?

—Claro... qué susto me has dado –me contestó dando un pequeño respingo.

—¿Has dormido bien?

—Genial. Sin el ambientador de café podría haber seguido durmiendo hasta las tantas... ¿Pablo ya se ha ido?

—Sí, tenía una reunión importante a primera hora. Bueno, y ¿cuál es el plan, Emy?

—Tengo que llamar a Carlos Alarcón para confirmar a qué hora nos vemos. Supongo, que me dará cita por la tarde. Así que la mañana la tenemos libre. ¿Te apetece que vayamos a algún sitio?

—Mmmm –ganó tiempo mientras me ofrecía una estupenda taza de café con leche de soja–, podríamos pasarnos por la juguetería que hay junto al cole de los peques y comprarles algo. Aunque no sé si es una buena idea tanto caprichito.

—No me parece mal, Jess. Sobre todo, si pienso en la noticia que les espera a la vuelta de la esquina.

—Entonces, en marcha. ¿Te quieres duchar tú primero, que eres más tardona?

—Sí, mejor.

La ducha seguía siendo uno de mis sitios de pensar favoritos. Me encantaba poner mi cabeza en ON mientras el agua caliente, la espuma, el vapor y aquel agradable olor lo invadían todo. Llegaban recuerdos perdidos, ideas de todo tipo, situaciones vividas y otras inventadas. Una especie de metamorfosis de tocador que transformaba a la frágil Emma nada más atravesar la cortina de la ducha. La magia de aquella transmutación era breve y sólo funcionaba en aquel microcosmos de vapor y espuma, pero la sensación de fuerza a veces me acompañaba durante todo el día.

Aquella mañana, la protagonista de cortina para adentro era la primera vez que iba al cine con sus padres y con Jess, durante unas vacaciones increíbles en Santander. Tenía 17 años, uno más que Jess. Los recuerdos se amontonaban y querían pasar todos de golpe. Puse un poco de orden y dejé entrar en primer lugar una escena de playa que todavía hoy guardo en el corazón. Jess y yo cabalgábamos las olas del Cantábrico subidas a horcajadas de una colchoneta hinchable mientras mamá vigilaba desde las toallas y papá nos advertía desde la orilla de lo peligroso que se estaba poniendo el mar. Como no le oíamos, se acercó un poco para darnos el mensaje. Le dijimos que saldríamos en cinco minutos y que no pasaba nada, que estuvieran tranquilos. Nos dio permiso levantando el pulgar de su mando derecha y se giró para volver a las toallas. Cuando Jess y yo cambiamos la vista hacia el horizonte, vimos con pánico la enorme ola que se estaba formando. Colocamos la colchoneta y nos pusimos a gritar como locas:

—Papá, papá... ¡Cuidado con la ola! ¡Papá...!

Cuando mi padre nos escuchó y se dio la vuelta, se encontró la ola justo delante de él. Sólo tuvo tiempo de poner cara de terror. Nos bajamos de la colchoneta como pudimos y fuimos corriendo hacia la orilla donde aquella enorme ola seguía peleándose con nuestro padre. Cuando estábamos a punto de llegar, le vimos levantándose a duras penas, con todo el pelo revuelto contra la cara, y balanceándose de izquierda a derecha como si estuviera borracho.

—Papá, ¿estás bien? No nos dio tiempo a avisarte.

—Sí, estoy bien. La madre que la parió. ¡Vaya revolcón que me ha dado!

Jess y yo nos miramos un segundo y nos empezamos a reír. No podíamos parar de reír. Intentábamos coger la colchoneta y se nos resbalaba de las manos.

—Papá, es que tú no te has visto la cara que has puesto –consiguió balbucear Jess que seguía a carcajada limpia.

—Es que era enorme. ¡Vaya hostia que me ha dado!

Cuando llegamos a las toallas, mi madre se unió a nuestras risas.

—Manuel, te estábamos gritando todos desde aquí también y tú ni caso. Tú, saludando con la mano.

—Pensé que me llamabas para que volviera a las toallas.

Todavía hoy sonrío cuando me acuerdo de aquel «revolcón en Comillas». Después de la sonrisa y la ternura, llegó la pena. Dolía asumir que mis hijos no tendrían recuerdos de ese tipo. No habría más escenas de playa en familia. Ni vacaciones. Ni excursiones a ningún sitio. Apoyé una mano contra la pared y respiré hondo para dejar entrar, junto al oxígeno que reclamaban los pulmones, una nueva revelación. Acababa de descubrir lo peor de toda aquella situación que, para mi sorpresa, no era la ruptura de la pareja, sino la ruptura de la familia. No me dolía tanto perder a Marco como dejar de ser una familia formada por un papá, una mamá y dos hijos. Dolía mucho. Mucho. Mucho.

Capítulo V

Los cuentos de hadas son más que reales,
no porque nos digan que los dragones existen,
sino porque nos dicen que pueden ser derrotados
G. K. CHESTERTON

Me gustaban aquellos vaqueros y el espejo rosa de mi sobrina Amanda me daba la razón.

—¿Al final los estrenas hoy?

—Creo que sí. ¿Quedan bien para ir a ver a Carlos? –le pregunté a Jess, mientras me giraba buscando mi reflejo en el espejo.

—Claro, te quedan genial.

Elegí una camiseta negra con una bandera de USA estampada en la parte delantera, en un querer salir al mundo gritando subliminalmente: «Aquí estoy, viviendo mi propio sueño americano». Y vaya si lo estaba viviendo. Si es verdad eso de que «no hay quinto malo», éste podría ser un capitulazo. Uno de ésos que empiezan con algo tan vulgar y cotidiano como elegir la ropa del día. Todo iba, pues, según el guión. Ahora sólo tenía que llamar a Carlos para concretar la hora exacta a la que nos veríamos aquella tarde. Sencillo y preciso. Llamar a Carlos. Voy.

—Hola, Carlos.

—¡Hola, Emma!

Aquel súbito entusiasmo debería haberme dado alguna pista, pero tengo la extraña manía de no prestar atención ni a las indirectas, ni a las señales, ni a las pistas de ningún tipo. Así que me marqué un salto mortal sobre aquel más que sospechoso entusiasmo y seguí adelante como si tal cosa.

—No sé si te pillo en buen momento. Sólo quería confirmar a qué hora te venía bien que nos viéramos esta tarde.

—¿Emma? ¿Vernos esta tarde? Creo que te equivocas de Carlos.

—Mmmm, pues no sé... ¿No eres Carlos Alarcón?

—No, soy Carlos Alzada. ¿Te acuerdas de mí?

—¡Carlos, cuánto tiempo! Claro que me acuerdo de ti. Dios mío, ¿cuánto hace que no hablamos? ¿8 años?

—Puede que algo más...

—Perdóname, evidentemente quería hablar con otro Carlos. Pero me alegro mucho de saludarte. ¿Qué tal te va todo? ¿Sigues en la radio?

—No hay nada que disculpar, es genial que te hayas equivocado. Todo bien, no puedo quejarme. Casado, estrenándome como padre y dando guerra en la radio.

—Espera, ¿casado? ¿Cómo se llamaba aquella productora del programa de la tarde...? ¿Marta? –dije dudando e intentando recordar su apellido.

—Marta García. Aquella productora es hoy mi mujer. Es increíble que te acuerdes.

—De aquellos días de radio lo recuerdo casi todo –dije haciendo un gesto raro con las cejas al descubrir que no mentía.

—¿Y vosotros qué tal? –dijo refiriéndose a Marco y a los niños–. Cuéntame.

—Bueno, ¿por dónde empiezo? Veras, Marco y yo nos estamos separando.

—(...) Cuanto lo siento, Emma. Joder, eráis la puta pareja perfecta.

—No hay nada perfecto, Carlos. Supongo que nosotros no éramos una excepción.

—Aun así me dejas de piedra. Te creo porque eres tú quien me lo está contando.

—Yo también estoy todavía un poco en *shock*.

—Perdóname, Emma, ni siquiera te he preguntado... ¿qué tal estás? –dijo un poco avergonzado.

—Bueno, todavía estoy aterrizando con todo esto. No ha pasado ni un mes desde que Marco me dijo lo que había...

—¿Un mes? –el silencio que hizo a continuación auguró un cambio de tema–. ¿Y si quedamos para comer y me lo cuentas más despacio?

—Mmmm –titubeé los únicos dos segundos que necesité para darle una respuesta–. Sería genial, Carlos.

—En el Lateral de Velázquez, a las 14.00 h. ¿Te parece bien?

—Perfecto.

—Muy bien, pues luego te veo.

—Genial. ¡Hasta luego!

Y así, en lo que mi hermana Jess se había dado una ducha, yo había vuelto a compartir con otra persona el gran éxito del verano. Carlos Alzada, ¡qué increíble casualidad!

Me gustó la primera vez que hablé con él. Me pasaron su llamada por casualidad porque quería hablar con alguien del equipo del programa de la noche y yo era la única que estaba en redacción. Me contó que estaba estudiando Periodismo y que en la facultad se había enterado de que estábamos haciendo pruebas de locución para el programa. Le expliqué que de momento no necesitábamos más becarios, pero que podría avisarle para la siguiente convocatoria. Su voz, su forma de expresarse y una especie de flechazo hicieron el resto. Según terminé de decirle que no, pensé que debíamos hacerle una prueba. Indecisión patológica, otro rasgo adorable de mi arrebatadora personalidad.

A los tres días le estaba escuchando a través del grueso cristal que separaba el control técnico de la pecera de los locutores en los estudios de Onda F.M. Lo hacía bien. Estaba nervioso pero su talento cruzó el cristal antibalas que nos separaba como una mano juguetona rompe la estela de humo de un cigarrillo. Fue nuestro chico de los deportes. También el que salía con la unidad móvil a cubrir alguna rueda de prensa o a preguntarle a la gente de la calle. Redactó boletines informativos y formó parte del equipo hasta que le dije adiós, mi último día de radio, a aquella mágica emisora que todavía hoy guarda en custodia mis primeras ilusiones, mis primeras decepciones y mis primeras ambiciones profesionales.

Ocho años sin vernos, sin saber nada el uno del otro. Daba lo mismo. Carlos Alzada tenía asignado en mi corazón el sitio que se le guarda a los compañeros de trabajo que te compensan los lunes, te regalan los martes, te sorprenden los miércoles, te sujetan los jueves y te bailan los viernes.

—¿Con quién hablabas?

—No te lo vas a creer. ¿Te acuerdas de Carlos Alzada?

—Pues así por el nombre, no.

—¿Y si te digo el chico que hablaba de deportes en *Informe 96*?

—Ah, vale... ese Carlos. ¿Y cómo es que te ha llamado?

—Le he llamado sin querer. Intentaba hablar con Carlos Alarcón y me he equivocado de Carlos.

—Emmaaaaa –pronunció más que emocionada Jess–, ¿sabes qué ha sido eso?

—Ni idea –dije sin entender muy bien la pregunta.

—EL DESTINO HABLANDO.

—¿El destino hablando?

—Justo eso. Dale una vuelta –dijo desde el pasillo de camino a la lencería de la coqueta de su cuarto.

«El destino hablando» repetí con voz grave como si fuese la narradora de una obra de teatro. Podía ser. Claro que, yendo como voy justa con las indirectas y lenta con las señales, como para pillarle mensajes al destino.

—Ha sido una casualidad. Pequeña. Sencilla. Una casualidad sin más –dije muy convencida desde el quicio de la puerta.

—O también uno de esos pequeños errores que te cambian la vida para siempre.

—Pues resulta, pequeña y retorcida «Celestina», que ése que puede cambiarme la vida, está casado y acaba de ser papá –dije utilizando ese tono de autosuficiencia que rezumamos todos cuando creemos que hemos ganado en cualquier rifirrafe.

—Pues resulta, pequeña y retorcida «Marisabidilla», que los cambios en la vida pueden ser de muchos tipos, y que no todos tienen por qué estar relacionados con asuntos de pareja –dijo, copiándome, además de la construcción de la frase, el tono de voz–. *¡Touché!*

—No sé, Jess –dije un poco más seria–. Bueno, lo único seguro es que hemos quedado hoy para comer.

—Uhhhh, ¡¡¡¡tu primera cita!!!!

—¡Cállate...! –le dije entre risas, mientras le lanzaba uno de los cojines de la cama.

Pasó algo curioso justo después de esa conversación. Pensaba que no querría saber nada de citas en mucho, mucho tiempo. Pero debo reconocer, que cuando Jess planteó la posibilidad de tener una cita y justo después de tirarle el cojín, me mordí un poco el labio y fantaseé unos segundos imaginándome parada delante del armario buscando modelito y tacones a juego de toda aquella chaladura.

Mientras Jess terminaba de vestirse, aproveché para maquillarme en el baño y darme un paseo virtual por «una primera cita con Emma Bisar». Por supuesto, en vaqueros pitillos y con una camiseta entallada al cuerpo, pero no ceñida. Parece lo mismo, pero creedme, no lo es. Que aquel *tour* digital hubiese empezado tan cerca de un armario parecía una insinuación poética que me animaba a comprar ropa nueva. Es curioso lo que se me resisten las indirectas y lo bien que pillo las insinuaciones poéticas ;-)

Hice un repaso mental a mi vestuario y así, a primera vista, la gran estrella del cotarro era la *comodidad*. Vestía para ir cómoda al parque con los niños. Cómoda para llevarlos y recogerlos del colegio. Cómoda para salir de compras. Cómoda para pasar una tarde en casa de algunos de nuestros amigos. Pensé en una etiqueta para mi nuevo armario y la primera en llegar fue *conquista*. Necesitaría vestirme para conquistar un trabajo, para conquistar a mi familia, para conquistar nuevos amigos... para conquistar una vida entera. Joder, no pudo ser casual lo bien que me pinté la raya del ojo pensando en conquistarme de nuevo.

«Soñar despierta con una primera cita» pasó de repente a un segundo plano y me concentré durante unos segundos en la idea de revolucionarme por fuera como alternativa a romperme por dentro. Salir de compras, rescatar los tacones del fondo del zapatero, maquillarme a diario... Pura frivolidad, sí, pero conseguía hacerme vibrar. Habría sido genial que el cuerpo se me hubiera electrificado pensando en una biblioteca, en los documentales de la 2 o en una emocionante fórmula de física cuántica, pero eso no pasó. Elegí prudencia, tranquilidad, mis hijos, mi familia, algunos amigos, un poco de frivolidad y mucho sentido del humor. Lo doblé todo con cariño y preparé la maleta para aquel viaje que acababa de empezar.

—¿No deberías darle un toque a Carlos, el psicólogo? –preguntó Jess con un poco de retranca, sacándome de aquella especie de limbo.

—Sí, es verdad. Se me había olvidado.

«Espero que no sea demasiado tarde. Como no pueda verme esta tarde...» murmullé agobiada mientras el móvil me devolvía el tercer tono de llamada.

—Hola, ¿Carlos?

—Sí, soy yo.

—Carlos, soy Emma la mamá de Santos y Julia.

—Estaba esperando tu llamada.

—Disculpa, se me ha hecho un poco tarde –dije justificándome.

—No hay problema. ¿Podemos vernos esta tarde a las seis?

—Sí, claro. Allí estaré.

—Perfecto. Luego nos vemos.

—Genial. ¡Hasta luego!

Otro que se despedía y colgaba sin más, pasando de mí. «Genial. ¡Hasta luego!». Igual soy una maniática, pero me jode que la gente se despida y pase de mí. No sé, es pura cortesía, pero tampoco es tan difícil, ¿no? Tú te despides, yo me despido y fin de la conversación. Que no estoy pidiendo que después de decirnos adiós contemos 1, 2 y 3 para decidir quién cuelga primero. Eso sólo funciona con los primeros amores. Después, el callo emocional de algunos se burla de esos ramalazos juveniles. No me importa que se rían; creo que si algún día vuelvo a salir con alguien medio en serio, se lo soltaré. Apunté aquella nota mental mientras terminaba de maquillarme mirando la pantalla del móvil cada dos minutos como si me estuviera cronometrando. La mañana había pasado volando entre duchas, llamadas y algunas risas a medias con Jess.

Caminando por la acera, levanté un poco la vista mientras corregía mi espalda –con más tendencia de la necesaria a caerse de hombros–, y me pareció ver a Carlos de pie intentando hacerse un hueco que le diese visibilidad entre el grupo de gente que esperaba para sentarse en la terraza. Le delató su inconfundible corte de pelo y aquella forma tan suya de colocarse el flequillo. Me paré prácticamente delante de él, pero sólo me reconoció cuando escuchó mi voz:

—Hola, Carlos.

—¡Emma! –dijo mientras todos los músculos de su cara ponían gesto de sorpresa–. Dios mío, si no me hablas, no te habría reconocido.

—Pelo corto –dije llevándome la mano derecha a la cabeza.

—Sí, pero no es sólo el pelo... eres tú. Estás genial, como si el tiempo no hubiera pasado por ti. Espera –dijo–, voy a preguntarle al camarero si ya tenemos mesa.

—Muy bien.

Me quedé esperando de pie disfrutando del sol que se colaba entre las sombrillas de la terraza, contenta por haberle ganado la partida a los ocho años que habían pasado desde la última vez que Carlos y yo nos habíamos visto.

—Emma, ya tenemos mesa –me avisó él indicándome con la mano hacia dónde tenía que dirigirme.

—Voy –dije, mientras U2 empezaba a sonar en mi bolso. Pensé en los niños... y tanteé con la mano hasta que encontré el móvil.

—Un segundo –me disculpé poniendo cara de circunstancia.

—Tranquila –dijo Carlos mientras repasaba la carta.

Giré el móvil sobre la palma de la mano y vi cuatro letras pidiendo paso con insistencia.

—¿GABY?

—Acabo de encender el móvil. Estamos en el aeropuerto esperando las maletas. ¿47 llamadas perdidas? ¿Estáis todos bien? ¿Qué pasa?

—Cariño, estoy comiendo con un amigo. Te llamo esta tarde y hablamos tranquilamente.

—Vale, hablamos esta tarde. Pero dime que estáis todos bien.

—Sí, tranquila. Tengo algo importante que contarte pero no te preocupes. Todo está razonablemente bien.

—¿Razonablemente bien? Espera, espera... ¿Comiendo con un amigo? Emma, ¿qué leches está pasando? No entiendo nada.

—No te preocupes, luego te doy un toque. Un beso enorme.

–Joder, Emma –dijo rezumando desesperación pero conformándose al mismo tiempo–. No tardes en llamar. Otro beso para ti.

27 días intentando hablar con ella, y de todas las coordenadas espacio-tiempo posibles, había elegido justo aquélla.

—¿Te apetece que pidamos un picoteo al centro para compartir y un plato de segundo? –propuso Carlos.

—Genial.

Nos pusimos de acuerdo y avisamos al camarero para que nos tomara nota. Mientras se alejaba a buscar nuestras cervezas, Carlos sacó el tema directamente pasando por alto los comentarios típicos sobre el tiempo.

—Desde que hablamos esta mañana, no he podido pensar en otra cosa, Emma. Sigo alucinando.

—Ya me imagino. Yo todavía estoy aterrizando.

—Pero, ¿no te lo esperabas? –preguntó con una sombra de inseguridad o de miedo morboso.

Supongo que nos pasa a todos. Cuando se separaron Pedro y Lola, y Marco llegó a casa contándome la historia después de una larga cena con su mejor amigo, deseé con todo mi corazón que la culpa fuera de alguna zorra o de algún cabrón que se había metido por medio. La típica historia de «estábamos todo el día discutiendo» tampoco habría estado mal. Ambas versiones te hacen sentir muy lejos de que algo así te pueda pasar a ti. Pero cuando Marco me contó que Pedro, sencillamente había dejado de querer a su mujer, no me sentí a salvo de nada sino expuesta a todo. Supongo que esa sacudida de inseguridad que te lleva a pensar por un segundo que algo así también te puede pasar a ti, es la que sintió Carlos mientras me hacía aquella pregunta.

—No, no me lo esperaba.

—¿Ni siquiera la sospecha?

—Ni siquiera. Nada de nada. Me fui de vacaciones al pueblo de mis padres con los niños. Me despedí de mi marido con un beso y «un cuídate mucho, nos vemos en agosto». Cinco días más tarde, se presentó sin avisar para hablar conmigo y despachar, en 40 minutos, diez años de matrimonio.

—¡Qué cabrón!

—Bueno, de momento me ha hecho una cabronada, pero lo de cabrón está por ver.

—Decírselo a los niños habrá sido lo más difícil, ¿no? –dijo esquivando un poco el jardín en el que se había metido con el comentario anterior.

—Todavía no les hemos dicho nada. Por eso estoy en Madrid. Esta tarde tengo una cita con un psicólogo con el que quiero hablar del tema.

—¿Hasta cuándo estás de vacaciones?

—Hasta que encuentre un trabajo.

—Pero, ¿no estás trabajando? Pensaba que seguías en aquella revista... –dijo esforzándose por recordar el nombre.

—Dejé de trabajar en M de Moda cuando me quedé embarazada de Julia. Ya sabes, embarazada y sin contrato..., perder la colaboración era cuestión de tiempo. Decidieron por mí, aunque al final, aquel tiempo en casa cuidando de mi hija resultó fantástico. Cuando estaba pensando en volver a trabajar, me quedé embarazada de Santos, así que volví a darme un tiempo para cuidarle. Total, que aquí me tienes, ocho largos años después.

—¿Ocho años sin trabajar?

—Sí, es justo lo que estás pensando. A Emma Bisar los tiempos de crianza se le van un poquito de las manos –dije entonando sarcásticamente mis palabras.

Cuando el camarero vino a decorar la mesa con el tapeo elegido, a Carlos le había hecho una ficha de mi vida bastante completa. Era su turno.

—Así que casado y papá primerizo.

—Es increíble, Emma. Estoy en un gran momento personal.

Noté perfectamente lo mal que se sintió justo después de pronunciar aquellas palabras delante de alguien que posiblemente estaba afrontando uno de los peores capítulos de su vida. Decidí echarle un cable.

—¿Sigues en la radio?

—Sí. Después de Onda F.M. estuve de becario un par de años en RadioNews. Pasé a contrato de redactor raso. De ahí a productor y chico para todo del *magazine* de la mañana. Un par de años más dando vueltas por los servicios informativos de la cadena y desde hace casi cuatro, jefe de programación local.

—¿Sabes qué?

—No sé –dijo con la encantadora ingenuidad de un niño pequeño.

—Lo supe en cuanto te vi. Eres un animal de radio. Me alegro muchísimo, Carlos. ¿Estás contento?

—Bueno, «razonablemente contento» –dijo parafraseando la expresión que había utilizado mientras hablaba con Gaby–. Las cosas han cambiado mucho. Básicamente, las dificultades han aumentado y las ventajas siguen siendo las mismas. Supongo que sigo en esto por puro romanticismo.

—Es curioso. Si alguien me hubiera preguntado hace diez años cómo sería tu vida en este momento, habría descrito algo muy parecido a lo que acabas de contarme.

—¿Así que soy un libro abierto?

—No, no es verdad. No quería decir eso –dije tratando de explicar el presunto malentendido.

—Lo sé. Te tomaba el pelo. Sigues poniéndolo muy fácil.

Una gran sonrisa fue mi forma de rendirme a la evidencia de sus palabras.

—¿Próximos planes?

—Bueno, he decidido no planificar mucho de ahora en adelante. Pienso en cómo contarles a los niños lo de la separación, en encontrar un trabajo, en solucionar todo el papeleo...

—¿Volverías a la radio?

—Claro que volvería, pero después de casi diez años, no lo veo muy factible, la verdad.

—Convocamos pruebas de locución la última semana de agosto. Podrías pasarte y probar.

—Sería maravilloso. Pero lo haré sólo si me prometes que no te pongo en ningún compromiso.

—Puedes estar tranquila. No te lo habría ofrecido si fuera un problema. Será como aquella vez, pero al revés –dijo en alusión a la prueba que yo le había hecho a él años atrás.

Me hizo ilusión que él también lo recordara, porque para mí no era un recuerdo más, aunque no me gustó la idea de que pudiera sentirse en deuda conmigo y me pareció oportuno aclararlo.

—Aquella vez yo no te regalé nada, así que nada me debes. ¿De acuerdo?

—Trato hecho.

Yo tampoco le creí. Para Carlos siempre sería la Emma que le había dado la primera oportunidad en la radio. Lo demás vino luego. La forma de comprendernos, de estar de acuerdo en casi todo, de tener un punto de vista muy parecido sobre la profesión, la pasión por la radio, la predisposición al esfuerzo en el trabajo, las horas de más en la emisora, las risas en redacción... la complicidad. Saberme un poco especial para él, combinado con la forma en la que nuestras vidas se habían vuelto a cruzar, me hizo recordar la frase de Jess de aquella mañana: «el destino hablando».

* * *

Mi intuición no apostaba mucho por aquel caballo llamado radio. Me apetecía probar suerte pero era muy realista traduciéndola a probabilidades. Sabía del cariño y el respeto profesional y personal que me tenía Carlos. De la misma forma era perfectamente consciente de que su propuesta había tenido que ver más con la amabilidad y la cordialidad que con el hacer profesional de un *headhunter*. Tanta clarividencia me llevó a desconectar de toda aquella conversación y a concentrarme en cómo volver a casa de Jess para no llegar tarde a mi cita con el otro Carlos. Si por alguna remota y rocambolesca carambola del destino, el Señor volviera a pedirme que eligiera entre un buen culo o el sentido de la orientación, no tardaría ni dos segundos en mirarle a los ojos y decirle: «Señor, puedes llamarme *culocarpeta*».

Diez años casada con un GPS con piernas no habían servido absolutamente para nada. ¿Qué hace una recién separada cuando se pierde? Justo aquello que habría enfurecido a su ex: parar y preguntar a alguien. Me daba la risa sólo de imaginarme en aquella situación con Marco en el coche. Un hombre para quien preguntar, jamás, jamás, era una opción.

Dadas las circunstancias llegué antes de lo previsto, aunque no con el tiempo necesario para buscar sitio y aparcar. Preferí darle un toque a Jess para que bajara mientras la esperaba en doble fila.

—Bueno, ¿y qué tal tu cita con el destino? –me preguntó con picardía.

—Mira que eres idiota –le dije sonriendo–. ¿Recuerdas aquella vez que te obligué a rezar cada noche conmigo durante una semana?

—Mmmm –pronunció sin despegar los labios.

—Sí... cuando hice la prueba para entrar de becaria en Radio F.M. ¿De verdad no te acuerdas?

—Ah, sí, ahora me acuerdo. ¿Cómo he podido olvidar aquella semana llena de plegarias, sortilegios y rituales? Ese comprobar tres veces la puerta porque es tu número de la suerte y no hacerlo podía gafarte para la prueba. Ese encender velas a todas horas y de todos los colores y que te colaras en mi cuarto por la noche para que te hiciera hueco en la cama y rezar. Sí, me acuerdo perfectamente Emma.

—Bien, pues prepárate para rezar Jess porque a finales de agosto ¡¡¡me presento a las pruebas de locución de Radio-News!!!

—¿Estás de coña?

—En serio. Carlos es el jefe de programación de la emisora y me ha dicho que me presente sin compromiso. Sólo para probar.

—Emma, ¡pero eso es genial!

—Sí que lo es –dije con más miedo que emoción.

—E-D-H –pronunció Jess enigmáticamente.

—¿E-D-H?

—El Destino Hablando, querida.

De camino a la consulta del otro Carlos de mi vida, intenté concentrarme en conducir siguiendo las indicaciones de Jess, pero los retales de la conversación con mi amigo y la repentina propuesta de presentarme a las pruebas de locución de la emisora me desconcentraban sin pedirme permiso.

Cuantifiqué por primera vez mi renuncia o que me hicieran renunciar, eso era lo de menos. Dejar la emisora y, años más tarde, la revista en la que colaboraba sin contrato pero con mucha ilusión, ahora no me parecían tan buenas decisiones. No lo lamentaba y posiblemente, si volviese atrás en el tiempo, volvería a hacer lo mismo, pero sentía que estaba en desventaja y que haber cerrado casi de un portazo mi vida profesional tenía algo que ver con mi actual puesto en la parrilla de salida. Pensé en los niños. En los largos periodos de lactancia que pude regalarme y regalarles. En los largos paseos por el parque sin prisa. En la entrega total y absoluta de ilusiones, ambiciones, proyectos y sueños a ellos y a Marco. En cierta forma todo aquel tiempo no tuve ilusiones propias, sólo me dejé llevar por las suyas. «Ahora es diferente», pensé. Eso es. Eso era. Volvía a tener ilusiones sólo para mí. Ilusión de encontrar trabajo. Ilusión de hacer una prueba de voz, aunque me estrellase directa contra el micro. Ilusión por capear todo lo que me estaba pasando. La ilusión por no perderme hizo que me concentrara de nuevo en lo que estaba haciendo, conducir.

—En esa rotonda, ¿sigo recto?

—Sí, sigue recto. Por donde va aquella furgoneta roja.

—OK. Tenemos que estar muy cerca, ¿no?

—A tres minutos según el navegador.

—Genial, llegamos en hora.

—Bueno, vamos cinco minutos tarde.

—Cinco minutos no es llegar tarde, entra dentro del tiempo de espera de cortesía que las buenas formas y maneras sociales fijan en diez minutos.

—Qué grande eres, Emy. Me parto contigo. Ahora, al hecho de llegar siempre tarde, le metes diez minutos mágicos de cortesía... así, ¡zas!

—Creo que estamos en la calle, ¿qué número era? –pregunté con impaciencia por no saltarme la dirección y cambiar de tema.

—El número trece.

—El trece, genial. –«¡Camarero, otra ronda de señales!» pensé sin decir nada.

—Aquí es. Menos mal, que en aparcar contigo en la puerta, no vamos a perder mucho tiempo.

—¿Eso de ahí es un vado, Jess?

—No, cariño. Es un puto sitio en la puerta que te está esperando, como siempre –dijo Jess con más sarcasmo del que le cabía en la boca.

Volví a tocar el timbre una vez más, pero la puerta del portal seguía sin inmutarse.

—¿Estás segura de que era a las seis, verdad?

—Segura. Viernes, 26 de julio, a las seis de la tarde.

—Pues aquí no abre nadie. ¿Qué hacemos?

—Deberíamos esperar un poco, seguro que viene en cualquier momento.

—¿Y si esperamos en el coche? Aquí hace mucho calor.

Jess tenía razón. Arranqué el coche y encendí el aire acondicionado. Allí sentadas, veíamos el número 13 perfectamente y casi podíamos controlar toda la calle, como harían dos buenas detectives privadas. Eso era lo que Jess quiso ser de mayor durante muchos años. Me encantaba cuando le preguntaban y decía en voz alta que quería ser como *Los Ángeles de Charlie*. Bueno, más bien como la rubia Cheryl Ladd en su papel de Kris Munroe. Mi color de pelo también elegía por mí y me dejaba pocas opciones. La cosa solía estar entre Sabrina y Kelly, y dependía casi siempre de la elección de la prima Carolina, con la que jugábamos a todas horas. La única cicatriz importante que tengo en el cuerpo... bueno, la segunda, tiene que ver con aquellos increíbles capítulos de las chicas del misterioso Charlie Townsend. Debía tener unos siete años cuando jugábamos con unos primos a *Los Ángeles de Charlie*. Tras una exhausta persecución descampado a través, uno de los malos, mi primo Nacho, me gritó:

—Quieta o disparo –y lo dijo sin un ápice de piedad.

—Vale, vale –dije haciendo que abandonaba un pequeño tirachinas casero.

Al ir a recuperar la postura para tensar el tirachinas, Nacho adivinó mis intenciones y disparó con su pequeña escopeta de perdigones. Caí al suelo y empecé a chillar y a llorar llevándome las dos manos al muslo izquierdo.

—Sabrina, deja ya de gritar y hazte la muerta –gritó mi primo Paco, metido en la piel de otro de los malos.

—¡Me duele mucho!

Recuerdo la cara de Jess y su forma de llorar cuando llegó corriendo. Luego, ya en casa de mis tíos, el sueño recurrente de esta historia me deja ver de lejos los guantazos que le cayeron a Nacho por no haber comprobado que la escopeta estaba descargada. Después me veo en el asiento trasero del viejo 124 de mis padres, volviendo a casa desde el hospital y mirándome la pierna con mi pequeña mano apoyada sobre el inmaculado vendaje blanco. He contado tantas veces esta historia y la he soñado tanto que no distingo muy bien la verdad del adorno, pero la cicatriz en forma de cruz latina por la que todos preguntan cuando se asoma bajo la falda no miente. A veces pienso en los mensajes ocultos que cuentan las heridas sobre las personas. Venir al mundo con fórceps y que te condecoren la parte izquierda de la cabeza con una soberana cicatriz en la que nunca jamás saldrá el pelo, ¿qué podría decir sobre mí? Podría ser una señal de protesta, o de lucha, pero a mí me convencía más leer en ella un signo inconfundible de mi personalidad que tenía menos que ver con la rebeldía. Era obediente, profunda y estúpidamente obediente. Quizá por eso atravesé el canal del parto pese a las dificultades. Era por allí por donde había que salir, y para mí, ésa suele ser una razón más que suficiente para hacer cualquier cosa o tomar cualquier decisión. El hecho de haber desobedecido a mi primo Nacho cuando me dijo que estuviera quieta y que el resultado de aquella pequeña improvisación fuese una cicatriz en la pierna, confirmaban mi teoría.

Empezaba a tener tanto tiempo para mí, que invertirlo en conocerme un poco mejor se convirtió en una especie de pasatiempo morboso que todavía no sabía si me gustaba o me aterraba.

Avanzando con cierta parsimonia desde el fondo de la calle pude reconocer la inconfundible silueta de Carlos Alarcón portando un pequeño maletín en su mano izquierda en lugar de un reloj. Según el coche eran las seis y veinticinco de la tarde.

—¿Ése no es Carlos? –preguntó Jess.

—Sí, es él.

—Pues vamos.

—Espera –dije mientras acercaba mi mano a la suya para que no abriese la puerta.

—¿Por qué?

—Para no violentarle por llegar casi media hora tarde. Mejor dejamos que entre y en dos minutos llamamos al timbre.

—¿Y qué pasa? Si llegas 25 minutos tarde y te violentas, es tu problema –cada apunte de Jess sobre el tema, llevaba implícita la carga de más de 30 años soportando mi impuntualidad crónica.

Me sentía un poco impaciente dirigiéndome a la robusta puerta de madera coronada por un brillante número 13. En cuestión de minutos tendría respuesta a las grandes preguntas de aquel destartalado verano.

La puerta se abrió sin que nadie preguntase después de llamar al timbre. Confirmamos el piso y la letra revisando los flamantes buzones que llenaban el portal de nombres y apellidos al tuntún.

—Hola, Emma –dijo Carlos sin justificarse por su tardanza.

—Hola –dijimos casi a coro nosotras.

—Pasad al despacho y poneos cómodas –dijo indicándonos el camino con la mano–. Voy enseguida.

Al fondo del enorme despacho, y justo delante de una imponente cristalera que dejaba entrar la luz y mostraba como un escaparate de la calle Serrano el cuidado jardín, estaba la mesa de Carlos. Frente a ella, dándonos la espalda, dos sillas perfectamente alineadas. La de la izquierda para Jess y la del flanco derecho para mi historia. Yo ya conocía aquel despacho, pero ahora parecía distinto. La otra vez iba de escudero de Marco y la visita la hicimos en invierno. Posiblemente por eso la luz de la estancia y el color eran muy distintos. Los pasos de Carlos sobre los indiscretos y chirriantes tablones del pasillo anunciaron el inminente comienzo de la reunión. Estaba nerviosa y también impaciente.

Del comienzo de la reunión recuerdo perfectamente la cara que puso Carlos cuando le di el titular y la entradilla. Él estaba felizmente casado, era padre de cuatro niños y de un quinto que venía en camino. Supongo que alguien con una estructura familiar tan sólida y creíble piensa que estas cosas nunca pasan, quizá por eso su cara tras escucharme fue una mezcla de incredulidad y decepción.

—Es buena idea que hayáis pensado decírselo a los niños en casa, juntos, a la vuelta de las vacaciones –dijo dándole la razón a Marco.

—¿No crees que va a ser un poco como cuando llevan a un animal al matadero? –dije evidenciando que la autoría de la teoría no era mía.

—Nada de eso, Emma. Piensa en un buen momento, el mejor de todos, para dar una noticia así a tus hijos.

—Mmmm –balbuceé pensativa y torciendo un poco el gesto de mi boca como hago siempre que necesito que se me ocurra algo.

—No lo pienses, no existe. No hay un momento ideal para dar una mala noticia a alguien y obstinarse en encontrarlo es una pérdida de tiempo y energía.

Aquellas palabras de Carlos me hicieron reflexionar sobre la forma en la que Marco me había dicho que nos separábamos. Pensaba que había elegido la más cruel y me había sentido totalmente arrinconada. Había estado un año entero sintiendo que no me quería y no me había dicho ni una palabra aparte del escudo del estrés y los problemas del trabajo. Durante las últimas semanas había estado convencida de que debería haber compartido conmigo sus sentimientos durante todos aquellos meses o, al menos, haber buscado otro momento, otras circunstancias, otro contexto para decirme la verdad, su verdad. Pero en aquel despacho aquellas certezas comenzaron a desvanecerse. La posibilidad de que durante aquellos meses Marco hubiera estado más ocupado en buscar el mejor momento para decírmelo que en aclarar sus sentimientos, empezaba a tomar forma de axioma. Debió pensar que en enero, justo después de las Navidades, no sería un buen regalo. En febrero, el cumpleaños de mi hermana y el de sus padres posiblemente le hicieron rasgar esa hoja del calendario. Marzo debió caerse de entre sus opciones por culpa del cumpleaños de mi madre... y así sucesivamente. Siempre hay algo que celebrar, algo que te sujeta por el hombro y te susurra al oído que esperes a la siguiente página del calendario. Pensándolo así, un año ahora no me parecía tan largo. De hecho, poniéndome en su lugar, para mí aquellos meses también habrían pasado volando y en silencio.

—Entonces, tenemos que decírselo juntos cuando acabe el verano –reconocí en voz alta, retomando la conversación.

—Lo más importante en todo esto es que estéis juntos y de acuerdo en algunas cosas, como en la forma de decírselo, y hacerlo sin roles de culpable y víctima. Esto último es fundamental. De hecho podéis elegir el peor momento y equivocaros totalmente en la forma de decirle a Julia y a Santi que os habéis separado y tendrá solución. Al final es algo que quedará grabado en vosotros; los niños son muy pequeños y lo olvidarán. Pero si asumís frente a ellos esos roles, quedaréis etiquetados para siempre ante ellos, y también ante vosotros mismos.

—Pero Marco es el responsable de todo esto –dije sin terminar de comprender muy bien el planteamiento de Carlos.

—En el mundo de los adultos, Emma, y aquí, en este despacho. En una conversación con tu hermana y tus padres en la cocina. O cuando quedes para tomar un café con una amiga. Pero en el mundo de los niños, en el universo de tus hijos, Marco es su padre y tú eres su madre. Los dos juntos habéis tomado una decisión que queréis compartir con ellos porque es importante para la familia.

—Es muy difícil, Carlos. No podré hacerlo. Sólo de pensarlo se me pone un nudo en la garganta.

—Podrás, Emma, estoy seguro. Entiendo que te parezca injusto porque realmente lo es. Será un ejercicio enorme de generosidad por tu parte. Pero la recompensa será buena para ellos. Si repartís la culpa y la responsabilidad entre los dos, les evitaréis estar en medio de una guerra y que tengan que elegir una trinchera.

Era la primera persona que me animaba a plantear la situación en las antípodas del conflicto y, oyéndole, parecía hasta sencillo. Pero incluso yo, con mi ingenuidad patológica, sabía que no iba a ser fácil. Lo confirmé en la siguiente intervención de Carlos.

—Debéis explicarles que se trata de una decisión definitiva y de la que ellos no son responsables. Es una decisión de los adultos de la casa, de papá y mamá. Los niños fantasean siempre con la posibilidad de que sus padres vuelvan a estar juntos y se culpan de la ruptura. Siempre se culpan, hasta cuando lo niegan lo están haciendo, Emma. Y no quiero detallarte el sufrimiento de un niño ni las implicaciones emocionales que puede sufrir por ese sentimiento de culpa. Porque, ¿la separación es definitiva, verdad?

—Marco habló de darnos un tiempo, pero tal y como están yendo las cosas, creo que su decisión es cada día más firme.

Carlos miró a Jessica antes de volver a hablar.

—Jessica, es genial que estés aquí acompañando a tu hermana, y no quiero que te sientas ofendida, pero me gustaría preguntarte algo, Emma: ¿Por qué no ha venido Marco? –dijo depositando su mirada sobre mí.

—No ha sido muy explícito sobre la razón, la verdad. Sólo me dijo que no podía venir porque se iba fuera de Madrid el fin de semana.

—Es curioso.

El «dingdong» del timbre me hizo pensar que mi tiempo estaba a punto de acabar con la llegada del próximo... ¿paciente? Cuándo vamos al psicólogo, ¿qué somos?, ¿clientes?, ¿pacientes?, ¿neuróticos...? Mientras Carlos ponía rumbo a la puerta principal y Jess revisaba la pantalla de su móvil, descarté todos esos calificativos. Creo que vamos al psicólogo cuando tenemos preguntas y ninguna respuesta. Como periodista tuve la sensación de estar en el mejor sitio. Muchos flechazos pregunta-respuesta, pero aquel «es curioso» que dejó Carlos suspendido en el aire, necesitaba una aclaración a juego.

—Perdonadme –se disculpó Carlos–. El portero con el correo acumulado de las vacaciones.

—¿Estás de vacaciones?

—Oficialmente, sí. Oficiosamente, no.

—Lo siento mucho Carlos, podría haber esperado a tu vuelta. Cuando me cogiste el teléfono el otro día pensé que María José estaría de vacaciones, no que teníais la consulta cerrada. Me siento fatal.

—No pasa nada, tranquila. Este verano, con la llegada del pequeño decidimos quedarnos en Madrid. El día que llamaste me pillaste aquí de casualidad. Cuando me contaste el motivo de la consulta te di cita sin pensarlo.

—¿Por qué te parece curioso que Marco no haya podido venir? –le solté sin pensar, como si la pregunta saliera de mi estómago.

—Antes de responderte, quiero darte algo –dijo arrastrando despacio la silla para incorporarse.

Jess y yo nos miramos extrañadas, mientras seguíamos con la vista sus movimientos. Le vimos dirigirse hacia una enorme librería con la mayoría de los estantes ocupados por dobles filas de libros y muchas instantáneas de la que supuse sería su familia. Un grupo de niños jugando en la arena de la playa. Varios primeros planos de Carlos con alguno de sus hijos. En otra, su mujer jugaba a chocar su nariz con la de una pequeña con los ojos claros y la cabeza llena de bucles rubios. Por mi forma de suspirar, larga y profunda, diría que me puse triste.

—Quiero que te lleves este libro. No tiene todas las respuestas pero describe muy bien el escenario al que se enfrentan los niños durante un divorcio.

El niño ante el divorcio. Desde luego el título era de todo menos metafórico. Claro que tampoco el momento era precisamente poético. No era tiempo de metáforas. Ni de comparaciones. Ni de versos consonantes. Había llegado la era de la asonancia y más me valía prepararme que mirar para otro lado.

Con el libro sobre mi regazo, cuidándolo entre mis manos como si sostuviese el Santo Grial de matrimonios rotos, vi cómo Carlos volvía a sentarse detrás de la mesa para aclarar la cuestión pendiente.

—Es curioso porque me escribió un email con dudas muy parecidas a las tuyas hace semanas. Lo hizo antes de que tú llamaras por teléfono. Le contesté ofreciéndole la posibilidad de quedar un día en la consulta con los dos para hablar tranquilamente, pero no he vuelto a tener noticias suyas.

—No tenía ni idea.

—El caso es que parecía realmente preocupado por el tema de cómo debíais decírselo a los niños.

—Aunque no ha podido venir, me pidió que le llamase después de hablar contigo para comentarle.

—Sí, y eso está muy bien. Pero conociendo un poco a Marco, es curioso que no haya venido porque no es de los que delegan este tipo de cosas. No sé si me entiendes.

—Perfectamente.

Era una de esas evidencias del carácter de Marco. De ésas que dan la cara al segundo café. Aunque puestos a fruncir el ceño, era todavía más extraño que no me hubiera enviado una ristra de preguntas por *email* para que no me dejara nada importante.

—Emma, me resulta un poco embarazoso, pero hay algo que me gustaría preguntarte.

—Claro, lo que quieras –dije sin miedo.

—¿Hay otra mujer?

—Según Marco, no.

—¿Y tú que piensas?

—Siento que no hay otra mujer, y creo que tampoco la ha habido. Durante estas semanas he repasado despacio el último año. Le recuerdo preocupado, a veces, un poco ausente. Centrado, bueno, más bien volcado en su trabajo. Pasaba menos tiempo conmigo y con los niños porque necesitaba tiempo para escribir. Cuando hablábamos del tema, sus explicaciones eran más que convincentes y mi incapacidad para la desconfianza hacían el resto.

—Te escucho y hay algo que me sorprende. No estás enfadada con Marco. Seguramente lo has estado pero te puedo asegurar que ahora mismo no lo pareces. Si no me equivoco, tú eres una mujer de las que son lo que parecen y parecen lo que son.

—¿Tú crees?

—Sí, lo creo –me dijo sonriendo al modo de los padres–. Y no pongas esa cara, es una buena noticia. Sigue así, Emma. Enfádate sólo lo necesario, ni un minuto más, a no ser que quieras estar enfadada para la eternidad con el padre de tus hijos.

Aquella tarde comprendí dos cosas. Que es mucho lo que se gana sabiendo perder y que los psicólogos infantiles debieron asesorar en más de una ocasión a Alfred Hitchcock. Esto último se hizo evidente cuando, tras despedirnos, Carlos me extendió una de sus tarjetas y me dijo:

—Dile a Marco que me llame. Si te da largas o no le ves muy receptivo, dile que es importante que hablemos. Dile por favor que nadie, absolutamente nadie, es inmune a la bazofia. Y él, por su trabajo, lleva años sumergido en ella.

Capítulo VI

Emma vivía como bailaba,
llevando el peso de la vida
en las punteras de sus zapatos de tacón

La intensidad de una reunión se mide por los minutos de silencio que se producen en el coche en el camino de vuelta. Jess conducía muy concentrada mientras yo miraba por la ventanilla rebobinando las palabras de Carlos. Comprendía un poco mejor la situación, pero también era más consciente de las dificultades. No contaba con asumir la culpa a medias con Marco delante de los niños, por ejemplo. El reflejo de la ventanilla me devolvía sentada junto a él y los niños en el salón de nuestra casa de Madrid. Les estábamos informando de que papá había dejado de querer a mamá y que se iba a ir a vivir a otra casa, pidiéndoles tranquilidad y ánimo. Tras la reunión con Carlos, aquella estampa me pareció ridícula porque sonaba ridícula. ¿Cómo pueden asumir dos niños tan pequeños que el amor de los padres puede acabarse y que el amor de pareja tiene principio y final? Aunque lo tenga, prefería que de momento Julia y Santi tuvieran una idea más «Disney» sobre el asunto.

—Creo que suena tu móvil –dijo Jess bajándome de las nubes.

Lo cacé de espaldas en alguna de las cuevas que el tiempo ha excavado en mi bolso favorito y sólo pude ver quién era cuando lo giré para descolgar deslizando mi dedo por la pantalla.

—¿Gaby?

—Emma, quedaste en llamarme más tarde y ya es más tarde –protestó al otro lado del auricular.

—Perdóname, voy en el coche con Jess. Había pensado llamarte tranquilamente al llegar a su casa.

—¿En casa de Jess? –dijo confundida–. Pero, ¿no estás en el pueblo?

—No, estoy en Madrid.

—¿Y eso? ¿Qué ha pasado?

—Bueno… –intenté arrancar– me fui al pueblo de vacaciones a finales de junio. Unos días más tarde se presentó Marco sin avisar para decirme que quería que nos diéramos un tiempo…

—No te entiendo, Emma –me interrumpió–. Que Marco quería un tiempo… ¿Un tiempo para qué?

—Gaby, vino a decirme que nos vamos a separar.

—…

—¿Gaby?

—Estoy aquí, muda, pero aquí.

—Es la reacción del verano a la historia del verano –dije comprendiendo a mi amiga.

—Es que me parece imposible, Emma. Marco y tú. No puede ser. Si vosotros os separáis, ¿qué parejas van a seguir juntas?

—Es real, Gaby. Tan real como que estoy en Madrid para verme mañana con un abogado. Tan cierto como que acabamos de salir de la consulta de Carlos Alarcón.

—¿Y los niños? –dijo con un tono equidistante entre la preocupación y la lástima.

—Todavía no lo saben; por eso he ido a la consulta de Carlos. Se lo diremos a la vuelta del verano.

—¿Qué vais a hacer ahora? –preguntó.

—Nada. Estaremos un rato en casa de Jess hasta que llegue Pablo del trabajo. Luego iremos a cenar algo por el barrio.

—Pregúntale a Jess si me invita a tomar un café.

—No se lo pienso preguntar. Te invito yo. ¿De verdad vas a venir?

—Ya estoy de camino al coche. En 20 minutos estoy ahí.

—¿En serio?

—Tan en serio como que el planeta se calienta.

La primera vez que vi a Gabriela Conesa se preparaba para coger apuntes en el primer pupitre de unas clases de cocina. Me senté junto a ella por casualidad o por la pereza de tener que atravesar toda la clase en busca de otro asiento libre. Aquella misma mañana intercambiamos saludo y alguna frase cordial, pero lo que nos unió para siempre fue el pastel de espárragos que preparamos a medias unas clases más tarde. Cuando el cocinero y profesor, Pedro Jadraque, nos mandó salir desde nuestros asientos de la primera fila hasta la isla del centro de la clase, el comienzo de nuestra amistad quedó sellado para siempre, o mejor dicho «gelatinizado para la eternidad». El pastel, para ser el primero que preparábamos siguiendo la receta que habíamos aprendido la semana anterior, no salió nada mal y todavía hoy es uno de mis platos estrella, un «donde va triunfa». La elaboración de la receta transcurría con normalidad ante las miradas atentas del resto de alumnos. Pedro nos iba indicando ingredientes y nos iba preguntando por los diferentes pasos que teníamos que ir dando. En algún momento alguien preguntó si sería adecuado añadir a la crema del pastel una hoja de gelatina para darle mayor consistencia. Pedro dejó que fuéramos nosotras las primeras en responder. Y ambas estuvimos de acuerdo en que podría ser una buena idea. El profesor repreguntó para que explicáramos en qué punto de la receta incluiríamos la gelatina, señalando con la mirada el bol en el que teníamos preparada la mezcla de huevos, nata líquida, pimienta negra molida y una pizca de sal. Gaby se giró muy resuelta para coger una hoja de gelatina de uno de los estantes y me la ofreció extendiendo la mano para que hiciera los honores. De pie junto al bol, coloqué las dos manos sobre él y comencé a trocear la lámina transparente dejándola caer sobre la mezcla mientras explicaba al tendido las ventajas de añadir gelatina neutra para darle una mejor textura a la mezcla.

Cuando terminé de dar las explicaciones oportunas (aunque casi siempre son demasiadas), Pedro rompió la magia de aquel sublime momento:

—En realidad, esta receta no necesita gelatina. De hecho es mejor no ponérsela ya que se trata de un pastel que cuajará perfectamente en el horno al baño María. Emma y Gabriela han sido muy creativas a la hora de incluirla y, ¿cómo lo diría? –dijo, mientras buscaba las palabras apropiadas para la regañina–, un poco «kamikazes» al añadirla, troceándola sobre el batido sin hidratarla ni disolverla antes. Debéis saber que la gelatina, al estilo de las chicas de la primera fila, en boca es muy parecida al plástico duro.

Con las risas de fondo del resto de la clase, Gaby y yo cogimos nuestra dignidad embadurnada de vergüenza y volvimos a nuestros asientos sin inmutarnos, intentando que nuestras mejillas no se encendieran como la calle Alcalá en Navidad.

Sólo por las veces que nos hemos reído recordándola, la historia de la gelatina mereció la pena. Aquel día empezaron cuatro años de amistad que estábamos a punto de mojar en un café alrededor de mi separación matrimonial.

—Jess, ¿no te importa que haya invitado a Gaby, verdad?

—Hombre, podrías haberme consultado.

—Ya... bueno... lo siento. Di por hecho que no te importaría, pero te lo tenía que haber preguntado.

Sus risas anticiparon la frase que estaba a punto de escuchar mientras buscábamos un sitio para aparcar en la calle de Jess:

—Lo pones tan fácil que es difícil no caer en la tentación de vacilarte un poco.

—Sí, supongo que resulto fácil de engañar –dije cabizbaja.

—Hey, yo no he dicho eso. Sabes perfectamente por dónde voy. No estaba hablando de Marco.

—Lo sé. Yo tampoco me refería a él –dije mintiendo con mucha seguridad.

Claro que hablaba de él. De él y de aquella pregunta que latía cada cierto tiempo en mi cabeza, sobre todo desde aquella tarde: ¿Había otra mujer? Podía ser, sobre todo uniendo a esa posibilidad el hecho de no tener en la sangre el gen de la sospecha, ni el de la desconfianza. Si existía o no era un misterio que, de resolverse en sentido afirmativo, confirmaría dos cosas. Una, que habría sido la última persona del mundo en enterarme. Dos, que tendría que mediar una confesión de los hechos porque yo jamás los descubriría, ni siquiera por casualidad. Un soliloquio lamentable que daba la razón al «pobre Emma» que pululaba en muchas mentes por ahí fuera.

Nos gusta juzgar éstas y otras situaciones para sentirnos ajenos y fuera de su radio de acción. Es como si, diciendo en voz alta lo bien que están nuestras relaciones de pareja y lo mal que están las de enfrente, pudiéramos sentirnos a salvo de que nos pasara algo así. Yo también lo había hecho, no una, sino muchas veces. Aunque todo lo que estaba pasando empezaba a quitarme las ganas de volver a hacerlo. No hay nada como tener sólo preguntas para dejar de dar respuestas. Cuanto más confortable y segura sentimos que es nuestra vida, menos preguntas nos hacemos. ¿Y qué hacemos todo ese tiempo sin interrogantes? Fácil. Responder a preguntas que muchas veces ni siquiera nos han hecho. Debe formar parte de nuestra psique social, aunque eso no debería servir para justificarnos.

Lo que sí debería estar controlado socialmente es el nivel de moreno que las pieles humanas pueden soportar sin poner en riesgo su salud. Lo de Gaby habría hecho saltar alguna que otra alarma.

—¡Hola, chunguitas mías! –dijo atravesando el umbral de la puerta, con la sonrisa perpetua que llevaba siempre en la cara.

—¡Gaby! –dije, abrazándola como si alguien me la hubiera devuelto después de un largo cautiverio.

—Chicas, qué ganas tenía de volver. Ha sido una experiencia increíble.

—No me lo digas –intervino Jess–. Te ha pasado de todo, ¿a que sí?

La sonora risa de Gaby delató cuál iba a ser su respuesta.

—Pero de todo –confirmó Gaby–. Me muero por contaros, pero antes, esa señorita de ahí me tiene que contar una historia –dijo, clavando sus ojos en los míos.

—Esperad un minuto –pidió Jess, levantándose del sofá–, creo que he oído la cafetera. Pongo los cafés y vuelvo en dos minutos.

—Tienes razón, será mejor con un café. Tres, dos, uno, y... –anuncié, poniendo voz de misterio sin resolver.

—No empecéis sin mí, eh –gritó Jess desde la cocina–. ¡Que voy ya mismo!

Gaby y yo nos reímos como las niñas pequeñas que son descubiertas antes de hacer alguna travesura.

—Llegó con su detonador, soltó la bomba y se fue –dijo Gaby sacando el tema.

—Como un auténtico terrorista emocional –matizó Jess pasándose tres pueblos con la comparación.

—La forma igual no fue la mejor –intervine.

—¿Igual?

—Es posible que no lo fuera –repetí dándole la razón a Jess–, pero, después de hablar con Carlos esta tarde, creo que tampoco fue tan terrible.

—Con lo que lloraste y lo humillada que te sentiste... ¿ya no te acuerdas?

—No creo que pueda olvidarlo nunca. Pero le daré su sitio, ni un centímetro más. Un punto de inflexión que yo me imagino así –dije cogiendo una servilleta de papel y haciendo una pausa para pedirle un bolígrafo a Jess–. Algo así –proseguí retomando la explicación, mientras dibujaba lo que parecía un garabato en forma de S abierta–. ¿Veis ese punto del centro? –pregunté señalando con la punta del boli un punto en el centro– ése es justo el día que Marco vino con su bomba. Del punto hacia abajo es mi historia con Marco y del punto hacia adelante es mi nueva historia. Pero, en mi historia, quiero que ese punto sea sólo eso, una marca, una señal que marca el principio de algo, no el final de nada. He decidido empezar a vivir en el principio, no en el final de mi matrimonio. No me quedaré ahí ni un segundo.

Lo entendieron y les pareció una hipótesis creativa y muy «Emma», pero pensaban que en la práctica no funcionaría. Sin embargo, yo estaba convencida de que con un poco de investigación empírica conseguiría refutarla y elaborar mi propia teoría al respecto. Cuando alguien descubre algo así le pone su propio nombre. «Teoría Bisar», sonaba bien. ¿Qué tal «Teoría Bisar sobre superación de divorcios»? Necesitaba algo más técnico, así que tecleé en Google «ruptura en física» y el primer resultado fue éste: «ruptura espontánea de simetría». Definitivamente el nombre técnico de mi hallazgo sería: «Teoría Bisar sobre ruptura espontánea de la simetría de los cuerpos». Sólo le faltaba algo que entonces no sabía, pero ahora sí. Ese punto, al que yo llamaba de inflexión, pasaría a llamarse en cuestión de días, LUNES.

El café se nos juntó con la cena y con mi cuñado Pablo que se incorporó directamente a la terraza de la pizzería La Trattoria, un clásico en el barrio. Hablamos un poco de todo y por primera vez en semanas, dejé de ser el tema central. Fue agradable cederle el testigo a Gaby y a sus días locos por Santo Domingo. Días en los que descubrió que su tipazo en la isla caribeña quedaba absolutamente ninguneado por las siluetas curvilíneas forradas de lycra en colores chillones. Días de correr riesgos a la hora de comer. Gaby, adicta a la tortilla de patata, a la pasta y al arroz con pocos tropezones, estaba en tierra hostil en lo que a menús se refería. Salió más o menos airosa, aunque se dejó algún kilo en la isla. Estaba feliz y sonaba justo así. Normal, acababa de sacar aquel viaje de la lista de cosas importantes pendientes. Una lista, conociendo a Gaby, que debía ser de las largas. Le escuchaba hablar con aquella alegría, detallando paisajes, lugares, y hablando de los niños de la escuela en la que había estado colaborando como cooperante de uno de los proyectos sociales de su parroquia y sólo quería cerrar los ojos y aparecer en aquella pequeña aldea dominicana rodeada de desconocidos y problemas caribeños. Poner distancia a veces funciona, pero con dos niños pequeños, sabía que era una estrategia imposible para mí.

Tenía tantas ganas de hablar con Gaby, de desahogarme con ella, de contarle todo lo que había sucedido, que cuando lo hice, me quedé un poco desinflada, como sin energía. Suele pasar cuando te vacías de esa manera, pero también cuando el receptor no reacciona de la forma prevista. No estaba enfadada, tampoco decepcionada. Sólo me sentía un poco más sola. Muy acompañada en todo aquello, pero sola al mismo tiempo. Estaban conmigo, se preocupaban, me preguntaban, pero al final, después de hablar, de explicar pasos y decisiones, notaba miradas furtivas de desaprobación que jugaban a encontrarse a mis espaldas. Yo no necesitaba que tomaran partido por nadie porque seguía sin sentir que Marco era el enemigo a batir. Pero es muy difícil impedir que las personas se escondan en una trinchera cuando eso es lo que realmente quieren hacer. Empezaba a sentir que la verdadera dificultad de todo aquello iba más allá de nosotros y de nuestros hijos. Afectaba a dos familias, a amigos comunes y personales, a conocidos de vista, a compañeros de trabajo, a mamás y papás del cole... Los que estuvieran deseando odiar a Marco, ahora podrían hacerlo con una coartada muy convincente y los que quisieran odiarme a mí, también podrían dar un paso al frente y decirlo abiertamente. De la misma forma que podrían compadecerse hasta la piedad del que considerasen el bueno de turno en aquella película. «Cuidado con estas cosas», pensé. Porque, al final, si ni siquiera yo sabía quién era el bueno y quién el malo en todo aquello, ¿cómo podían arrogarse la verdad desde fuera?

—Invitamos nosotros –dijo Pablo, levantando la mano para avisar al camarero.

Un gesto tan vulgar y cotidiano me hizo pensar en otra cosa que tampoco tenía muy clara. ¿De qué dinero disponía? Ni puta idea. La respuesta, un poco grosera, estaba a la altura de la cuestión y era sincera. No era mi asunto, nunca lo había sido. Lo mío eran la casa y los niños. Hacer la compra, preparar uniformes, reuniones escolares, tutorías, los recados del día, pero pocas veces iba al banco. Eso era cosa de Marco. Me contaba y me mantenía al tanto de nuestros ingresos y también de los gastos, pero la verdad es que en este momento mis cifras coincidían con el dinero en efectivo que Marco me había dado en un sobre la mañana que me fui al pueblo con los niños.

—¡Hola, Marco!

—¿No has ido a ver a Carlos?

—Sí, fui esta tarde –dije adivinando el por qué de su tono.

—Quedaste en llamarme después de la reunión para contarme –me reprochó.

—Sí, lo sé. Es que me llamó Gaby, que ya ha vuelto de Santo Domingo, y...

—Sólo me interesa saber qué te ha dicho Carlos –dijo un poco molesto por mis explicaciones.

—Me ha dicho que le parece bien que se lo digamos en nuestra casa los dos juntos después del verano.

—Vale, lo que yo decía.

Continué resumiendo las palabras de Carlos, pasando por alto la prepotencia de su último comentario, y dejando que me quemara la garganta un «sí, lo que usted decía, oráculo-de-la-verdad-que-todo-lo-sabe».

—Dice que debemos decirles que es una decisión de los dos y que lo hacemos porque pensamos que es lo mejor para la familia.

—¿Cómo que una decisión de los dos?

—Que no les digamos que la decisión ha sido tuya para que no nos pongan roles de malo y buena o etiquetas de ese tipo. Que no les contemos más de lo que deben saber. Que seamos breves en la explicación y que, si hacen preguntas incómodas, sobre todo Julia que es la mayor, le digamos que eso no es cosa de niños, que es una decisión de mayores. Según Carlos es muy importante conseguir que confíen en que hemos tomado una buena decisión para que no se sientan culpables.

—Ellos no tienen la culpa de nada, Emma.

—Lo sé, a mí no tienes que convencerme de eso –dije un poco indignada–. Sé perfectamente quién es el responsable de todo esto. Pero, según Carlos, ellos no deben saberlo. Ya es bastante difícil para mí asumir delante de los niños que estoy contigo en que romper la familia es lo mejor y blablablá...

—¿Algo más? –soltó bruscamente, dejando claro cuanto le incomodaba hablar de todo aquello.

—Bueno, cuando nos despedíamos me dio una tarjeta para ti y me dijo que le llamaras. Le gustaría hablar contigo sobre todo esto.

—Mira, Emma, espero que no te moleste, pero no creo que le llame. Me interesa su opinión sobre los niños, nada más.

—Carlos supuso que me dirías algo así y me dio este mensaje para ti: «Dile que nadie es inmune a la bazofia y que tú llevas mucho tiempo en la bazofia».

—¿En la bazofia? ¿Qué ha querido decir exactamente?

—No tengo ni idea. Supongo que si quieres averiguarlo tendrás que llamarle. Te paso ahora su número en un mensaje. Yo le llamaría, Marco. Me ha tranquilizado hablar con él y me ha orientado mucho sobre todo esto.

—Vale, pero no creo que lo haga.

—Como quieras.

—Bueno, ya hablamos. ¿Los niños bien?

—Sí, están bien.

Nunca lo llamó. Se me ocurrían muchas razones para que no hiciese una llamada como aquélla, pero creo que la correcta tenía que ver sólo con una: el autoengaño. Alguien no aclara una pregunta que le inquieta porque conoce la respuesta y quiere evitar que otra persona le diga algo que ya sabe y que no quiere oír. Es decir, prefiere vivir en el autoengaño. Sólo se puede vivir en la mentira negando la verdad y anulando cualquier posibilidad de que se descubra y te la suelten a la cara. En mi opinión, el hecho de que Marco nunca llamara a Carlos para averiguar más datos sobre la misteriosa bazofia, es porque la conocía de sobra. Como cuando un niño quiere ir al cine y sabe que si le pregunta a su madre le va a decir que no, y prefiere irse a escondidas en lugar de tratar de convencerla. (Eso si la madre dice que no, porque a veces somos capaces de sorprender al hijo más clarividente del mundo). En Marco, aquello me pareció un poco inmaduro, la verdad. Pero le pegaba hacerlo así, sobre todo si la decisión estaba tomada. Por eso adoro los pequeños detalles. Si uno está atento, en ellos puede encontrar hasta las respuestas que ni siquiera iba buscando. No hacer una llamada fue un detalle suficiente para confirmar algo muy importante para mí: la decisión de separarnos era definitiva. Estaba segura de que si Marco hubiera tenido la más mínima duda al respecto, habría hablado con Carlos aquella misma tarde.

También tenía mi propia interpretación de lo que era la bazofia, por supuesto que sí. Sólo que ahora ya no era problema mío. Así que ahí le dejé, justo donde siempre había estado: sobre su tejado.

De aquel fin de semana, aunque medio escondida en casa de Jess, lo recuerdo casi todo. Cuatro días para abrir los ojos y sobre todo las orejas. De vuelta al pueblo en el coche con mi tía Carmen, fuimos resumiéndonos todo lo que habíamos hecho por turnos. Ella había pasado mucho tiempo con mi prima Ana. Había confirmado que seguía fumando –para su disgusto–, y que con su último novio la cosa no había salido bien. Como cuando un novio sale por la puerta el tiempo libre entra por la ventana, habían aprovechado para salir de compras, pasear por el centro de Madrid, tomarse una cerveza con tapa de diseño en el Mercado de San Miguel, dar una vuelta en las barcas del Retiro y ver un musical en el teatro. Esto último le había hecho especial ilusión, sobre todo porque la última vez que mi tía había visto subir un telón en directo había sido en el Teatro Alcalá Palace en una de las últimas funciones de *Jesucristo Superstar*. En mi turno le conté por encima la reunión con Carlos Alarcón, la cita exprés que había tenido con el que iba a ser mi abogado y que por fin había podido ver y hablar con Gaby. Obvié la comida con mi antiguo compañero de ondas y alguna que otra conversación con Marco.

Era pronto, y había tenido poco tiempo para hablar con él, pero algo me decía que nuestra relación abogado-representada iba a tener sus más y sus menos. Yo podía entender mejor que nadie que llegara tarde a una reunión, pero retrasarse más de 45 minutos en la primera cita con una posible clienta me parecía coronarse a lo grande. Hacerlo, además, con un traje de dudosa reputación, le quitaba la poca credibilidad que le había dejado su impuntualidad.

* * *

—¿Hola?

—¿Emma?

—Sí, ¿quién eres?

—Soy Carlos.

—Carlos... –musité, apretando con fuerza mis manos contra el volante e intentando averiguar por su tono de voz si era el psicólogo o el periodista.

—El de la radio –exclamó resolviendo el misterio.

—Hola, Carlos. Voy en el coche de vuelta al pueblo –dije justificándome por no haberlo reconocido.

—Si quieres te llamo un poco más tarde.

—No, no te preocupes. Llevo el «manos libres» y te escucho bien.

—Acaban de salir las fechas de las pruebas para locutores. Sólo quería avisarte.

—Genial –exclamé–. ¿Al final serán a finales de agosto?

—Sí, la tercera semana. Si puedes, estaría bien que te presentaras a las pruebas del lunes 19 de agosto.

—Vale, sin problema, ya estaré en Madrid en esas fechas.

—Perfecto. Te confirmo la hora por SMS, ¿te parece?

—Claro –dije emocionada como una cría pequeña.

—Conduce con cuidado. Nos vemos en unas semanas.

—¡Carlos! –grité, pensando que había colgado.

—Dime.

—Muchas gracias por pensar en mí para las pruebas.

—No seas tonta y hazme un favor: pañuelo al cuello, que por ahí arriba refresca ;-)

—Lo haré. Un beso enorme. Nos vemos.

—Ciao.

Contenta, nerviosa y con algunas explicaciones pendientes, miré a tía Carmen de reojo y comencé por lo último.

—El día que tenía que llamar a Carlos Alarcón para confirmar la cita que tenía con él por la tarde, me equivoqué de nombre y llamé a un antiguo compañero de la radio. Aprovechamos el malentendido para hablar un rato y ponernos al día, y cuando le conté lo de la separación, sugirió que comiésemos juntos. Durante la comida salió el tema del trabajo y le comenté que llevaba años sin trabajar y que ahora, dadas las circunstancias, tenía intención de ponerme a buscar trabajo en cuanto volviese a Madrid. La casualidad o el destino, como dice Jess, hizo el resto. Resulta que es jefe de programación de RadioNews y me animó a presentarme a las pruebas de locutores de su emisora. El final de la historia es lo que acabas de oír por teléfono.

—Pero bueno, cariño, ¡es una gran noticia!

—No te he dicho nada porque, hasta ahora, era sólo un comentario amable en una comida de amigos. Ni siquiera sabía si me convocarían oficialmente a las pruebas.

—Bueno, pero ahora sí es oficial, ¿no?

—Sí, es oficial. Sólo tengo que superar la prueba. Después de casi diez años sin sentarme delante de un micrófono, será pan comido —dije cargada de ironía.

Mi lado realista me avisaba de la dificultad de salir airosa del micrófono después de tanto tiempo, pero la Emma soñadora no tardó en construir castillos en el aire. Se imaginaba pasando la prueba y empezando a trabajar en RadioNews como una de las voces de los boletines informativos de la mañana. Sería un buen destino, un destino perfecto que le dejaría las tardes libres para los niños. Si no salía, siendo el primer intento de encontrar trabajo, tampoco sería para hacer un drama. La mejor opción sería ir ilusionada a pasar un buen rato y a recordar viejos tiempos dentro de una pecera, dejando presiones, nervios y desconfianzas al otro lado del cristal.

—Hija, digo yo que siendo ese amigo tuyo uno de los jefes de la emisora, podrá echarte una mano, ¿no?

—Espero que no. Avisándome de las pruebas ya me ha hecho un favor enorme. Lo demás quiero que sólo dependa de mí.

—Seguro que lo haces muy bien.

—Intentaré hacerlo muy bien, eso sí es seguro.

Mientras conducía intentaba quitarme la idea de la cabeza. Es importante que te abran una puerta, pero no quería que nadie me cogiera en volandas para atravesar el quicio. Quería avanzar sola y que me dejaran hacerlo. Un poco de ayuda estaba bien, no iba sobrada de orgullo como para rechazarla, pero quería que fuera la justa. Era importante para mí hacerlo de aquella manera. Aunque, como todo en aquellos días, la realidad cambiaba de tamaño a la velocidad del rayo. Lo pequeño se hacía grande, lo grande enorme, o de repente, insignificante. Aquella prueba empezó pequeña, como lo son siempre los grandes comienzos.

Las ganas de ver a los niños eran proporcionales a la decepción que iban a llevarse cuando rebuscasen en mi bolso y no encontrasen ningún regalo. No había tenido mucho tiempo libre, pero los niños no entienden de tiempos. Las tiendas «chiringuito playero» que han crecido como las setas en otoño en las gasolineras de medio mundo, debieron salir de la mente de un padre en apuros que se disponía a plantarse delante de sus hijos con las manos vacías. Un peluche de ojos enormes para Julia y una figurita de las Tortugas Ninja para Santi, fueron los obsequios elegidos. De camino a la caja añadí un peluche más para Amanda y otra fornida tortuga para el pequeño Juan. Muy típico de los padres de hoy: dar sin que se nos pida.

—¿Cómo quieres el café, Emma? –preguntó mi tía desde la barra de la cafetería.

—Con leche en vaso de caña –le dije, mientras esperaba que la chica de la tienda me devolviese el cambio.

—Hala, ya tienes los regalitos. ¿Más tranquila?

—Sí, mejor así –dije dándole la razón, aunque en el fondo sabía que no eran regalitos sino caprichitos.

Cuando pisé con las ruedas la sombra del cartel con el nombre del pueblo de mis padres, me quedaban tres semanas exactas para despedir el verano y volver a Madrid. Pasaron muy rápido y hubo de todo. Continuaron las mentiras a los niños, una visita de Marco con excursión al lago en modo familia, largas conversaciones de cocina con mis padres, Jess y Pablo... y un pequeño «error».

De la visita relámpago de Marco recuerdo que ambos estuvimos a la altura de cualquier actor *hollywoodiense*. Parecía una tarde de lago en familia, aunque los adultos de aquella estampa sabíamos que no lo era. Recuerdo la ropa que llevaban puesta los niños. Veo a Santi con el pelo de punta haciendo malabares entre las piedras para no caer al agua y a Julia posando para el móvil de Marco. Sigo sin saber cómo vestía yo, pero puedo ver a Marco abrazando a los niños en la puerta de una casa a la que ya no quiso volver a entrar. Vaqueros nuevos, camiseta de algodón y un colgante étnico al cuello. Saludó desde la puerta a los mayores que se asomaron disimulando que pasaban por allí –todos, menos mi madre– y cuando se inclinó a levantar en volandas a nuestro hijo, una pequeña pulsera de cuero en su muñeca llamó mi atención. Complementos. Detalles. Señales. A las chicas estas cosas no se nos pasan. Las miradas que crucé con Jess desde los vaqueros, el colgante y la pulserita de cuero, me daban la razón. Que mi marido se hubiera enfundado en unos vaqueros ajustados no podía ser idea suya, y que hubiese rebuscado entre sus recuerdos de instituto para rescatar aquel colgante –que yo reconocía perfectamente–, tampoco. Si hubiese tenido que archivar la última evidencia en una bolsa de pruebas de las que usan en CSI, habría guardado la pulsera con una etiqueta en la que pusiese: «Posible regalo de una chica». Archivé toda esta información y conseguí no hacer el más mínimo comentario al respecto.

Aquella tarde de «paripé» en el lago hablamos poco o casi nada. Frases fingidas para mantener las apariencias delante de los niños. Sólo tuvimos unos minutos, mientras Santos y Julia intentaban meterse en las gélidas aguas sanabresas, para hablar a solas. Minutos en los que me confirmó que ya no vivía en nuestra casa y que se había mudado temporalmente a un piso a las afueras de Madrid. Minutos en los que le conté que haría una prueba de locución para la emisora RadioNews. Prácticamente todo lo demás se nos quedó en el tintero, menos el «error».

Los niños se quedaron dormidos en cuanto nos pusimos en movimiento de camino al pueblo.

—Julia lleva semanas insistiendo en el tema del perrito –dije aprovechando el sueño de los niños.

—¿Un perro, justo ahora? Creo que no es una buena idea, Emma.

—Hay un señor del pueblo que cría Yorkshire, esos perros pequeñitos de pelo largo. Le pregunté antes de ir a Madrid, y justo ahora tiene tres cachorros de dos meses a la venta.

—¿Lo estás diciendo en serio?

—Tan en serio como que dentro de unos días nos sentaremos en el salón de casa a decirles a nuestros hijos que nos vamos a separar. ¿No piensas en cómo será para ellos ese momento? ¿En la vuelta a casa?

—Claro que lo pienso, pero no sé en qué puede ayudar comprar un perro, la verdad. Simplemente, no lo veo.

—Creo que amortiguará la vuelta y puede equilibrar un poco la balanza. Tendrán una novedad mala y otra buena.

—No sé, Emma –dijo todavía con algunas reservas.

—Será asunto mío, te lo prometo. Vivirá conmigo. Lo cuidaremos, los niños se encargarán de él, saldremos de paseo... Julia se volverá loca cuando lo vea. Creo que le ayudará mucho. Muchos psicólogos recomiendan un perro en situaciones como éstas y en otras peores.

—¿Lo comentaste con Carlos?

—Sólo como una remota posibilidad. Le pareció una buena idea, aunque me recordó la responsabilidad que supone un perro para que no tomara la decisión sólo por los niños.

—Emma, la decisión está tomada. Creo que no me estás consultando, sino que me estás informando de que en unos días comprarás ese perro.

—¿Entonces te parece bien?

—No he dicho eso. Digo que lo harás aunque yo no esté muy de acuerdo.

—Entonces...

—Cómpralo, Emma, no puedo decirte que no lo hagas.

Estábamos muy cerca del pueblo y parecía que todo estaba bien, como antes. Marco conduciendo mientras hablábamos de cualquier cosa, los niños dormidos, la radio encendida y el destino haciendo de las suyas cuando dejó sonar por los altavoces *Por quererte* de Efecto Mariposa.

Por creer, por confiarme
por seguirte voy sin dirección,
sé que nuestro camino hoy se tuerce en dos.
Por el amor que no compartes,
por el dolor al que no guardo rencor
ahora siento que llego tarde a tu corazón.
Siento que nunca te he conocido
lo extraño es que vuelvo a caer,

me duele estar sola, me duele contigo
y perderte es perderme después.

—Joder, con la cancioncita –dijo Marco antes de que empezara a sonar el estribillo.

—Nada como una canción para volver a la realidad.

—¿Qué quieres decir?

—Nada, cosas mías –dije recogiendo el cesto de mimbre al que había hecho hueco entre mis piernas y abriendo la puerta.

Despertamos a los niños, que se despidieron de su padre medio insomnes, y subí la cuesta empedrada cargando con el capacho y con pocas ganas de volver a dar explicaciones sobre por qué papá no podía quedarse con nosotros de vacaciones. Desde la puerta nos giramos para decirle adiós con la mano pero Marco ya no estaba. Si a mí se me hacía un nudo en la garganta imaginando la escena, verla era todavía peor. Tal vez por eso estuvo sólo el tiempo justo, o tal vez fue por la prisa.

Capítulo VII

Me moriré pensando que no era yo la
piedra en tu zapato,
pero como tal me trataste y eso ya no tiene
vuelta atrás

Lo había imaginado más ceremonial y solemne, pero aquel extraño verano acabó como cualquier otro entre maletas, juguetes, advertencias de «conduce con cuidado» y alguna que otra lágrima suelta. En medio de los niños ocupaba plaza en el coche una pequeña Yorkshire que tenía más miedo que yo por llegar a casa, y que no paraba de moverse dentro del pequeño cajetín de transporte. Decidimos cómo se llamaría entre los tres. Pensamos un montón de nombres chulos que fuimos descartando, hasta que uno de los niños –creo que Santi– propuso que la llamáramos «Vainilla», como su helado favorito. Cuando lo dijo, Julia y yo nos miramos pidiéndonos aprobación.

—Vainilla no suena nada mal –dije mirando a la perrita que no paraba quieta en los brazos de Julia.

—¡Es chulísimo! –gritó Julia, mientras giraba con ella en brazos–. Ya tienes nombre. ¿A qué es muy bonito? ¿Te gusta, Vainilla?

Acorté las despedidas todo lo que pude con la excusa de salir cuanto antes para evitar el atasco de entrada a la ciudad. Cuando arranqué el motor, animé a los niños a girarse en sus asientos para decir adiós con la mano al comité de despedida que había hecho un rondó alrededor del coche. Recuerdo el abrazo grande y largo que me dio tía Carmen mientras me cuchicheó al oído:

—Buen viaje, cariño. Conduce tranquila, va a ir todo muy bien.

Sus palabras se vinieron conmigo como el quinto pasajero de aquel viaje de vuelta a casa. De camino, varias veces las repetí en voz baja: «conduce tranquila, todo va a salir bien». Me ayudaban a espantar las preguntas que se colaban entre canción y canción del CD. Preguntas curiosas que querían saber cómo entraría en nuestra casa y si sería capaz de hacerlo y, sobre todo, si aquella tarde, al llegar de Sanabria, seríamos capaces de sentarnos delante de los niños para darles la noticia.

El plan de Marco respondía afirmativamente a la última pregunta. Él estaría esperándonos en casa con normalidad. Sus instrucciones eran simples y precisas. Al salir de la M-40 tenía que hacerle una llamada perdida. Mi señal sería clave para coordinarnos en los tiempos, ya que Marco lleva tan mal lo de esperar como yo lo de llegar a una hora concreta. Él estaría en la rampa del garaje para ayudarnos a descargar el coche y subir a casa con el equipaje. El resto del plan parecía sencillo: dejar las maletas en la entrada de casa, acomodar a Vainilla, y reunirnos en el salón. Fácil, sobre todo en la cabeza de Marco; en la mía no tanto. Yo ni siquiera sabía si podría dar un paso o me quedaría paralizada en la entrada.

Cuando le escuchaba con ese aire paternalista explicándome lo fácil que sería y lo bien que lo haríamos, se me encendía la sangre. Lo había asumido todo el tiempo que llevábamos juntos, pero ahora no tenía por qué consentirlo. Como decía un viejo compañero de carrera: proyectarse es fácil, empatizar no tanto, pero hay mucha gente segura de ir por la vida empatizando con personas y situaciones cuando lo que van haciendo realmente por el mundo es proyectarse. Marco era miembro de aquel selecto club. Se ponía en mi situación desde sí mismo sin abandonar ni por un segundo sus propias circunstancias, valores, opiniones, formas y maneras.

El tiempo, que da y quita razones, se puso de mi parte y la forma en la que afronté todo aquello también me dio la razón. Marco nunca se puso realmente en mi lugar porque, si lo hubiera hecho, habría podido prepararse para la nueva Emma que su cincel de abandono fue dibujando día a día sobre el bloque de mármol pálido que creía conocer. Se preparó para sostener a una mujer agotada de llorar y atolondrada por no saber cómo redirigir su vida, como un barco a la deriva cuando pierde el timón. Pero mientras él se proyectaba en mí, yo, izada por no sé qué tipo de intuición, comencé a sujetar el timón sin él.

Meses después, alguien me preguntó:

—¿Y cómo entraste en tu casa aquel día?

—Despacio, poniendo un pie delante y otro detrás –contesté–. Cuando me quise dar cuenta, estaba al final del pasillo entrando en la cocina con una gran bolsa de ropa sucia y dispuesta a poner una lavadora.

Así de romántica, triunfal y épica fue mi entrada. Sonrío cuando me acuerdo. Sonrío cada vez que la realidad le da un tirón de orejas a mi imaginación. Cada vez que la vida le gana a las ideas. Me pasa mucho, quizás por eso sonrío tanto.

* * *

También aquel lunes me creía tranquila, cuando en realidad me mataban los nervios. En recepción me indicaron cuál era la puerta del estudio de grabación en el que me estaban esperando. Tuve alguna pista sobre mi estado emocional real cuando intenté abrir la puerta sin recordar cuánto pesaban las de su clase. El tropezón contra el marco elevado que sella herméticamente los sonidos me recordó que hacía casi diez años que no pisaba un estudio de grabación. Entré risueña y con el flequillo alborotado por el susto que me acababa de llevar por culpa del rifirrafe entre el borde de la puerta y la puntera de mi sandalia derecha. Carlos se acercó enseguida a saludarme, y creo que también a ayudarme a recomponer la vertical con uno de sus brazos.

—¿Estás bien? Estas dichosas puertas son un poco traicioneras –dijo como si fuera algo que le pasaba a todo el mundo y no sólo a los novatos o a las que, como yo, hacía años que no pisaban un estudio.

—Sí, estoy bien. Ha sido más culpa de la plataforma de mi sandalia que de la puerta –dije intentado no darle más importancia al asunto.

—Ésas sí que son traicioneras –dijo la chica que estaba sentada delante de la mesa de control.

«Alta, con una larga melena suelta y enmarañada de rizos, con el maquillaje justo y las palabras adecuadas», pensé. Me cayó bien desde aquel sencillo comentario. Tras pronunciarlo, se acercó y se presentó con dos besos y mucha naturalidad:

—Hola, soy Inés, técnica de sonido de RadioNews. Estaré en la mesa durante tu prueba de locución.

—Encantada Inés. Me llamo Emma Bisar, aunque puedes llamarme «Emma plataformas» –dije bromeando.

Se escucharon algunas risas y la reacción de Inés me confirmó que habíamos conectado cuando, tras el resto de presentaciones y ya sentada delante del micro, me habló por los cascos:

–«Plataformas», ¿me escuchas bien?

–Muy bien –respondí, buscando su mirada a través del cristal para confirmarle con una sonrisa que me gustaba que me llamase así.

Acto seguido escuché a Carlos explicándome la primera parte de la prueba.

—Emma, sobre la mesa tienes el último boletín que han leído hace menos de una hora los chicos de informativos. Escucharás la sintonía de informativos prácticamente pisando unas señales horarias ficticias. Justo cuando terminen los pitidos, das la hora en punto que quieras, mencionas que es una hora menos en Canarias y empiezas a contarnos las noticias. ¿Quieres leerlas antes de empezar?

—Sí, prefiero leerlas un minuto. Otra cosa –me atreví a preguntar–, ¿entrará alguien más a leer conmigo?

—Los boletines los hacemos a dos voces, pero lo leerás tú sola. Te dejo tranquila para que repases los textos y nos avisas en cuanto estés lista. ¿Te parece?

Le miré desde el otro lado de la pecera levantando mi dedo pulgar y empecé a leer en voz baja. Rebusqué en el bolso y saqué un *BiC* azul con el que anoté, sin pedir permiso, –llamadme loca– la hora del boletín. Escribí, «buenos días. Son las ocho, una hora menos en Canarias». Seguí leyendo, no parecía muy difícil. Abríamos con política nacional; un par de noticias internacionales; dos más de economía, que repasé con más cuidado para no equivocarme en las cifras y en alguna que otra sigla, y un cierre con pocas sorpresas que resumía los últimos fichajes con los que estaba a punto de arrancar la Liga de fútbol y el podio en MotoGP. Entregada como estaba al mundo del garabato, no solté el bolígrafo y comencé a marcar con algunas líneas oblicuas las pausas fónicas que me iba pidiendo el texto. Hice una última lectura completa, respiré hondo, despegué la vista de los folios y busqué conexión visual con Carlos. Hablaba despreocupado dándome la espalda, pero Inés levantó su pulgar y me habló por los cascos.

—¿Estás lista?

—Sí, grabamos cuando queráis.

Supe que mi voz había sonado en el control por la forma en la que Carlos se giró y por las miradas que me clavaron los otros dos miembros del tribunal. El jefe de informativos, Javier de la Torre, y el coordinador de antena, del que sólo recordaba el nombre de pila, Antonio, me miraban serios y con los brazos cruzados, mientras Carlos se aproximaba a la mesa de Inés para hablar conmigo.

—Emma, por aquí todo preparado para grabar. Tranquila, sólo queremos oírte, ¿OK?

—OK –dije ajustándome en la silla y levantando el primer folio hasta colocarlo casi en paralelo con el micrófono.

Un breve silencio, una sintonía no muy familiar y cinco pitidos me dieron la señal de salida a la plaza, como avisan las trompetas a los toros justo antes de que se abran las puertas de los toriles. Estuve nerviosa, sobre todo al principio, pero a partir de la última reforma sanitaria de Barak Obama en Estados Unidos, empecé a tranquilizarme. Para cuando les explicaba que el IBEX se acababa de anotar el segundo máximo anual consecutivo, me sentía hasta cómoda. El podio del último gran premio de MotoGP estaba claro –pensaba mientras sonaba de nuevo la sintonía de informativos–, ahora necesitaba saber en qué cajón debía subirme yo. Si es verdad lo que dicen de que montar en bici no se olvida, mi sensación aquella mañana en la pecera de RadioNews debió ser muy parecida a la de cualquiera que se pone a pedalear después de un montón de años.

Mientras deliberaban, me quedé sentada con los cascos puestos y un enorme silencio que lo invadía casi todo, menos mi cabeza, que se esforzaba en descifrar los gestos, las miradas y los labios que recibía del otro lado del cristal.

Tras unos minutos, de ésos que se hacen eternos, volví a escuchar a Carlos al otro lado de los cascos.

—Emma, si estás preparada, vamos con la segunda parte de la prueba. ¿Lista para un poco de improvisación?

—Lista –dije confirmando con un gesto de asentimiento y ajustándome la diadema de los cascos.

—Muy bien. Imagina que presentas un programa de madrugada, tipo consultorio. Llama una mujer muy nerviosa, confundida, que quiere contar algo pero cambia de opinión porque está muy asustada. Inés será nuestra oyente ficticia. ¿Lo tienes?

—Lo tengo –dije con falsa seguridad–. Sólo una pregunta: ¿entro directamente presentando la llamada?

Guardó silencio unos segundos, mientras pensaba la respuesta con la mirada perdida...

—No. Recoge como si vinieras de una pausa de publicidad y un disco.

—Vale.

—¿Lista?

—Lista –aseguré cruzando los dedos de mi mano izquierda por debajo de la mesa.

Por los cascos comencé a escuchar la canción que me daría paso en cuestión de segundos. Traté de identificarla pero no la conocía. Decidí no preocuparme y concentrarme en lo que quería decir. Cuando la música comenzó a perder intensidad, miré a Inés, que me confirmó bajando su mano izquierda, que me tocaba a mí.

—Faltan 20 minutos para las dos de la madrugada, una hora perfecta para escuchar una de las mejores baladas de la banda irlandesa U2 y para darle la bienvenida a nuestra próxima oyente. ¿Buenas noches...? –dije levantando la vista y buscando a Inés al otro lado de la pecera.

—Buenas noches –dijo titubeando y metiéndose perfectamente en el personaje que Carlos había descrito unos minutos antes.

—¿Cómo te llamas?

—Me llamo María –mintió, eligiendo el nombre que más utilizan las mujeres cuando no quieren declarar el suyo propio.

—Encantada de saludarte, María. ¿Qué nos quieres contar esta noche? –pregunté desviando la mirada del cristal y perdiéndola en la mesa del estudio para dejar de ver a Inés y empezar a escuchar a María.

—No debería haber llamado, lo siento –dijo bajando el tono de voz.

—Pero has llamado María, y has llamado por alguna razón. Ya has hecho lo más difícil. ¿No estás sola, verdad?

—No –dijo manteniendo la voz baja.

—¿Nos estás llamando desde un móvil?

—Sí –dijo nerviosa y sin entender muy bien por qué le preguntaba aquello.

—Vale, haremos una cosa. Coloca el móvil sobre tu regazo, inclínate un poco y dirige la boca hacia el lugar donde está el micrófono. Así, si se despierta, no tendrás que darle explicaciones sobre con quién hablas a estas horas. Podrás cortar la llamada disimuladamente con la mano y decirle que te desvelaste y te fuiste al salón para no despertarle. ¿Te parece bien? ¿Quieres hacerlo María?

—¡Yo te habría contado mi vida entera, Emma! –pude oír a Carlos muy animado en mis cascos–. Hemos terminado, te esperamos en el control.

Me quité los cascos y los dejé con cuidado apoyados sobre el micrófono. Repasé con la vista el estudio mientras aproximaba la silla a la mesa, como si me estuviera despidiendo con nostalgia de todo aquello, y abrí la puerta con sorprendente soltura.

Entré en el control técnico buscando sólo la mirada de Carlos, y la encontré a la primera.

—Emma, seré breve. Prueba superada –dijo con una gran sonrisa en la cara.

—¿En serio?

—Muy en serio –dijo Javier de la Torre–. Tienes un buen registro para informativos, pero...

—Antonio y yo pensamos que podrías dar muy bien al margen de los informativos de la emisora –interrumpió Carlos, dando una opinión que no me esperaba–. Nos gustaría pensarlo un poco más y decirte algo en unos días.

—Perfecto, hablamos en unos días –dije, cruzándome el bolso en bandolera y preparándome para salir de allí.

—Emma –dijo Carlos, como si quisiera frenarme con la mirada–, no te llamaremos para darte el resultado de la prueba. El resultado te lo llevas hoy: has pasado la prueba, y lo has hecho con nota. Sólo necesitamos unos días para decidir bien dónde nos gustaría escucharte y hacerte una propuesta más definitiva. ¿Entiendes?

—¡Claro! Es una gran noticia –dije intentando salir del *shock*.

—¿Estás bien? –indagó Carlos un poco más.

—Sí, muy bien... Es sólo que son muchas novedades en poco tiempo... me cuesta un poco reaccionar.

Estreché las manos de Antonio y de Javier, dejando a Carlos para el final.

—Hablamos en unos días –insistió Carlos mientras nos despedíamos con un abrazo.

Cuando avanzaba hacia la puerta del control, me giré para volver a la mesa y despedirme de Inés. Esperaba de pie y con las palabras apropiadas:

—Nos vemos, Emma.

—Hasta otro día, Inés. Muchas gracias por todo –le dije estampándole dos besos.

Mientras me alejaba, volví a escuchar la voz de Inés preocupándose por mi salud.

—¡Y ten cuidado con las plataformas...!

Sonreí desde el quicio de la puerta y, cuando avanzaba por el pasillo, volví a despedirme de mi nueva técnica de sonido favorita, agitando la mano a través de la cristalera que comunicaba el pasillo con el estudio de grabación y con la sala de control.

Mientras arrancaba el coche y buscaba la salida del parking, repetí en voz alta: «Prueba superada, Emma. ¡Prueba superada!» Me acababa de meter en un pasillo sin salida, pero me daba lo mismo. Frené, puse la palanca del cambio automático en P y me bajé del coche. No cerré ni la puerta, sólo me puse a dar unos cuantos saltitos de alegría. Me coloqué el flequillo y me subí al coche dispuesta a dar todas las vueltas que fueran necesarias para salir de aquel garaje.

Aunque no me llamaran, ahora sabía que tenía buen tono para informativos, y eso era mucho más de lo que tenía antes de hacer la prueba. Me valía. Me levantaba.

La alegría se fue disipando a medida que me alejaba en el coche. Marco había llegado muy temprano para quedarse con los niños mientras yo hacía la prueba. El recibimiento fue frío y la despedida apresurada. Me sentí aliviada cuando pude ayudarme de la puerta y de un escueto «gracias» para esquivar con prisas su «buenos días, que tengas mucha suerte». Ahora no podría zafarme con tanta rapidez y me agobiaba un poco la idea de llegar a casa y verle por allí, tener que contarle cómo había ido la prueba, preguntarle por los niños... Era como si sólo nosotros hubiésemos cambiado, pero todo lo demás continuase más o menos igual. Como jugar una partida al Monopoly con las reglas del Cluedo. Sabía perfectamente cómo llegar a casa después de una buena entrevista de trabajo y contárselo a mi marido, pero no tenía ni idea de cómo debía hacerlo con el que empezaba a ser un gran desconocido para mí. No sabía si debía compartir con él lo sucedido aquella mañana o si era mejor no decir nada. Qué idiota puedes llegar a sentirte cuando de repente cambian las reglas. Cómo acertar con la cantidad de información si todavía mi cerebro tenía que decirle alto y claro a mis piernas que se frenaran y a mis brazos que no se abrieran, y a mis labios que no se acercaran a los suyos cuando le veía. Intenté no darle más vueltas y concentrarme en conducir para no hacer más kilómetros de los necesarios, dando vueltas por calles que no me sonaban de nada. Así era el centro para mí, un gran desconocido. Como lo empezaba a ser también Marco, aunque sólo a ratos.

Imposible mantener la concentración y no perderse, invadida por las imágenes de la tarde anterior. El temido, el que me despertó casi cada noche de aquel verano, el que no pude evitarle a mis hijos... aquel momento llegó. Y pasó de largo, como todo lo que se espera con angustia y preocupación. Marco hizo que fuera breve, como siempre que tenía que hablar de lo que no quería o hacer lo que no le apetecía. Preferí quedarme sentada entre los niños, mientras él empezaba a dar explicaciones de pie, frotándose las manos, con una sonrisa nerviosa, utilizando frases cortas y tirando de las palabras mágicas que semanas atrás me había ofrecido Carlos Alarcón.

—Niños –dijo llamando su atención–, mamá y yo hemos tomado una decisión importante para la familia.

Decidí sobre la marcha que el actor principal de aquella función sería Marco, y dejé que hiciera su monólogo limitándome a asentir con la cabeza y a mantenerla alta cada vez que él utilizaba la primera persona del plural.

—Mamá y yo nos vamos a separar –disparó a bocajarro.

Julia reaccionó en décimas de segundo. Sus ojos se humedecieron con la rapidez con la que un tsunami toma la costa y no tardó en buscarme con la mirada para que le negara lo que acababa de decir su padre.

—Mami, ¿a qué no os vais a separar?

—Sí, mi vida –le dije a su bonita cara salpicada de pecas–. Pero todo va a ir bien, Julia. No te preocupes, mi amor.

—Pero, mamá, yo no quiero que papá y tú os separéis –dijo, rompiendo a llorar mientras se abrazaba a mí.

—Julia –quiso continuar Marco sin éxito.

—Papá –le interrumpió Julia–, pero ¿por qué os tenéis que separar tú y mamá?

—Es una decisión mía y de mamá, de los mayores de la casa. Sois pequeños para entenderlo, pero tenéis que confiar en que mamá y yo estamos haciendo lo que es mejor para todos.

—¿Y ya no vas a vivir con nosotros en esta casa? –preguntó Santi, que se mantenía serio, sin llorar.

—No, cariño. Viviré en otra casa. Es muy bonita, pronto os llevaré a conocerla.

»Me gustaría que me dierais un beso muy grande y muy fuerte, para llevármelo a la nueva casa –les propuso.

Julia saltó del sofá y se abalanzó a los brazos de Marco. Seguía llorando y se abrazaba con fuerza a él, como si al hacerlo pudiera conseguir que su papá no se fuera. Pero lo hizo. Abrazó con fuerza también a Santi, que miraba despistado a su alrededor intentando comprender lo que estaba pasando, me dio dos besos de los correctos, y me susurró al oído «luego te llamo». Como si eso fuese a mejorar la situación cuando cerrase la puerta. Posiblemente no fue ésa la intención de sus palabras, pero así sonaron para mí. A veces llamar no es suficiente, a veces sólo hay que estar. A veces es suficiente con no irse. El reproche sobraba y pude frenarlo a tiempo. No le detendría; no necesitaba más rabia dentro de mí, así que lo cambié por un sereno «muy bien».

Por un segundo pude parecer vencida allí sentada, abrazada a mis hijos, y con el eco de la puerta retumbando en los oídos, pero quise no estarlo. Me levanté, me retiré las lágrimas mezcladas con maquillaje y propuse preparar juntos algo de cenar en la cocina.

—Todo irá bien, chicos. Nos acostumbraremos. Sólo es un gran cambio al que tenemos que acostumbrarnos.

Nadie pronunció una palabra, sólo entraron en la cocina. Julia fue directa a la camita de Vainilla para cogerla en brazos y sentarse con ella en el suelo como una india *cherokee*. Santi se mantenía a mi vera esperando instrucciones. Le nombré capitán del primer «batallón de la mantequilla» cuando le di un pequeño untador y unas cuantas rebanadas de pan de molde.

Y así, en lo que dura un programa sin prelavado, nuestros hijos conocieron su nuevo estatus de hijos de padres separados. Y así, sin querer, pasó de largo la primera tarde en mi casa de Madrid. *Una tarde de domingo rara*, como había vaticinado Amaral unos meses antes:

Mi loco corazón anoche te quería y esta mañana no, soy pura indecisión.
Vivimos tiempos crueles, o a mí me lo parecen.
Vivimos esperando otro golpe de suerte.
En esta tarde de domingo, que el lunes quedará lejana.
En esta tarde de domingo rara...

Los chicos del dúo maño tenían razón. El lunes haría que se fuera lejos. El lunes se llevaría aquel domingo como el agua del mar se lleva las frases escritas a dedo en la arena de la playa.

Capítulo VIII

Colecciono historias que escribo en garabatos
en una libreta que siempre llevo en el bolso

Carlos Alzada me dio la oportunidad y yo la aproveché lo mejor que pude, pero Inés Brisac me ayudó como hacen las madres, porque nadie como una madre sabe calmar a un niño cuando tiene miedo, o cuando ni siquiera sabe que está nervioso.

La prueba de locución adelantó mi vuelta a Madrid y, con ella, el horrible momento de darle la noticia a los niños. Sigo odiando aquellos minutos con todas mis fuerzas, aunque he aprendido a vivir con el veredicto de culpabilidad por haber sido cómplice de los hechos cometidos aquella tarde. La culpa es como la *Nada* del libro de Michael Ende. Si le das permiso, es capaz de invadirlo todo, de hacerte dudar de todo, de conseguir que no te sientas bien con nada de lo que dices, con nada de lo que haces. La culpa intoxica pensamientos y altera deducciones. Permitir que la culpa nos invada es un error, pero dejar que anide y arrase a otra persona, es un error cruel e inhumano. Alimentar la culpabilidad en otra persona es lo que hacen a diario padres y madres separados, amigas y amigos manipuladores, hijos e hijas tiranos, y así un largo etcétera. En el caso de los padres separados, la primera piedra del muro de la culpabilidad siempre la pone el que toma la decisión. El decisor se identifica y es identificado como el culpable de la situación; el otro se acomoda en una trona más confortable y mejor vista socialmente, la de víctima. Con los roles asignados, saltar de culpable a malo y de víctima a bueno de la película es cuestión, no de días, sino de horas. Un error muy humano, del que humanamente seguimos sin aprender. ¿Quién es más malo, papá o mamá? ¿Quiénes más crueles, árabes o israelíes? ¿Quién más horrible, el comunismo o el capitalismo? ¿Quién mejor persona, George W. Bush o Saddam Hussein? Quizás, si lo pensamos un poco más despacio, realmente no es tan sencillo identificar al bueno y al malo.

Justo después del reparto de papeles, comenzamos a analizar a los hijos de forma compulsiva y errónea. Compulsiva, porque no podemos dejar de hacerlo; y errónea, porque pensamos, desde la más absoluta arrogancia, que la única responsable de sus problemas, inseguridades y sufrimientos, es nuestra separación. Caemos en la tentación de analizarlo y tamizarlo todo desde el mismo sitio. Los vemos tristes por culpa de la separación, se frustran más desde que su papá no vive en casa, se pelean más, sacan peores notas, se aislan, se retraen, duermen mal... y todo, absolutamente todo, es por culpa de nuestra ruptura. Desde hace algún tiempo he dejado las verdades absolutas para los físicos y los matemáticos, porque estoy segura de que, menos ésas, prácticamente todas las demás son relativas. También lo es el sufrimiento de los niños ante la separación de los padres. Sufren, claro, y es un dolor intenso y frío, pero como me dijo alguien desde la confianza de conocerme sólo de unos días:

—Emma, piensa en todas las opciones que pueden quedarse fuera. ¿Y si duerme mal porque algún niño le está molestando en el cole? ¿Y si está de mal humor y se frustra con más frecuencia porque se muere de celos...?

Comprendí el verdadero significado de la vulnerabilidad de un niño. Álex tenía razón. Son tantas las cosas que pueden hacer sufrir a un niño, que es tremendamente injusto reducirlas sólo a una. Injusto y, sobre todo, inexacto. Empujar o caer en esta red, atrapa durante años en la culpa al progenitor que tomó la decisión. Si, por ejemplo, el padre es el responsable de la separación y la separación es la única culpable de los sufrimientos de su hijo, la deducción más simple señalará con claridad al responsable único del sufrimiento de ese niño: su papá.

¿Qué injusto, no?

Es el análisis que hago desde la distancia. Ahora estoy más o menos a cinco años de mi divorcio, y claro, eso da otra perspectiva. A sólo unos meses, las cosas se ven de otra manera. Se ven en clave de «malos» y «buenos», se ven buscando las razones que te han llevado a esa situación, se ven mirando al cielo y pidiendo explicaciones por la injusticia que te ha tocado vivir, se ven desde la aceptación y la adaptación a una situación nueva. Pero un día estás en la cocina tomando un café de pie –NOTA MENTAL: averiguar por qué, desde que me separé, no he vuelto a utilizar las sillas de la cocina–, dándole vueltas al azúcar como si te fuera la vida en ello, y sientes que las cosas no te duelen como los demás esperan que duelan. A mí me pasó justo así.

Aquella mañana en la cocina no estaba tan enfadada, ni tan indignada, ni tan sola, ni tan abandonada, ni tan ofendida. Estaba bien. Minúscula y ridículamente bien, disfrutando de aquel café después de haber dejado a los niños en el cole. No miente el anuncio de IKEA cuando propone «redecora tu vida» como alternativa a los cambios y a los derrumbes inesperados. Eso fue lo que hice aquella mañana. Terminé el café, me repasé los labios con un poco de *gloss*, y salí por la puerta a redecorar mi vida.

Efectivamente, no tomé ninguna medida. Y lo mejor de todo es que nadie me culpó por ello, ni siquiera yo lo hice. «Es tiempo de improvisar, Emma». Bendito mantra que siempre aparecía cuando lo necesitaba para decirme que estaba haciendo lo correcto. Mucha gente no lo necesita, pero a mí, saber que voy por buen camino, me da un empujoncito.

Sabía que la orientación no era lo mío, pero era completamente ajena al hecho de tener una interpretación demasiado libre del centímetro como unidad de medida. En IKEA me fue revelada aquella verdad. Bueno, realmente se manifestó horas más tarde cuando intentaba encajar a la fuerza una alfombra que, cualquiera menos yo, habría visto que le quedaba grande a mi salón.

Los pequeños problemas siempre tienen pequeñas soluciones. Esconder el sobrante de la alfombra debajo del gran sofá blanco me ahorró un viaje a la tienda para devolverla y me hizo sentir especialmente bien. Me había acostumbrado tanto a necesitar a Marco que, al solucionar algo sin él me invadía una energía nueva, una especie de «superpoder» que me hizo sentir como una mutante más de la familia *X-Men*. Después llegaron otras pequeñas hazañas. Cambiar el primer halógeno, conducir por calles cubiertas de nieve, abrir la puerta de casa con una radiografía, hacer el amor con un desconocido, conectar un TDT, sintonizar los canales de la TV, descargar series *online*, instalar programas en el ordenador sin que te instruyan ni te riñan, abrir un perfil en *Meetic*...

La particular terapia que puse en marcha para superar el bache emocional incluía el visionado en DVD de todo tipo de comedias románticas. Una de ellas, *Bajo el Sol de la Toscana*, resume cómo me sentía aquellos días, y dibuja perfectamente uno de esos momentazos que una separación deja para el anecdotario personal de sus protagonistas: P.P.D.S., o lo qué es lo mismo, el Primer Polvo Después de la Separación.

Recuerdo salir de fiesta con Gaby, su chico y un grupo de amigos del Máster que meses atrás había catapultado a Iván de Madrid a Düsseldorf, donde una prestigiosa multinacional alemana le recibió con los brazos abiertos. Iba sin ninguna pretensión, salvo darle esquinazo a otro fin de semana sin niños. Recuerdo su nombre, su acento... mucha imagen y poco texto. No habíamos pasado del saludo cortés, pero nuestras miradas se estuvieron cruzando toda la noche. Al final, mientras Gaby daba vueltas por el local buscando a Iván, él se acercó para averiguar dónde iríamos cuando encendieran las luces. No recuerdo contestarle, sólo sus manos en mi cintura, su boca pidiendo paso y mi cuerpo levantando la barrera. Todo lo demás ocurrió en mi habitación. Dulce, intenso y fuerte, como el buen café. Y caliente. Caliente hasta el rubor que se me sube a las mejillas cuando viajo atrás en el tiempo. Me leyó por dentro y por fuera como si mi cuerpo fuera una partitura para su piano. Aquello que interpretamos juntos sonaba genial en el silencio de una estancia que nunca volvió a ser la misma.

Unos días después, el tropezón que dio mi madre sin querer con la esquina de la cama me hizo saber que habíamos desordenado algo más que mis emociones. Sonreí mientras las imágenes se amontonaban en una especie de *collage* erótico con retales de mis piernas anudadas alrededor de su espalda, su mano derecha guiando mi cadera, su izquierda alborotando con presión mi cuello, su flequillo bailando por encima de su frente, los músculos de sus piernas evidenciando la responsabilidad de sus embestidas, sus brazos sosteniéndome a pulso sin dejar de mirarme, sin querer irse de mí...

Y saltar sobre la cama cuando volví a casa después de tomar un café con él en el bar de la esquina, gritando como Diane Lane poseída por Frances Mayes en la brillante Toscana italiana. Justo así, con la alegría de una niña pequeña, no por el hecho de que podría pasar, sino porque había pasado. ¡Le había gustado a un hombre! Un hombre que no era Marco. Ése es el mejor regalo que se puede hacer a la autoestima de alguien que ha sido abandonado. Por eso mi garganta se puso en clave de SÍ.

—Sí, sí, sí, sí... puedo gustar –repetía mientras me elevaba sobre el colchón como si fuera el estribillo de una canción–. Sí, sí, sí... ¡he vuelto a follar!

Porque en verdad, es una idea que se te pasa por la cabeza. Bueno, es más una inquietud de ésas que se ponen pesaditas: «¿Volveré a follar alguna vez en la vida?»

La dichosa pregunta sonaba en mi cabeza como un taladro cuando venía a visitarme.

¡Et voilà! Por fin tenía la respuesta. Un SÍ tan cierto como que era sábado por la mañana. Un SÍ rotundo, categórico, de los de a tomar por culo las dudas. Ésos son los buenos.

La vida tan *yin*, tan *yang*, tiene para cada SÍ categórico un NO de los rotundos.

—No debería estar haciendo esta llamada, pero confío en tu habilidad para la interpretación cuando el lunes por la mañana recibas la versión oficial. Es que me toca los huevos no poder darte yo la noticia por culpa de un estúpido protocolo.

—Lo haré de Óscar, te lo prometo –dije comprometiéndome con la parte interpretativa de mi misión.

—¿Quién va a incorporarse a RadioNews la nueva temporada?

—¿Emma Bisar?

—¡Es oficial! –dijo beodo de emoción–. Estoy hablando con la presentadora de *Los lunes a la luna.*

—¿Es un informativo? –indagué un poco, extrañada pero cómoda en mi guindo particular.

—¿Te suena a informativo? –quiso saber Carlos.

—No mucho... pero estoy un poco desconectada de la radio de esta década. Te recuerdo que me quedé en la radio de finales de los 90.

—Ha llovido un poquito, pero no lo suficiente como para incluir la poesía en los programas informativos.

—Entonces, si no es un informativo, ¿qué tipo de programa se supone que voy a presentar?

—¡Un consultorio sentimental nocturno! –dijo como si me estuviese diciendo que acababa de tocarme el premio gordo de la lotería.

—...

Guardé silencio unos segundos. Un silencio de ésos que los colegas de los programas de *zapping* rellenan con el simpático *cri cri cri* que emite un grillo cantarín cuando quiere conquistar a su chica.

—¿Emma?

—Un consultorio nocturno... Vaya, es toda una sorpresa, la verdad –reconocí con la emoción de una tabla de madera.

—¿Estás bien?

—Sí, es sólo que no me lo esperaba. Verás –continué hablando justo cuando Carlos iba a interrumpirme–, en mi situación actual igual no es lo más apropiado.

—No entiendo a qué te refieres –dijo él consiguiendo frenarme.

—Carlos, me estoy separando. ¿Recuerdas aquello que te conté cuando comimos juntos hace unos días? –disparé con ironía–. Sinceramente, no creo que sea la persona más indicada para dar consejos sentimentales a nadie.

—¿Me lo estás diciendo en serio?

—No se trata de hablar en serio o en broma, es lo que pienso. Si yo fuese una oyente y descubriese que la persona que hay al otro lado de esos consejos sentimentales nocturnos se está divorciando, me sentiría completamente estafada por ella.

—No puedes pensarlo en serio, Emma.

—Es un auténtico timo, Carlos –insistí.

—Entonces, y aplicando tu teoría, yo tampoco podría presentar un consultorio sentimental por estar felizmente casado.

—No te sigo...

—Es muy sencillo. Presta atención. Alguien como yo no podría aconsejar a un oyente que llama buscando un poco de luz con la que enfrentarse a un oscuro divorcio.

—Le estás dando la vuelta.

—Emma, sabes que tu teorema hace aguas.

»¿Quién crees que sería el perfil más profesional, el más cualificado para hablar de emociones y sentimientos con los oyentes?

—No sé... –dije ganando tiempo–, ¿una psicóloga?

—¿De verdad me está diciendo esto la mujer que más menciona y parafrasea a su abuela como gran sacerdotisa emocional de su vida...?

—*¡Touché!* –fue lo único que la risa me dejó pronunciar.

Cincuenta kilos raspados de verdad, palabras justas, secretos y parábolas increíbles. Junto a todo aquello no había ni 50 días seguidos de escuela. Su naturaleza inquieta, curiosa y honesta equilibró la injusticia social que se cometió con ella. En otra cuna posiblemente su vida habría tenido otra banda sonora, otro argumento, y desde luego, otros títulos de crédito. No la recuerdo enfadada por esa tropelía del destino, sino rendida a su fuerza. Se conocía bien, algo, al margen de ser rico o pobre, de lo que no todo el mundo puede presumir. No se enfadaba; ella sólo repetía una y otra vez: «Que el Señor no me mande todo lo que puedo aguantar». El Señor, que interpreta a su manera, gustaba de poner a prueba a mi abuela. Y ella gustaba de demostrarle, incansable, que con aquello también podía.

Pudo soportar asomarse a un moisés y saludar entre lágrimas la muerte súbita de uno de sus hijos. Pudo despedirse de su marido una fría mañana de noviembre y descubrir que las denuncias de los vecinos pueden matar. Pudo levantarse cada mañana después de enterrar al único hijo varón que le quedaba vivo, ése que jamás pudo hacer la broma fácil de los dos patitos cuando le preguntaran por su edad. Pudo criar a tres hijas con platos, vestidos y oportunidades de buena voluntad. Pudo escribir cartas cada mes a su hermana Josefa, mendigando sellos que supieran cruzar el Atlántico. Todavía le sobró algo de tiempo y energía para contagiar a los nietos ese entusiasmo sobrenatural con el que ganó todas las carreras para las que la vida le dio dorsal. Perdió la última, pero ésa no cuenta porque ésa la perdemos todos.

Carlos sabía perfectamente dónde apuntaba cuando utilizó a mi abuela para convencerme. Era un argumento difícil de rebatir porque tenía mucho que ver con la verdad. Mi abuela seguía siendo para mí una especie de gran oráculo y la brújula más fiel y precisa de la mayoría de mis decisiones. Sin estudios, sin preparación ni formación en prácticamente nada pero tocada por un sentido común prodigioso. Si a ella aquello le bastó para escuchar, comprender, leerme y acertar conmigo, ¿no sería también suficiente para mí? No sé, el mero hecho de pensarlo me hacía sentir arrogante y prepotente. Por otro lado, siempre he sentido estar biológicamente más preparada para el SÍ que para el NO. Supongo que mi vocación hacia el intento y la situación personal en la que me encontraba hicieron el resto del trabajo. Al día siguiente, cuando sólo habían pasado algunas horas desde que había puesto en jaque la oferta que Carlos me había ofrecido en bandeja, le devolví la llamada y con ella un compromiso verbal que me convertía en la presunta presentadora de *Los lunes a la luna*.

—Carlos, le he estado dando algunas vueltas esta noche.

—Yo lo quiero sin vueltas.

—¿Lo quieres...? –dije sin comprender a qué se refería.

—El veredicto, Emma. Dímelo sin rodeos.

—Cuenta conmigo.

—Lo hacía desde hace días, eras tú la que no querías hacerlo.

—Ya... Aunque si te digo la verdad, tengo un pellizco enorme en el estómago y muchas dudas.

—Como cuando estás en la barandilla de un puente a punto de saltar entre un grupo de gente que te dice que te tires, que va a ser la experiencia de tu vida, mientras piensas en todo lo que puede salir mal. Se puede romper la cuerda, el arnés... puede darte hasta un infarto.

—Me estás animando... –dije un poco abatida y totalmente identificada con la descripción de Carlos.

—La cuerda no se romperá y no te dará un infarto. Es una trampa de tu mente para que tu inseguridad decida por ti.

—Han pasado tantos años, Carlos... –insistía yo con mis reticencias.

—Da igual, Emma –dijo, determinado a zanjar la cuestión–. No buscábamos a alguien con años de experiencia en antena. Realmente –y te lo digo en confianza– ni siquiera sabíamos lo que estábamos buscando para presentar el programa hasta que te oímos el día de la prueba. ¿Lo entiendes? No tiene nada que ver con tu experiencia radiofónica, ni siquiera con tu experiencia profesional. Tampoco con tu soltura delante del micrófono. Tiene que ver contigo, Emma. Lo que buscábamos está en ti y ahí seguirá cuando el 9 de septiembre saludes a los oyentes del programa. Nadie te ha pedido ni te pedirá datos de audiencia, nadie te ha dado una lista con todo lo que se espera de ti, y tampoco creo que lo hagamos. Somos una pequeña emisora con pequeños objetivos. Por ahora puedes permitirte el lujo de salir ahí fuera sólo a pasar un buen rato.

—Me tranquiliza lo que acabas de decir –reconocí aliviada.

—Sólo hay una cosa que anula el peso de la responsabilidad... y es no pensar ni ser muy consciente de ella. Deja que flote a tu alrededor, pero no se te ocurra cogerla en brazos. ¿Me prometes que no lo harás?

—¡Prometido!

—Si no te conociera, igual hasta me habías convencido –dijo con media sonrisa en la boca–. Tengo que dejarte, el próximo biberón de Martina me toca a mí.

—Martina... es un nombre precioso. Disfruta de tu peque. Hablamos.

—Hey, sólo una última cosa. Esta llamada nunca se ha producido, ¿de acuerdo?

—Olvidaré que me has llamado. Buen «finde».

Las siguientes semanas se convirtieron en un largo puente hacia el día D. Intentaba no pensar demasiado en el 9 de septiembre, pero estaba bajo su influjo. Iba y venía, pero siempre me rondaba.

Semanas de aprender cosas. Últimamente no desempeñaba otro oficio. De repente tenía mucho más que ver con una niña pequeña que con una mujer de mi edad. A veces me torturaba ese pensamiento y me lo intentaba quitar de la cabeza sin mucho éxito. Las mujeres de mi edad lo sabían casi todo sobre sus vidas y yo no sabía prácticamente nada. Ellas la tenían construida, yo por construir. Mirar hacia adelante se convirtió en el único mecanismo de defensa para mantenerme a salvo del miedo, de las dudas y de las turbias consecuencias que todo aquello podría tener sobre nosotros y nuestros hijos, y que a veces entraban como fantasmas en mi cabeza.

Qué miedo da cuando los daños colaterales de tus actos llueven como metralla sobre la vida de tus hijos. Los «hoy se separan muchas parejas», «ya no es como antes», «en el cole hay un montón de niños en su situación»... por alguna extraña razón suenan a cantos de sirena. Mentiras piadosas que te quieren desviar de las estadísticas oficiales que son aterradoras. No debería haber entrado en Google pero lo hice. Los números no se anduvieron con paños calientes al asegurar que los hijos de padres separados tienen:

- Cinco veces más probabilidades de suicidarse
- Treinta y dos veces más probabilidades de abandonar la casa
- Veinte veces más probabilidades de tener desórdenes de conducta
- Nueve veces más probabilidades de abandonar los estudios
- Diez veces más probabilidades de abusar de sustancias químicas o drogas
- Veinte veces más probabilidades de acabar en prisión (entre el 80 y el 90% de los reclusos son hijos de padres separados).

Leerlo y ser asaltada por la imagen de un Santi de veintitantos enfundado en un pijama carcelario naranja entrando en una sala de interrogatorios con las manos esposadas fue prácticamente instantáneo. Google a veces puede ser letal, y las hordas de *thrillers* americanos también. Aquí los presos no visten esos pijamas, lo sé, pero en mi imaginario personal manda USA; por eso mis presos van de naranja, los malos conducen enormes *mustangs* destartalados y los buenos todoterrenos *pick-up*. Por eso en mis tartas mentales la reina es el *apple pie*, y por eso sé por dónde va la Ruta 66, aunque me pierda en la M-30.

Por cómo soltó el bolso sobre la mesa de la cocina, supe que la guardia de Jess había sido movidita.

—¿Sabes hasta dónde estoy de las madres sabelotodo que primero miran en Internet y luego vienen al hospital con su hijo? ¡Hasta el...! –se contestó ella sola sin dejarme abrir la boca.

—Es tan tentador que alguien te dé la respuesta cuando la necesitas... Aunque a veces es un puto coñazo –dije entendiendo a aquellas madres y pensando en el resultado de mi última búsqueda.

—¿Hola? –dijo mi hermana extrañada por ese odio repentino y visceral hacia Internet.

—Jess, ¿sabías que los hijos de padres separados tienen muchas más probabilidades de suicidarse, de ir a la cárcel, de dejar los estudios o de tomar drogas?

—Espera un momento –dijo haciendo una pausa–, Emma, no me lo puedo creer, ¿has tecleado «separación» en Google, ¿a qué sí?

—Deja de reñirme como si fuera una niña pequeña y respóndeme a la pregunta. Tú eres pediatra, algo sabrás de ese tipo de estadísticas.

—Sé lo que sabe todo el mundo sobre las estadísticas – dijo armándose de paciencia–. Que son lo que son, probabilidades y conclusiones construidas a base de cifras para responder a determinadas cuestiones.

—Espera, necesito un poco de aire, me cuesta respirar.

—Tranquila –me dijo y me ayudó a sentarme en una de las sillas de la cocina–, es sólo un poco de ansiedad. Abriremos la ventana y respirarás conmigo muy despacio...

Empecé a respirar siguiendo el ritmo que marcaba Jess y llevándome una mano al pecho. Noté un vertiginoso y repentino sudor frío que me recorría la cara con la intención de bajar hasta mis pies. Agradecía sus palabras y el aire que me lanzaba con las ofertas del catálogo de Carrefour que abanicaba delante de mi cara.

—Estoy mejor –dije comprobando con la mano que no tenía la cara tan fría.

—Tienes mejor color de cara. No ha sido nada, sólo un poco de ansiedad. Prométeme que, si te vuelve a pasar, harás esto que acabamos de hacer.

—¿Te refieres a sentarme y respirar despacio hasta que se me pase?

—Me refiero a que no la frenes dentro. Déjala salir o te consumirá. ¿Entendido?

—Entendido, doctora.

—Emma… –dijo quedándose con las ganas de enfadarse conmigo por llamarla doctora con aquella condescendencia.

—Jess, no me has contestado a la pregunta de antes.

—¿A lo de si creo que mis sobrinos se van a tirar por un puente o van a acabar convertidos en delincuentes o drogadictos?

—Sí.

—No, no lo creo. Si me lo dijera una vidente de las que se sientan en fila frente al estanque del Retiro, me levantaría y me iría sin pagar. Si lo leyera en un horóscopo, dejaría de leerlos para siempre. Si me lo dijese un médico, no volvería a su consulta. Emma, si lo piensas un poco, ¿qué importa lo que diga la estadística cuando se puede elegir?

—¿Y qué se supone que debo elegir? –dije un poco confundida.

—Las estadísticas le dan protagonismo a las mayorías y subestiman a las minorías. Pero puedes elegir estar con la minoría. Puedes esforzarte con Marco para que vuestros hijos estén en los otros números, en los buenos.

Escuchando a Jess entendí que colocar a mis hijos fuera de aquellas horribles estadísticas formaba parte de mis nuevas responsabilidades en la vida. Darme cuenta de no tener ni idea de cómo hacerlo, ni de por dónde empezar, vino justo después. Cerré los ojos y volví a acordarme de mi abuela Elvira, y pensé que lo único que tenía que hacer era caminar como hace un niño pequeño. La idea es dejarse llevar con confianza y sin pensar mucho. ¿A dónde va un bebé cuando da sus primeros pasos? Posiblemente a ningún sitio. Yo me lo imagino aburrido de gatear y preguntándose: ¿y qué pasa si me pongo de pie? Un pequeño acto de rebeldía. Como un «yo lo voy a intentar, a ver qué pasa». Luego llegarán los destinos, los objetivos y las pequeñas misiones. Ésas siempre llegan solas.

Imitaría a un bebé en mi travesía. Había empezado justo así, sin más ambición que la de comprobar si podía tenerme en pie en aquella situación.

Las semanas que vinieron después me demostraron que podía tenerme en pie sin problema. También había dado algunos pasos sueltos para ir a la consulta de Carlos, para entrevistarme con un abogado, para encerrarme de nuevo en un estudio de grabación, para contarles a mis hijos la verdad, para quedarme sola en casa, para discutir con Marco. Ahora tocaba andar con un destino y elegir un camino. Plantarse delante de un mapa, ver las opciones y elegir una. Hay caminos largos, sinuosos, un poco más incómodos, pero con unas vistas increíbles. Están los caminos famosos, los que conoce la mayoría de la gente, los que descubren pocos paisajes nuevos pero te llevan al destino con pocos desvíos. También hay atajos, caminos breves que sólo pueden prometer a los caminantes que serán los primeros en llegar.

De la misma forma que sabía que era chica de lunes, comprendía que mi camino sólo podía ser el primero. Marco era más de atajos, pero en esta ocasión eso no sería un problema. Estaba convencida de que podría convencerle. Salí de dudas aquella misma tarde.

—¿Y el perchero? –preguntó Marco mientras me daba dos besos muy cordiales en la entrada de casa.

—Lo he puesto en nuestra... en mi habitación –me corregí en milésimas de segundo.

—La alfombra es nueva –dijo reparando en la última adquisición de IKEA que lucía en el salón.

—Sí, es de IKEA. Estuve dando una vuelta por allí hace unos días. Me gustaría cambiar un poco el dormitorio. De repente la cama me parece enorme para mí sola...

—¿Prefieres que tomemos un café aquí o bajamos al bar? –dijo pasando por alto el patetismo de mi anterior comentario.

—Creo que prefiero que hablemos aquí. Preparo café en un minuto. ¿Me acompañas a la cocina?

Estaba a punto de decir que sí, cuando escuchó los ladridos de Vainilla que se ponía nerviosa cada vez que alguien llamaba al ascensor.

—La famosa Vainilla está en la cocina, ¿no?

—Ahora sí.

—Entonces prefiero esperarte aquí, si no te parece mal.

—No, no, tranquilo. Vuelvo enseguida.

A medio pasillo, me di la vuelta.

—¿Solo y sin azúcar, no? –le pregunté desde el quicio de la puerta.

—Sí, como siempre.

Asustarme con estadísticas debía quedar fuera de mi plan. Tampoco se lo quería poner fácil a los que quisieran asustarme con la «casuística Fulanito». Ésa que todo el mundo comparte altruistamente y porque sí. Empieza más o menos así: «Pues el hijo de Fulanito, cuando se separaron...» La información que viene a continuación suele ser de catastrófica en adelante.

—¿Bueno, empiezas tú o empiezo yo? –pregunté mientras dejaba caer dos cucharadas colmadas de azúcar en mi café.

—Tú primero.

—Qué surrealista es todo –dije respirando hondo y sin saber muy bien por dónde empezar.

—Surrealista o no, tenemos que empezar a organizarnos con los niños, Emma...

—Vale, pues vamos al lío –dije como si no doliera.

—La idea es ponernos de acuerdo entre nosotros y mantener lo que acordemos hasta que firmemos el convenio, ¿te parece bien?

—Me parece bien y al mismo tiempo un poco duro hablar de todo esto aquí sentados, en el salón de casa, como si nada... –respiré hondo y me reproché no haber dicho que sí a la cafetería que había propuesto Marco.

—Emma, tenemos que avanzar con todo esto, por nosotros y sobre todo por los niños –dijo Marco intentando reconducir la conversación.

—Es curioso que digas eso cuando eres tú el que nos has embarcado en esta... ¿cómo llamarla? ¿aventura?

Con su forma de mirarme dejó claro que, en su opinión, me había pasado dos estaciones con mi última frase y volvió a encarrilar el diálogo.

—¿Sigues pensando en tener la custodia?

—Sí, quiero que los niños vivan conmigo y que estén contigo dos fines de semana al mes y dos tardes a la semana.

—Lo de las tardes entre semana no me encaja mucho –protestó.

—¿Por qué?

—Porque, con lo lejos que vivo del cole, nos vamos a pasar la mitad de la tarde en el coche.

Suspiré lentamente mientras trataba de encontrar alguna solución.

—¿Y si vienes aquí con ellos? –propuse con la rapidez suficiente como para sorprender a Marco.

Tras la conmoción por mi repentina agilidad mental, su silencio sólo tenía una posible lectura: no le parecía una idea descabellada. Se lo estaba pensando... Tic, tac, tic, tac –sonaban las agujas de un reloj analógico en mi cabeza mientras esperaba su respuesta.

—Entonces, los recogería en el cole y vendríamos aquí, ¿no?

—Sí. Puedes ayudarles con las tareas, bañarlos, preparar algo de cena... lo que quieras. Yo intentaré no estar en casa esos días.

—Emma, no es necesario. Puedes estar aquí sin ningún problema.

—Lo sé... pero creo que prefiero no estar.

Por la forma en la que se refugió en el móvil supe cuánto debió dolerle aquel comentario. No era mi intención, sólo intentaba explicarle lo doloroso que sería para mí representar aquella función en el mismo teatro. Como aquella tarde en el lago en la que fingimos que seguíamos siendo la familia de siempre.

—Emma, tengo que irme. ¿Te importa que sigamos otro día?

—No, pero sólo si «otro día» es #antesdequeacabelasemana. Tenemos cosas importantes que cerrar.

—¡Te lo prometo!

—Una promesa tuya no es una gran garantía –dije con sorna– pero tendré que confiar en ti.

Volvió a mirar el móvil pero ahora no pude adivinar si se escondía del último comentario o si verdaderamente iba con prisa a algún sitio.

—¿Me contarás algún día qué o quién te sacó de la vía?

—No quererte como antes ya es bastante duro. Si hubiera otra mujer, que es lo que supongo que estás pensando, te lo diría.

—Bueno, tu verdad es tuya y eres libre de guardarla para ti. De la misma forma que mis teorías son mías –dije dejando claro que no me había convencido–. No es algo sobre lo que quiera discutir contigo.

—No quieres discutir pero preguntas.

—Si hay o no otra mujer es asunto tuyo, no pretendía juzgarte. A veces siento una extraña curiosidad, una curiosidad morbosa, por saber por qué nos ha pasado todo esto.

Siento haberte preguntado, no volveré a hacerlo. Quedamos en unos días.

Con el salón de mi casa de fondo recuerdo aquella mítica función y otra que hizo tambalear de risa a la mismísima Gaby.

Debía ser un lunes o un miércoles por la tarde porque ésos fueron los días que eligió Marco para recoger a los niños en el cole y pasar la tarde con ellos en casa. Mientras él se encargaba de deberes y baños, yo solía escabullirme con ayuda de Jess y Gaby.

Aquella tarde recorrí más de siete zapaterías buscando unos zapatos de tacón en los que pudiera aguantar más de dos horas seguidas. Necesitaba unos B&C, Bonitos y Cómodos. Embarqué a Gaby en la misión y no dejamos zapatería viva en las tres plantas del centro comercial.

Entre zapato y zapato, el acuerdo verbal con Marco, la prueba en RadioNews y la oferta para presentar *Los lunes a la luna*, dejé para el final lo del #levitacamas, porque de aquella historia a Gaby sólo le faltaban algunos detalles.

Llegué a casa con zapatos nuevos y deseando que Marco tuviera prisa por irse. Cuando entré en el salón, Santi vino corriendo a darme un beso y se quedó abrazado a mis piernas. Avancé como pude con el peque allí amarrado para darle un beso a Julia que terminaba sus tareas en la mesa grande del salón mientras Marco supervisaba sus operaciones desde sus casi dos metros.

—¿Qué tal ha ido la tarde, chicos? –pregunté intentando disfrazar de naturalidad lo que me dolía habérmela perdido.

—Muy bien. Santi sólo tenía un problema de mates y cuando lo ha terminado ha estado jugando en su cuarto. Hace 20 minutos le he dejado encender la tele.

—Ah, muy bien...

—Julia –continuó con el informe– ha hecho las tareas que tiene que entregar mañana, ha leído un poquito y ahora estaba terminando dos operaciones extras que le he puesto.

Me acerqué y la besé despacio en la frente para no moverle el trazo de sus diminutos números. Al incorporarme, noté la mano de Marco en la mandíbula.

—Déjame un momento... tienes algo junto a la barbilla –dijo pidiendo permiso.

Me palpé con la mano y reconocí un pequeño sarpullido.

—Es una especie de irritación. Está muy roja. ¿Te pica?

—No.

—¿Te duele? –siguió preguntando sin dejar de sujetar mi barbilla.

—No, no me duele nada.

—Y eso, ¿cómo es que te ha salido ese ronchón?

—Ah, esto... Bueno, ya sabes que soy alérgica a las barbas en general y a la de un fulanito en particular.

Soltó la mano de golpe, como si le hubiese dicho que era algo contagioso. Cogió el móvil de la mesa, iluminó la pantalla, que le chivó la hora enseguida, le dio un beso a los niños y salió por la puerta con una escueto: «Hasta mañana». Se había ruborizado.

No recuerdo haber querido decir aquella frase. Simplemente salió, como brota el agua cuando emerge enfurecida de un géiser.

No quise herirle, sólo fue una forma estúpida de aprovechar la tentación casual de reconfortar mi maltrecho ego y ver subir otro dígito al casillero de mi marcador. Quienes han sido dejados entenderán perfectamente la presión constante a la que la necesidad de revancha nos somete. Aquellos más inexpertos igual se acuerdan de mí el día que les ocurra, porque siempre ocurre, al menos una vez en la vida; todos experimentamos la anoxia del abandono.

Durante años pensé que lo hacía por inmadurez, convencida de que eran mis «diecipocos» los que me empujaban a enamorarme del chico de los ojos claros con el que solía coincidir en el autobús, o del chaval alto y de tez morena con el que me cruzaba en los pasillos del videoclub del barrio. Cada semana había uno, que nunca jamás excluía al otro, más bien se solapaban (ventajas de tener mucho sitio en el corazón y un adosado con parcela de imaginación). Nunca crucé una palabra con ninguno de ellos. Bueno sólo con uno, el del autobús de los ojos claros, con el que llegué a compartir alguna tarde de pandilla en un parque del barrio por cortesía de mi amiga Sofía. Al resto, además de quererles en secreto, les ponía motes cariñosos como hacían mis padres con los clientes del bar a los que no se atrevían a preguntar el nombre. El indio, el del *walkman*, el del Vespino blanco, el de la carpeta de U2... novios imaginarios con los que redacté los primeros guiones de amor.

No había vuelto ni siquiera a pensar en ellos, hasta que volví a estar sola. Empecé a sospechar entonces que quizá no tenía nada que ver con la edad, sino más bien con una especie de obsesión por las historias románticas que me inventaba cogiendo de la realidad sólo los personajes y construyendo todo lo demás. Puede que además de madre, periodista y divorciada en la frontera de los 40, también fuera una coleccionista de historias. De historias que empiezan y acaban sin más sentido que dejar paso a la siguiente. Eso sólo podía significar que había empezado a asumir que lo de «para siempre» tenía más de eslogan que de cierto. Me acordé de Julia y Santos y supe que en esto les mentiría. Me consolé pensando que lo bueno de empezar muchas historias es que, junto a los muchos finales, habría otros tantos principios.

—¿Te apetece un café o una infusión? La reunión se va a retrasar.

—No, no te preocupes. Bueno –dije a los dos segundos de acabar la frase–, un poco de agua estaría bien.

—Claro –dijo cogiendo una botella de la nevera de la pequeña cocina en la que estábamos haciendo tiempo–. ¿Nerviosa?

—Un poco. Nervios mezclados con la timidez de estar en un sitio nuevo y de conocer a mucha gente de golpe –le reconocí sinceramente a Carlos.

—¡Tengo una idea! –dijo eufórico–. Mientras empieza la reunión, te enseñaré la emisora. Así me saco la espinita del día de la prueba en el que, con los nervios y las prisas, sólo te dejé ver el estudio en el que grabamos y la recepción de pasada.

—Claro –dije dando un paso atrás para recoger mi botella de agua mientras me cruzaba el bolso en bandolera dispuesta a no dejarme un pasillo sin pisar, una puerta sin abrir, ni un cristal en el que reflejarme de pasada.

Aquel primer día de emisora me recordó el primer día que llevé al cole a mis hijos como madre separada. Te bajas del coche y caminas por la acera con los brazos abiertos como si fueran el transepto de una cruz latina reposando sobre los hombros de tus hijos. ¿Quién sujeta a quién? Aquel día eran ellos los que tiraban de mí, aunque no lo sabían. Lo peor es levantar la vista y ver a otra madre sacando del coche a un peque mientras le promete al conductor –y posible padre de la criatura–, que tardará 5 minutos. Tampoco entrar en clase y verlos alejarse con sus amigos suaviza el impacto de reconocer que este año algo los ha puesto en minoría. Al salir pasó algo que me cambió el paso, un sentimiento, puede que una sensación, a la que desde aquel día llamo «intuición positiva». Una tenue voz interior que me canturreó al oído pequeñas letanías que me hicieron salir del colegio caminando como si estuviera protagonizando mi propio videoclip: «tranquila, es el primer día», «sólo hay que acostumbrase», «es un cambio», «lo estás haciendo bien, sigue así», «ellos están bien».

Inés rompió mi *flashback* colegial emocionada por haber sido elegida guía de aquella especie de *freetour* improvisado por las instalaciones de RadioNews.

—¿Habrás venido bien calzada, no? Nada de plataformas, espero –dijo dejando claro que me asociaría para la eternidad con mi tropezón del día que nos conocimos.

—Bailarinas y servidora a su entera disposición.

—Así me gusta, soldado –dijo siguiéndome la broma.

Por la forma en la que desapareció supuse que Carlos debía estar apagando algún fuego de última hora y no le di mayor importancia. Inés ejerció de perfecta anfitriona mostrándome hasta el último rincón de la emisora. Serpenteamos por la redacción, los estudios de directo, los de grabación, los de edición, la sala del café y las máquinas de *vending*. Dejamos para el final los despachos de los directivos por los que pasamos prácticamente de largo.

—Lo mejor de aquí no te lo puedo enseñar –dijo indicando con la mirada uno de los despachos.

—¿A no? ¿Y eso por qué? –pregunté intrigada.

—No te lo puedo enseñar pero algún día con un café te puedo contar grandes historias de despacho –sentenció guiñando un ojo al mismo tiempo.

—¡Vale! Creo que sé por dónde vas...

—Y yo... he visto cosas que vosotros no creeríais: naves de ataque en llamas más allá de Orión...–dijo parafraseando la mítica *Blade Runner*.

—Creo que acabo de encontrar a la *friki* de la emisora –reconociendo que esta vez sí sabía por dónde iba.

—¡Y yo a la más ingenua!

—¡Touché!

Era *friki*, pero poderosamente ocurrente y también inteligente. Positiva, pero con un punto de acidez que la hacía irresistible. Divertida hasta el monólogo, que podía improvisar sobre cualquier cosa. Desde este mágico 2014 por el que paseo actualmente, sé que el destino –que a veces me quita las cosas con los mismos modales con los que un oso pardo le arranca un pez al río–, la eligió a ella para presentarme a un chico, el mejor de todos los que he conocido nunca.

Cuando volvimos a entrar en la redacción aquello parecía una lonja en plena subasta.

—Faltan siete minutos para el boletín informativo –dijo Inés en reacción a mi cara de no entender nada.

«Bienvenida de nuevo a la locura», pensé. Había cosas con las que el tiempo no había podido. El ritmo de la redacción era una de ellas. Allí estaba, prácticamente como lo había dejado, cuando un día cualquiera del año 1997 había cerrado la puerta de la última redacción en la que había puesto un pie. Tonos de voz ebrios de decibelios, gente al teléfono suplicando un poco de silencio con la ayuda de un inútil gesto con la mano, el locutor de turno con las señales horarias en los talones lanzando improperios contra la máquina que había decidido tomarse su tiempo para imprimir las próximas noticias... Hasta el olor me resultaba un poco familiar. Un poco porque le faltaba un ingrediente mágico: la nicotina. En todos mi años de radio había flotado en el ambiente una espesa nebulosa de humo bien cargado de nicotina, alquitrán y monóxido de carbono. Nebulosa a la que yo también había contribuido generosamente. En la vieja Onda F.M. sólo respetábamos el estudio de grabación y el de directo; el resto de aquel territorio enmoquetado era pasto del humo. Traté de imaginarme a Paco Oliver, mi primer redactor jefe, tratando de escribir una sola línea en aquella redacción sin humo. No pude hacerlo. Él tampoco habría podido.

—Emma, te presento a Alexander Acosta, nuestro productor.

—Encantada –dije acercando mi mano que se cruzó con su menudo cuerpo avanzando hacía el mío para darme dos besos.

Podría haber sonado un poco de música chula, como en las películas, pero no; lo que sonó mientras nos estábamos presentando fue un bufido espectacular del jefe de informativos desde la puerta de uno de los estudios:

—¡Álex, sube a esos dos de los pelos si hace falta! –refiriéndose a los locutores del inminente boletín.

Alexander no dijo nada, sólo salió pitando a cumplir su misión a redacción. En menos de treinta segundos volvió a pasar por delante de nosotras arreando a la pareja que tras los pitidos mágicos de en punto destriparían la actualidad del día a dos voces.

Volviendo a casa, tras la intensa reunión que vino después, aquel joven productor se paseaba por mis pensamientos sin invitación. A priori, la única razón para ello era su aspecto físico. Guapo, con la barba justa pero necesaria para ponerle algunos años encima y los ojos grandes, del color de la Coca-Cola de la canción de Fito. Las impecables gafas de pasta combinaban a la perfección con la estética *hipster* del resto de su atuendo: vaquero pitillo con la vuelta de rigor a la altura del tobillo y una camiseta blanca que llevaba toda la vida huyendo de la plancha con la complicidad de una camisa de cuadros.

Guapo, con estilo, productor... y muy joven, Emma. Joven como el #levitacamas. De los que te polinizan y luego ni te llaman ni nada.

Y gay. Completa, total e irremediablemente gay. Enamorado hasta las trancas de una aventura imposible que me fue contando por capítulos entre cristales, micrófonos, cafés de máquina y las increíbles historias que escuchábamos cada noche a la hora en que las carrozas se convierten en calabazas.

Capítulo IX

Sacudió su chistera para devolverme la fe en mí,
para hacerme reír hasta el llanto,
para ver la parte de mí que no le mostraba a nadie,
la que ni siquiera yo veía

La imagen que a veces tenía de mí misma como una especie de charlatana con ínfulas de vidente del amor se disipaban cada vez que Álex me avanzaba una nueva entrega de su particular historia, de la que me enamoré como una quinceañera a la que todavía no han roto el corazón. Después de Marco, aquella historia ha sido mi único y verdadero gran amor. Había programado una cita, tenía una consulta a las diez de la mañana de un martes. Y aunque le hayan puesto nombre al día, no hay diferencia, el mismo sol, la misma ciudad... Sin embargo, todo parece nuevo, todo se desvanece nuevo, todo acontece en la más absoluta novedad.

La barrera del silencio la rompió con lágrimas un sábado por la tarde en la que mi único plan era salir de compras.

—¡Hola! ¿Todo bien?

—Bueno, no muy bien.

—¿Qué pasa Álex?

—...

—Me estás asustando –dije al ver que no respondía a mi pregunta.

—Vuelvo de dejar a Jon en el aeropuerto. No me siento muy bien. No me apetece ir a casa. No sabía a dónde ir ni a quién llamar... Igual estás liada con los niños. Lo siento, no tenía que haber llamado.

—Álex, no me molestas. Estoy sin niños este finde. ¿Quieres venir a comer a casa?

—¿No te importa?

—¿Importarme? Odio comer sola. ¿Te gusta la lasaña casera?

—Mucho.

—¿Algún problema con el atún?

—Mientras no sea americano... –dijo con un dardo de ironía que pillé a la primera.

Lo que odio no es tanto el hecho de comer sola como el de cocinar para mí. Aquella estupenda lasaña de atún no habría conocido la luz de aquel sábado de noviembre si Álex no se hubiese apuntado a comer. O al menos a intentarlo, porque el nudo que traía en el estómago no se lo ponía muy fácil.

Me sorprendió el largo abrazo que me dio al abrir la puerta, casi tanto como la primera frase que me dijo dentro de aquel abrazo:

—Se ha ido, Emma. Se ha ido al puto Estados Unidos... ¿qué puedo hacer ahora?

—Quererle desde aquí. No se me ocurre otra cosa, pequeño.

Se nos juntó la comida con la merienda y casi con la cena. No nos movimos del sofá hasta las seis de la tarde. El horno ya pensaba que tendría el día libre cuando puse la bandeja de lasaña en sus manos. Escucharle me sacaba de mi propia historia y me arrastraba a su universo de ilusión y esperanza, a su increíble forma de creer en lo imposible. Supongo –sé– que Álex y lo que sucedió con Jon durante aquellos meses impidió que cayera rendida a los pies del rencor, del despecho, y de maldecir el amor blandiendo esas frases que empiezan por «los hombres son todos unos...» y acaban en «...hijos de puta».

En cierta forma, la parte de mí que me empujaba a ver comedias románticas sin tregua seguía confiando en el amor y en las relaciones de pareja tras los títulos de crédito. Pero Álex y Jon me hacían sentir que de verdad toda la locura necesaria para que dos personas se gustaran, se enamoraran, se entendieran, se entregaran y se mantuvieran juntas, era posible. Ellos me hacían mirar a mis padres y pensar que, si ellos lo tenían, era porque existía. Cuando mi lado más cínico intentaba zarandear aquella ingenua fe en la pareja, Álex y Jon me convencían de que era posible.

Otras veces, la angustia de sentir que tenía peores cartas que nunca, me aturullaba durante días. Una mala mano o no saber si lo que sucedía realmente era que de momento no me apetecía volver a jugar a aquel juego.

* * *

—Buenas noches, Marta.

—¡Hola, buenas noches!

—¿Cuál es tu historia?

—Bueno, es un poco larga.

—Todas lo son, querida.

—Verás Emma, llevo casada nueve años y tenemos un hijo de seis años que acaba de empezar primero de primaria. Bueno, el problema que tengo es que creo que me gusta su tutor –dijo sin irse mucho por las ramas.

—Marta, yo creo que el hecho de que te guste o hayas reparado en otra persona que no es tu marido, no es nada malo, ni algo que debas reprocharte.

—Pero es que no sé por qué me está pasando esto. Yo nunca he tenido ojos para otro que no fuera mi marido.

—Tal vez puede que ése sea el problema. Hemos crecido con ese tipo de «frases taladro» desde pequeñas, y cuando la vida de pareja se nos muestra real y muy lejos de esa fábula que nos contaron, nos sentimos culpables e inseguras sobre nuestros sentimientos. Tener ojos en la cara y mirar a otros hombres no es nada malo, de la misma forma que no hacerlo no garantiza que le estés amando sinceramente.

—¿Y que me arregle más ahora para ir al colegio?

—Eso se llama coquetear. Coquetear es algo que libera endorfinas, sube la autoestima y no hace daño a nadie. A todos nos gusta gustar; el que lo niegue, miente. Los hombres lo llevan haciendo toda la vida; a ellos nadie les dijo de pequeños que sólo tenían que tener ojos para su chica.

—¿Entonces por qué me siento tan culpable?

—Porque te dejas manipular por un cliché sexista de ésos que, a fuerza de repetirse hasta la saciedad, de generación en generación, van de dignos y ciertos. Marta, quiero agradecerte mucho que nos hayas llamado esta noche y me gustaría despedirte con esta canción... –De fondo, mientras me despedía de aquella oyente, empezó a sonar *I'm On Fire* de Bruce Springsteen–. Escúchala, encierra algunas respuestas. Si tienes ocasión, busca el vídeo en *Google*, es todavía mejor que la canción... Y tranquila, al final casi siempre hacemos lo correcto.

Un escueto «Jon me ha escrito», sirvió para hacerme marcar el número de Álex y también para sonreír. De momento, ésa era la única recompensa a la que los sentimientos de Álex podían aspirar. Un *email* que hacía sonar su bandeja de entrada de madrugada y que normalmente me sacaba de la cama con él. Nos habíamos convertido en dos yonquis de cualquier noticia del otro lado del Atlántico. Para aquel consumo no había horarios, ni reglas, ni trabajos, ni hijos... Nada podía interponerse y todo se detenía el tiempo necesario para escuchar a Álex:

—Emma, creo que no debo ir a verle –vaticinó con la voz derrotada.

—Álex, ¿ahora? Tienes el billete comprado, el localizador guardado en el móvil, y apostaría que has comprobado la impresora varias veces para que no falle cuando imprimas la tarjeta de embarque en un par de semanas.

—Jon nunca ha estado muy convencido y creo que, a medida que se acerca el día, le hace menos gracia la idea de tenerme rondando por su confortable vida neoyorkina.

—¿Lo has decidido así de repente, a las tres de la mañana? ¿Has tenido una especie de sueño premonitorio o algo así?

—Tienes razón, es tardísimo, Emma, lo siento. ¿Estabas dormida, no? Déjalo, hablamos mañana tranquilamente.

—No, no... si me ha venido bien que me llames, quería levantarme para...

—Jajajajaja... –La risa no le dejaba seguir hablando–. Emma, eres la leche, en serio. ¿Te estás escuchando? Estabas dormida y te he despertado, #esoesasi. No pasa nada. Pero no, tú eres de no enfadarte ni siquiera porque un amigo esquizofrénico de amor te saque de la cama a las tantas. No sé quién está peor de los dos.

—Claramente yo estoy mucho peor –reconocí asumiendo que no me preocupaba en absoluto llevarle un poco de ventaja en aquella enajenación transitoria.

Podía entender perfectamente las dudas de Álex, leyendo las frases de aquel *email* que, ya por la tarde, diseccionamos en la redacción de la emisora. Ni siquiera había que leer entre líneas. A las interminables frases de mi productor en las que trataba de reflejar la emoción por el viaje y las ganas que tenía de pasear de su mano por Central Park, Jon había respondido con un *email* técnico en el que le ponía al corriente de la complejidad de sus horarios laborales durante al menos la primera semana de su estancia en la Gran Manzana.

«¿Hola? ¿Podrías poner un poquito más de emoción para que mi amigo no sobrevuele el Atlántico durante seis putas horas con un nudo en el estómago? Gracias, Jon». Me guardé cada palabra para no aumentar la inseguridad de Álex.

—¡Es Jon, por el amor de Dios! ¿Qué esperabas?

—Lo sé. Es sólo que pienso que me he precipitado con todo esto. He sido muy egoísta. No sé, Emma. Se acerca el día de subirme a ese avión y no sé si realmente es eso lo que quiero hacer.

—¿Egoísta, por qué?

—Por no consultarle a Jon si tenía algún derecho a invadir su vida por aquellos cuatro días que tuvimos en Madrid.

—¿Te refieres a que no le has pedido permiso para ir a verle?

—Sí. Me refiero a cómo organicé este viaje al pie de la letra de una frase que igual sólo pronunció para ser amable conmigo mientras intentábamos dormir desnudos a menos de cinco horas de que volviera a Nueva York.

—Una de las cosas más humillantes que me han pasado es verme en una preciosa habitación de hotel suplicando a mi marido que me hiciera el amor. ¿Y sabes qué? Después de aquello, nunca más volveré a pedir nada. Jamás. No volveré a pedir un beso, ni una caricia, pero tampoco pediré permiso para querer a quién me dé la gana. Permiso para ser cariñosa. Permiso para ser detallista. Permiso para dar una sorpresa...

—Si estuvieras en mi lugar, ¿lo harías?

—Haría lo que quiero hacer, es la única forma de poder dormir por las noches si te equivocas. Te arropa y te consuela comprender que, aunque haya salido mal, lo hiciste por una noble y simple razón: querer hacerlo. Duele cuando el resultado no es el esperado, pero es esa clase de dolor sereno ante lo inevitable que uno asume cuando está en paz consigo mismo. Prueba a volar a Nueva York por compromiso, por Jon, o porque al hacerlo se va a enamorar de ti –si es que no lo está ya–, hasta las trancas, y entenderás a qué me refiero. Si decides ir a verle por ti, porque realmente es eso lo que quieres hacer, te llevaré a ese maldito aeropuerto y estaré pendiente de cada mensaje que me escribas desde allí.

—¿En serio me llevarás al aeropuerto?

—Aunque tenga que inventarme una excusa ridícula para faltar al trabajo.

—Gracias, Emma.

—A ti, por venir –le dije, sonriendo y parafraseando a un conocido presentador televisivo.

Las siguientes dos semanas aguantó el tipo como pudo. Por las tardes filtrábamos juntos algunas de las historias que los oyentes habían dejado grabadas en el contestador del programa o en la bandeja de entrada de nuestro correo electrónico. Intentábamos disimular, pero cada una de aquellas películas con guiones apresurados en diez líneas o en dos minutos de grabación, nos recordaban en algo a Jon (algo más que normal si tenemos en cuenta que Jon era un complejo atlas afectivo sobre dos piernas). Lo tenía casi todo: inseguridad, miedo a intentarlo, al fracaso, a la opinión de los demás, a la diferencia de edad, a la distancia... Aunque siempre he creído que lo que más le asustaba era la seguridad de los sentimientos de Álex y su increíble forma de expresarlos. Álex nunca se ocultó en lo correcto, ni en lo adecuado. Traducía su amor en palabras y gestos como los niños pequeños, con mucho impulso y mucha verdad.

De camino al aeropuerto, Álex me pidió que le volviera a contar mi teoría de los lunes pero adaptándola a su circunstancia personal, ésa que llevaba desvelándole semanas enteras. Mientras intentaba avanzar ganándole algún metro de asfalto al atasco de turno, le dije lo que quería oír, que *estaba de lunes*. Me emocioné recordándole que aquél era el primer día de algo nuevo que estaba a punto de empezar. Le hice prometer que no tendría en cuenta la forma en la que acabase aquella historia, que ni siquiera pensaría en ello. Y le recordé una de mis frases favoritas de la saga de *El Señor de los Anillos*: «De los pequeños comienzos nacen las grandes leyendas».

—Los principios siempre prometen, nos hacen creer que todo es posible y que nada malo puede pasar; nunca los subestimes. ¡Será un gran viaje, Álex! Sólo disfruta de este increíble lunes neoyorkino. Y recuerda: nada malo puede pasar. Te quiero.

Le solté la mano por debajo de la discreta cinta roja de la catenaria que acotaba el control de seguridad de los viajeros y le vi alejarse cabizbajo como un niño el primer día de colegio.

* * *

Fueron días raros con Álex tan lejos de la rutina diaria. Le echaba de menos en la emisora, antes y después de cada programa, y me dolían sus *emails* plagados de desplantes de Jon. Aunque no tanto como los de Marco. La verdad sobre su nueva rutina vital la trajo una pequeña mensajera de siete años, que lo soltó en medio de una cena dominguera después de haber pasado un fantástico fin de semana con su papá y una nueva amiga de papá «muy simpática». Mientras Julia hablaba sin parar de todas las atracciones en las que se habían subido con Susana, de los helados y del miedo que había pasado en el montaña rusa... yo veía una sala en la que mi hermana Jess, como portavoz del jurado, leía mi sentencia y me condenaba por ingenua y tonta.

Intenté no hacerlo, pero no conseguí contener las lágrimas, y la impotencia de pensar que otra mujer ocupaba mi calle en la carrera, me quitó las ganas de cenar. Julia había seguido hablando sin parar sobre el fin de semana hasta que de repente empezó a llenar su discurso con frases que entraban con calzador: «Mami, yo quería haberme subido contigo a la montaña rusa», «porque tú eres la mejor mamá del mundo», «no estés triste, mamita, que yo te quiero sólo a ti...»

Ahí estaba mi hija, con sus pequeños siete años, interpretando perfectamente por mi lenguaje corporal que no me gustaba lo que estaba diciendo y que me estaba haciendo un siete en el alma oír de su boca de fresa que había compartido atracciones con otra que no era yo.

Había guardado silencio dignamente mientras ella hablaba sin parar, asintiendo de vez en cuando hasta que aquel pequeño gesto me delató. Limpiaba el hule de la mesa de la cocina con una bayeta que se detuvo en seco cuando Julia pronunció su nombre. No dije nada, no moví un solo músculo de la cara, ni siquiera apreté los dientes, tampoco recuerdo haberme mordido el labio... sólo dejé quieta la mano durante unos segundos. Para cuando recuperé el ritmo con la bayeta intentando disimular, Julia ya había descubierto que sus palabras me habían dolido. Treinta segundos más tarde intentaba consolarme y curarme las heridas con aquellas frases zalameras y con la misma ternura con la que los gatos se lamen cuando duele.

Que Julia hubiese comprendido con aquella precisión mi silencioso grito y los insultos que se ahogaron en mi garganta, hizo que se activara en mí una especie de alarma mental: «Emma, cuidado con lo que dices y también con lo que no dices delante de los niños».

Aprendí a ser cuidadosa y a darles su sitio en una película en la que ellos también eran actores principales. Comprendí que, cuando me iba a llorar a mi habitación para que mis hijos no me vieran después de discutir con Marco por teléfono, conseguía sólo eso, que no me vieran, porque en el fondo sabían perfectamente que su mamá estaba triste y abatida en su cuarto por culpa de papá. En esa situación, supongo que para un niño, igual que para un adulto, la diferencia entre ver y saber es tan delgada como la línea que dicen que separa el amor del odio. Aprendes que no puedes gritarle y llamarle de todo por teléfono y luego fingir que no ha pasado nada y pretender, encima, que den por buena tu versión de los hechos. Aprendí que los niños no son tontos.

Pero el hallazgo más importante estaba aún por llegar. Porque aquella soñolienta tarde de domingo disfrazada de otoño, en aquel nimio y cotidiano *sketch* de cocina, descubrí que somos nosotros los que enseñamos a mentir a los niños. Guardé silencio y ahogué como pude la frustración de tener que compartir el sitio, el tiempo y el cariño de mis hijos con otra mujer. Marqué aquel día en mi calendario, que quedó señalado para siempre como «San Disimulo», el día en el que mantuve el tipo y conseguí que mis hijos empezasen a gastar la talla L de sinceridad. Si hubiera explotado, Julia habría aprendido a mentirme sobre cualquier cosa relacionada con Susana para evitar hacerme daño con sus palabras. Descargando la rabia y la impotencia por todo aquello ya sola en mi habitación, comprendí el verdadero alcance de la gran lección que acababa de aprender.

Aquella madrugada, justo antes de quedarme dormida, balbuceaba pensamientos desordenados, como los garabatos que hacemos cuando escribimos mientras hablamos por teléfono. Creo que los garabatos encierran las verdades tímidas que no se atreven a salir por nuestra voz. Desde aquella noche colecciono historias en garabatos en una vieja libreta que siempre llevo en el bolso. Éste es el primero de los garabatos de mi libreta:

Se habla mucho de los triángulos amorosos...
pero ¿qué pasa con los pentágonos, por ejemplo?
¿Qué pasa cuando en los otros ángulos
del polígono hay dos hijos?

Pasa que, como hay poca documentación al respecto, toca improvisar. Toca aprender sobre la marcha. Aprender de ellos y dejar que la simplicidad de su sentido común nos centre cuando nos desorientamos por el humo que a veces destilan las relaciones de los adultos.

Mis hijos me han enseñado a contar los días en palitos, las distancias en canciones y el cariño en megas. Así es más fácil y todo pasa antes, y todo llega antes.

Y mientras llega, la espera merece la pena, sobre todo si suena música. También ella me ayudó en aquellos días en los que mis emociones parecían haberse montado en un ascensor con la única intención de subir y bajar por pura diversión. A veces pienso que la música debe estar medio liada con el destino y quedan de vez en cuando para hacer de las suyas ;-) Pasa algo parecido con las películas que programan en la televisión. De otra forma, que alguien me explique por qué nos subimos al coche después de una bronca de las definitivas y cuando ponemos la radio para desconectar, ésta, caprichosa y pizpireta, se pone a vomitar el *Someone like you* de Adele. ¿WTF?[1]

I heard that your settled down
That you found a girl and your married now
I heard that your dreams came true
Guess she gave you things I didn't give to you

(Oí que te habías establecido
que encontraste una chica, y que ahora estás casado.
Oí que tus sueños se volvieron reales,
supongo que ella te dio cosas que yo no te di).

El estribillo es mejor todavía. Mucho mejor:

---

1 Vulgarismo anglosajón qie significa, *What the fuck*? (¿Qué diablos?)

Nevermind, I'll find someone like you
I wish nothing but the best for you too.
Don't forget me, I beg, I remember you said:
«Sometimes it lasts in love but sometimes it hurts instead
Sometimes it lasts in love but sometimes it hurts instead, yeah».

(No pasa nada, encontraré alguien como tú
No deseo nada, salvo lo mejor para ti.
No me olvides, te lo suplico, recuerdo que dijiste:
«A veces el amor dura, pero otras en cambio duele
A veces el amor dura, pero otras en cambio duele, sí».

Es más o menos así cómo funciona, y más o menos así cómo me sentía el día que, sentada en el coche, intentaba llegar a casa con los ojos en modo tsunami de lágrimas. Si dolió el fin de semana del parque de atracciones, lo que estaba a punto de asomar por la esquina venía con la clara intención de echar sal sobre la herida.

El primer viaje de fin de semana que emprende un padre recién separado con los niños es uno de los capítulos míticos de la vida D.D.S. (Después De la Separación).

Cualquiera de esos viajes encajarían a la perfección bajo un titular de este tipo: «Un destino, pocos detalles y muchas mentiras». Así funciona.

El destino era ya pintoresco, porque irse a esquiar con dos niños pequeños es tener ganas de sudar la gota gorda. Madrugar, preparar desayunos contundentes, recoger, ponerse encima diez prendas de ropa, vestirlos a ellos con otras tantas, ajustar botas, cargar esquís, bastones, gafas de ventisca, cascos... Subir a las pistas, hacer cola en los remontes... y una larga lista de tareas que me daban toda la pereza del mundo.

Cuando Marco me propuso el plan, fui clara al reconocerle que no me parecía una buena idea. Intentó no discutir utilizando una de las frases típicas de cualquier *Manual del Buen Separado*:

—No te estoy pidiendo permiso Emma, sólo quiero informarte de que me voy a ir fuera con los niños a esquiar en un par de fines de semana.

—No te estoy diciendo que no lo hagas, sólo intentaba recordarte que son dos niños muy pequeños y que te vas a meter una paliza de fin de semana yendo tú solo con ellos... Porque, ¿vas solo con ellos, no?

—Claro que voy solo, Emma –dijo con toda la gravedad de su voz envolviendo las palabras de credibilidad.

—¿Estás seguro de que es una buena idea? –insistí una vez más–. No sé, Marco, tú solo en las pistas con los niños... son muy pequeños.

—Emma, si pudieras confiar un poco más en mí sería todo más fácil.

—Marco, si no te hubieras ido, todo sería más fácil.

—Joder Emma, ¿me lo vas a estar echando en cara toda la vida?

—No pretendo reprocharte nada, es sólo que cuando me exiges que esté a la altura de una situación que has creado tú solito, pues no sé, qué quieres que te diga, se me dispara algo en la boca del estómago que me hace soltar frases que no me da tiempo a pensar. Igual por eso entran en erupción los volcanes, para llamar la atención de su chica ;-)

Con la precisión que le pone a sus golpes Danny Ocean, Marco llevó a cabo su plan y se fue a la nieve con nuestros hijos, representando una nueva escena de aquella función y poniendo a prueba a una vieja amiga mía: la preocupación. Vive conmigo desde que me acuerdo, desde que compartía habitación con Jess y me desvelaba por la noche cuando le dolía la tripa pensando que podía ser apendicitis y saltaba de mi cama para acurrucarme junto a ella, tocándole la frente de refilón para comprobar si tenía fiebre. Va en mi cadena de ADN, pero se potenció cuando el ginecólogo me puso en los brazos el pequeño y cálido cuerpecito de Julia.

Llamaba todos los días y me tranquilizaba un rato cuando hablaba con ellos, sólo un rato, porque al día siguiente volvían a subir a las pistas. Una retahíla de imágenes paranoicas me torturaron de nueve a cinco de la tarde, cada día de los cuatro días que estuvieron en la nieve. Ni siquiera hacía falta que cerrara los ojos. Mientras le daba vueltas al café apoyada sobre la encimera de la cocina, veía a Julia derrapando hasta caerse saliendo del telesilla. Pronunciaba *sottovoce* un «por favor, Señor, no dejes que les pase nada malo», que me tranquilizaba hasta el siguiente fotograma que protagonizaban alternándose por turnos Santos y Julia. Vi de todo aquellos interminables cuatro días. Botas saltando de las fijaciones, cruces en pista con adultos primerizos, perchas furibundas de las que dan tirones, los despistes y las prisas habituales de Marco que podían acabar con uno de los niños en paradero desconocido, y otras películas con ese tipo de guión a caballo entre el suspense y el terror.

Las lágrimas que se me escaparon aquel día en el coche afortunadamente no tuvieron nada que ver con la secuencia de imágenes que rondaban mi paranoica cabeza, sino con la única que no me había atrevido ni siquiera a imaginar. Enfilaba la rampa del garaje de vuelta a casa, después de recoger a los niños del colegio. Mientras se abría con parsimonia la puerta, Julia tomó la palabra:

—¿Mamá, cuándo volveremos a ir a esquiar con papá?

—No lo sé, cariño. Queda mucho invierno todavía. Seguro que papá os lleva otro fin de semana.

—¿Y vendrá también Susana? –preguntó Julia con la misma dosis de naturalidad que de verdad.

El estruendo de la puerta que comenzaba a cerrarse me conectó con el mundo de nuevo y me obligó a sujetar las lágrimas que me habían empañado los ojos en décimas de segundo.

—¡Mamá, se está cerrando la puerta! –me advirtió Julia.

—No pasa nada. Esperamos a que se cierre y le vuelvo a dar al mando. Jope, esta puerta a veces se da mucha prisa... ¡Qué tía, se pone nerviosita!

Con las risas de Santi de fondo, y la puerta subiendo de nuevo, Julia repitió aquella maldita pregunta:

—¿Mami, entonces, cuando volvamos a la nieve con papá, vendrá también Susana?

—Pues no lo sé, cariño –dijé disimulando todo lo que pude–, habrá que preguntarle a papá.

—Vale, pues luego cuando nos llame para decirnos buenas noches, se lo pregunto.

—Muy bien, peque. Ahora voy a necesitar que me ayudéis con alguna bolsa del maletero, ¿vale? –propuse cambiando de tema.

De camino al portal en fila india como si fuésemos atravesando la sabana africana con los víveres para un par de días, no pude aguantar más y le pregunté a Julia:

—¿Entonces os encontrasteis con Susana en la nieve? ¡Qué casualidad!

—No mamá, Susana vino con nosotros. Y me enseñó un truco para atarme bien las botas. Esquía muy bien, hasta mejor que papá –soltó mi hija atropellando una frase con otra, con la verborrea típica de las niñas cuando se emocionan.

—¿Mejor que papá? –pronuncié exagerando la pregunta–. Jo, entonces sí que tiene que esquiar bien, porque a papá se le da genial.

Mientras mi boca disimulaba, mi cabeza maldecía a Marco por mentirme y haberse llevado a «Nancy Pirineos» con mis hijos a aquel viaje. El primero, y encima se la lleva a su medio, para que pueda cambiar cómodamente lo de adaptarse por chulearse bien delante de mis hijos. Al mismo medio en el que yo he protagonizado los mejores ridículos de mi vida. La nieve, ésa que me ha visto el culo desde todos los ángulos posibles. La odiosa nieve que me la tiene jurada desde la primera vez que la pisé en botas de astronauta y que siempre me gana por la mano.

Tenemos nuestra propia historia. La primera vez que fui a la montaña con intención de esquiar fue de la mano de mi primer novio. La estampa tenía todos los ingredientes para el drama, pero no supe o quizá no quise verlo. Los ingredientes eran: un novio y esquiador avanzado, su hermana pequeña también esquiadora, la madre del novio que lo intentaba, y una novia dispuesta a estrenarse con los esquís por amor.

«Que el amor nos cosa a leches».

Pude acuñar aquella frase, una de mis favoritas, durante aquellos días en Sierra Nevada ;-) Pero lo hice muchos años después mientras corría con Sam, el niño de *Love Actually,* por los pasillos del aeropuerto de Heathrow persiguiendo a Joana para declararle su amor.

Las dos primeras mañanas no estuvieron mal. Me caí menos de lo previsto y me divertí más de lo pensado. La segunda tarde Luis me animó a subir con él a una pista roja. Me cameló con la típica palabrería motivacional facilona, y al final y sin poner mucha resistencia, me vi en lo alto de un telesilla directa a la pérdida de dignidad más surrealista de mi vida.

Yo confiada y él impaciente. Una mala combinación. La salida del telesilla ya dejó claro que el rojo me venía grande, pero aparté aquel pensamiento ajustándome de nuevo las botas en las fijaciones y sacudiéndome la nieve de las perneras del mono. Luis empezó a darme la teoría necesaria sobre cómo bajar por una pista roja.

—Ponte detrás de mí, Emma. Muy bien –continuó explicando y dándome pistas sobre lo que yo tenía que ir haciendo–, abre un poco los esquís, dibujando una gran V. Bajaremos en cuña, sólo tienes que ir haciendo lo que yo hago, ¿vale?

—Vale, pero despacio Luis.

—Tranquila, bajaremos muy despacio. ¿Estás lista?

—Lista.

—Muy bien. ¡Vámonos!

¡Ah, la teoría, tan sumisa, tan predecible! Tan suya para sus cosas, y tan de funcionar sólo mientras te la cuentan y convertirse en un auténtico fiasco en la práctica.

Aquella V que en la teoría sólo consistía en apuntar con el vértice hacia la pendiente, en la práctica se convertía cada dos por tres en dos líneas paralelas que hacían que me embalara sin control. La sensación de velocidad con control, mola. Pero a mí la descontrolada no me va. ¿Y qué hace un ser humano menudo, miedoso, obediente, obstinado y emocional cuando se ve descontrolado y a toda leche montaña abajo? ¿Alguien ha dicho frenar? No, frenar no es una opción. ¿Intentar recuperar la súper V? Eso, directamente ni se le ocurre. Lo que hace una mente con dificultad patológica para asumir el riesgo es tirarse al suelo para esquivar una hostia montañosa.

—¿Estás bien? ¿Te has hecho daño? –se interesó Luis, mientras me ayudaba a colocarme de nuevo los esquís.

—Estoy bien, no me he hecho daño. Pero creo que ha sido un error –reconocí por fin.

—¿Un error? ¿Venir a esquiar? Te morías por venir, Emma.

—No me refiero a eso, me refiero a estar aquí arriba. No tenía que haber subido. No tengo ni idea, llevo sólo dos clases –me levanté las gafas derrotada pero al mismo tiempo liberada de tener que disimular que estaba disfrutando con todo aquello.

Peor que la sensación de derrota fue soportar las siguientes palabras que él ordenó en la siguiente frase:

—¿Vas a llorar?

Se apropió también de mi tiempo de respuesta y siguió hablando:

—No me lo puedo creer. ¿En serio, te vas a poner a llorar? –volvió a preguntar clavándome sus macarrónicas gafas de sol.

—¡Es que tengo miedo, Luis! Me da miedo caerme y hacerme daño. ¡Ayúdame a bajar, por favor! –supliqué, con la garganta dolorida y las lágrimas todavía resbalándome por la cara.

—A ver, no te agobies, eso es lo más importante. Vamos a hacerlo como antes: te colocas detrás de mí con los esquís en V y bajamos muy despacio. Vas a ir prácticamente frenada, te lo prometo –dijo fingiendo una paciencia que ambos sabíamos que no tenía.

Pero yo ni siquiera podía hacer el intento. Estaba completamente bloqueada por el miedo en la cima de aquella diabólica pista roja. Mientras intentaba decidirme a hacer por lo menos el intento, Luis se alejó unos metros esquiando hasta un grupo de gente que se había parado cerca de donde yo me lo seguía pensando, mientras le miraba sin entender muy bien lo que estaba pasando. De vez en cuando, él giraba la cabeza y me hacía una seña con la mano para que me acercara, algo, que por supuesto, no entraba en mis planes, hasta que sus señales se hicieron un poco más explícitas acompañadas por su inconfundible cara de mala leche. Pensé que un último intento sería una buena idea, pero me di cuenta de mi error cuando sentí la velocidad y me vi alineada con la pendiente escuchando a Luis y a sus amigos gritándome como un coro celestial: «¡Mete cuña!» «¡Frena!» «¡En cuña, Emma!» «¡Tienes que frenar!»

Entre frenar con estilo y frenar en seco, elegí la segunda opción, que además de no necesitar cuña, demostraba iniciativa y decisión personal al preferir tirarme de costado sin esperar a darme una leche a juego con el nivel de la pista. Los esquís se tiraron el rollo saltando de las fijaciones para que yo pudiera disfrutar a tope de la experiencia extrema de bajar varios metros derrapando de espaldas, hasta que conseguí frenarme clavando las botas en la nieve.

—¿Estás bien? –fue todo el protocolo de ayuda que puso en marcha Luis. Por supuesto, iniciar cualquier tipo de operación de rescate ni siquiera se le pasó por la cabeza.

Me incorporé de cintura para arriba como pude y levanté el pulgar de mi mano derecha respondiendo afirmativamente a su inquietud. Inquietud que quedó cristalina cuando volvió a vociferar:

—Emma, me estoy quedando frío. Bajo con ellos y subo a buscarte en 5 minutos. No te muevas, vuelvo ahora mismo.

Supongo que los aspavientos que hice con uno de los bastones no fueron suficientes para hacerle cambiar de opinión. Miré a mi alrededor y pensé: «desde luego las vistas son increíbles». Sin embargo, no vencieron mis ganas de llorar. Mientras lloraba con vistas a lo tonta y avergonzada que me sentía, un poco de coraje me hizo intentar acercarme hasta los esquís para intentar ajustar de nuevo mis botas en las fijaciones y hacer un último intento. Mientras alargaba el brazo intentando pescar un esquí con el bastón, sentí nieve salpicándome en la cara.

—Hola, ¿estás bien? ¿Te has hecho daño?

—Estoy bien. Bueno, no muy bien. No me duele nada, pero no me atrevo a bajar –dije abriéndole el corazón a un completo desconocido, al que a partir de ahora llamaré «Héroe 1». «Héroe 2» será la chica que venía con él.

—Perdona, pero no entiendo... ¿por qué no te atreves a bajar?

—Porque me da mucho miedo. Hoy es mi segundo día esquiando y no creo que pueda hacerlo, la verdad –reconocí.

—¿Y qué haces en una pista roja? ¿Has subido tú sola?

—No, he subido con mi novio. Él sabe esquiar, y como ayer y hoy en el cursillo se me ha dado más o menos bien, me propuso subir.

—Entiendo –dijo haciendo un movimiento de negación con la cabeza y dando un largo y sonoro suspiro–. Soy monitor de la estación. Estoy dando una clase particular. Bajo con mi alumna y vuelvo en 5 minutos para ayudarte.

—Vale.

Ese «vale» saturado de resignación y verme allí sentada a un lado de la pista con los esquís todavía desparramados por la nieve, hicieron que se lo volviera a pensar.

—Espera, haremos otra cosa. Diana –dijo dirigiéndose a «Héroe 2»–, si tú vas bajando sola por delante, yo puedo bajar con ella detrás de ti. ¿Te parece bien?

—Claro, sin problema.

«Héroe 1» recogió mis esquís, me ayudó a levantarme y a equiparme de nuevo. Acto seguido se colocó delante de mí separando sus piernas y dibujando con sus tablas la famosa V con la que tendría pesadillas aquella noche.

—¿Cómo te llamas?

—Emma.

—Muy bien, Emma. Yo soy Manuel. Apóyate en mí sin hacer fuerza y coloca tus esquís dentro de los míos en cuña. No tienes que hacer nada, ¿vale? Sólo abrázate a mi cintura y deja las piernas sueltas, no hagas fuerza, no claves esquís, sólo deja que se vayan deslizando junto a los míos. No tengas miedo. Si te asustas, me lo dices y paramos. ¿Preparada?

—Preparada –dije respirando hondo como si quisiera coger aire para todo el camino.

—Diana, ve bajando. Como lo estabas haciendo antes, de lado a lado, cruza bien toda la pista.

Le dio un poco de ventaja a «Héroe 2», se ajustó un poco las gafas y empezamos el descenso. Despacio, como me había explicado. Recorríamos la pista de lado a lado, sin sentir esa clase de velocidad que da miedo. De vez en cuando me preguntaba:

–¿Vas bien, Emma? –Y otras veces, en lugar de preguntar, afirmaba:

—Lo estás haciendo muy bien. Tranquila.

Una de las pocas veces que separé mi cabeza de su espalda, pude ver parado a un lado de la pista al grupo de Luis.

—Ahí esta mi novio con su grupo.

—Vamos a saludarle –propuso Manuel.

Ni siquiera pude dar mi opinión. Manuel fue hacia el lado derecho de la pista y, cuando estuvimos a la altura de la melé de monos multicolor, les salpicó toda la nieve que pudo con una de sus tablas. No me dio tiempo a verle la cara, pero habría reconocido aquella cazadora negra y amarilla entre un millón.

El resto del descenso lo hice sonriendo y abrazada a «Héroe 1», que tras rescatarme con éxito y mucho estilo, me ofreció un poco de agua en la escuela en la que trabajaba. Fue allí donde pude ver lo guapo que era cuando se quitó las enormes gafas con aires de máscara, que le habían dibujado un paso fronterizo en medio de la cara. Aún así, con frontera y todo, era de esos chicos que hacen que te ruborices cuando te dirigen la palabra. Tendría dos años más que yo y nos habíamos conocido con todos los ingredientes de la comedia romántica norteamericana: chico guapo, chica mona en apuros, un novio idiota, una situación de riesgo/aventura, orgullo herido, un deporte de moda... Me gusta fantasear a veces imaginando que Manuel y yo nos enamorábamos. Que mandaba a Luis a peinarse con raya al lado. Que aprendía a esquiar. Que teníamos hijos. Que poníamos nuestra propia escuela de esquí. Planes para la sonrisa fácil y el suspiro acompañado de ojos que miran al cielo y una mano que, al zarandearse junto a la cara, los desdibuja como si espantara el humo de un Marlboro.

Sinceramente no creo que «Héroe 1» recuerde ni siquiera el incidente, pero yo lo guardo en un pequeño cajón del alma junto a otras historias muy pequeñas que nunca fueron y a personas que fueron menos de lo que habría querido que fueran.

Por supuesto, aquella misma tarde volví a sentirme orgullosa y enamorada del novio idiota de esta historia al que nunca dejé, ni por idiota ni por ninguna otra razón. Preferí esperar paciente, y supuestamente enamorada, a que él me dejara sin argumentos un lunes de abril.

Sé que la nieve me la tiene jurada porque se obstina en demostrarlo. De otra forma, no insistiría tanto en ponerme a prueba. De ésta tampoco salí muy airosa, aunque aprendí una buena lección.

Mi rutina mañanera me hace saltar de la cama, encender la lámpara que vela mis sueños desde hace más de quince años, abrir la ventana de mi habitación y poner un poco de música. Aquel día repetí todos los pasos, pero me salté uno: no ventilé la habitación mientras preparaba mochilas, desayunos y elegía la ropa a juego con las ganas que tenía de llegar a la emisora aquel lunes en particular. Iba en hora, todo controlado. Desperté a los niños, empezando por Santi, que suele ponerlo más fácil que la negociadora de minutos de su hermana. Mientras desayunaban, salí de la cocina para preparar los uniformes y volver al baño a rematar el asunto del maquillaje. Entré y salí del baño sin haber tenido tiempo de llegar hasta la bolsa de las pinturas por culpa del móvil.

—Buenos días, ¿todo bien?

—Buenos días, Marco. Sí, todo bien. Qué raro que me llames a estas horas.

—Es por lo de la nieve.

—¿Qué nieve?

—Asómate a la ventana.

—¿Ha nevado? ¿En serio? –dije de camino a la comprobación.

—Escucha, puedo pasar a recoger a los niños para llevarlos al cole y, si quieres, te acerco a la emisora –propuso Marco.

—No te preocupes, no hace falta.

—No me cuesta nada y me da tiempo antes de ir al despacho –insistió él.

—De verdad, Marco. Te lo agradezco mucho, pero puedo apañarme yo sola.

—Te lo digo por la rampa del garaje, con nieve es un poco peligrosa.

—No te preocupes, de verdad. Yo me encargo.

—Vale, como quieras.

—Venga, te dejo, que voy pegada y el tráfico estará imposible.

—De verdad que...

—Marco –le interrumpí–, en serio, no pasa nada. Yo me ocupo. Hasta luego.

—Vete con mucho cuidado, Emma... ¿vale?

—Venga... ¡Hasta luego!

—Hasta luego.

Colgué el teléfono hablando sola en voz alta:

—¿Hola? ¿En qué momento das por hecho que te sigo necesitando? ¡PUEDO YO SOLA!

Fue increíble, tanta motivación en tan poco cuerpo. Sin miedo, segura de mí y deseando pisar la nieve. Los niños reaccionaron con el mismo entusiasmo cuando les abrí las cortinas del salón para que vieran el virginal paisaje.

Sentados en el coche esperábamos a que la enorme puerta verde del garaje se levantara para subir la rampa y embocar la calle principal. Cuando la puerta estuvo arriba del todo, aceleré y salí decidida hasta que, a media rampa, el coche empezó a patinar. Fueron segundos de pánico nuclear sabiendo que si el coche se me iba hacia atrás, la puerta del garaje me podía poner en una situación un poco violenta. Seguí acelerando a tope mientras no dejaba de repetir:

—¡Sube por favor, sube! Venga pequeño, no te puedes quedar aquí... ¡¡¡Vamoooooooos!!!!

Cuando me vi rodando por la calle me sentí a salvo y nerviosa al darme cuenta de que era la primera vez que lo hacía. Todo lo que tenía que ver con la nieve era una competencia transferida a Marco. Me lo quité de la cabeza pensando que lo peor había pasado y que ahora sólo tenía que bajar despacio hasta casa de Jess para recogerlos y llevarlos al cole. Cuando el coche que llevaba delante frenó en seco y me obligó a hacerlo a mí también, supe que el peligro no había pasado. La dirección me hacía el mismo caso que ayer que ya pasó, y cuando intenté frenar, lo único que conseguí fue derrapar hasta chocar contra el coche que también iba bailando delante de mí. El hombre ni siquiera intentó parar y yo recorrí los 500 metros que me quedaban para llegar a casa de Jess llorando y pidiendo perdón a los niños por haberme atrevido a coger el coche. Sólo podía pensar en lo que podía haber pasado y no dejaba de reprocharme aquel repentino y ridículo atracón de orgullo.

«Mira las consecuencias, Emma. Casi te comes la puerta del garaje con los niños dentro y te has dado un golpe con otro coche». Cogí una tiza imaginaría y empecé a copiar cien veces: *No volveré a ponerme chulita con Marco, No volveré a ponerme chulita con Marco.*

Jess me esperaba en la calle, preocupada por mi retraso. Cuando vio la placa de la matrícula se lo imaginó; y cuando me vio los ojos llorosos, lo confirmó.

—Jess, soy un desastre. Marco tenía razón: debería haber llevado él a los niños al cole.

—Sólo tienes la matrícula un poco abollada. No ha sido para tanto, Emy –dijo para tranquilizarme.

—Ha sido todo, Jess. Saliendo del garaje me he quedado a media rampa y el coche se me iba hacia atrás. Pensé que nos aplastaba la puerta.

—No ha pasado, Emma, así que ya no lo pienses.

—No me atrevo a llevar el coche hasta el cole y luego a la emisora. ¿Lo llevas tú?

—Escucha, ¿y si me quedo con los niños en casa y tú te vas a la emisora en Metro?

—Genial, Jess. Jo, mil gracias.

—No me des las gracias, ¡sólo mira bien dónde pones los pies!

—Lo haré. Te aviso cuando llegue a la radio.

Sobre mi delirante relación con la nieve, falta un minúsculo e insignificante detalle. También un poco humillante, la verdad. Aquella mañana, que parecía no haberse reído suficientemente de mí viéndome salir del garaje y derrapando hasta chocar con otro coche, quería más. Todas las risas eran pocas para ella y se reservó para el final las mejores. Las de verme parada sobre una imponente cuesta que parecía más propia de San Francisco que de un barrio del norte de Madrid. Tenía que bajar, pero el primer intento dejó claro que mi coxis tenía todas las papeletas para salir mal parado de aquello. De esas dos voces que dicen que nos susurran a veces, una en versión cándida y otra mala malísima, yo siempre escucho primero a la que viste de blanco y lleva el pelo ensortijado de bucles rubios. Fue ella la que me dijo: «Sola no puedes, Emma, con amigos sí. Pide ayuda». Dicho y hecho. En cuanto le vi acercarse con paso firme sobre aquellas robustas piernas, quise que fuera el héroe de mi pequeña gesta.

—Hola, perdona. Mis botas resbalan mucho y no puedo bajar la cuesta para llegar hasta mi trabajo. ¿Podrías ayudarme, por favor?

El chico miró a su alrededor (supongo que buscando alguna cámara oculta), dudó unos segundos y finalmente accedió a mi petición con un tímido:

—¡Vale!

Me enganché a su brazo como una garrapata al lomo de un perro y en el patinazo que pegué al tercer paso casi nos vamos los dos al suelo. Claramente el chico tenía de súper héroe lo que yo de agente especial de la CIA y no tardó en tirar la capa y mentir –bastante mal por cierto–, para justificar su cobarde decisión:

—Lo siento, pero es que voy con mucha prisa. Lo siento de verdad. Adiós.

Sólo habría podido ser más dulce si lo hubiera rematado con un: «Ahí te quedas, maja».

Retrocedí como pude y volví a mirar la cuesta como una niña asustada. Pensé que igual sería más fácil intentarlo por la calle paralela, que también baja en cuesta, aunque la recordaba menos empinada. Avancé despacio y, cuando me asomé, lo primero que vi fue a una mujer rebotando en la acera después de darse el culetazo de su vida. Tuve ganas de escribir una larga lista de cosas inoportunas que desaniman y poner aquella la primera de todas. Entonces, a la izquierda vi una silueta menuda. Pensé que era una niña, pero cuando me fijé bien, descubrí a una abuela que bajaba con toda la tranquilidad del mundo dando pequeños pasos agarrada a una valla metálica que marcaba el perímetro de un solar abandonado. Y así completé la misión y pude pasar de pantalla... bajando la cuesta agarrada a aquella vieja valla como si fuera la hermana torpe y tonta de Spiderman.

Llegué más de una hora tarde a la emisora, que parecía abandonada tras un ataque nuclear o algo así. Los únicos habitantes de la casa eran la chica de recepción y dos de los técnicos. La redacción estaba vacía, aunque por los altavoces de continuidad escuchaba las voces de dos de las redactoras de informativos dando las noticias de la mañana a dos voces. Por supuesto, la repentina nevada que había caído en Madrid era el titular de la mañana. Inés entró sacudiéndose las botas, despotricando y lanzando preguntas metafísicas al viento.

—¿En qué momento esta mañana he cogido el coche en lugar del teléfono para avisar y quedarme en casa?

—¿En qué momento he hecho lo mismo y casi muero aplastada por la puerta del garaje o por el golpe que me he dado con otro coche?

—¿En serio?

—Tan en serio como que he llegado hace 3 minutos –dije señalando el enorme reloj digital que presidía la redacción.

—Lo tuyo suena peor, Emma. Yo despotricaba por el atascazo y lo tedioso que ha sido llegar. Un trayecto de 20 minutos en coche que hoy se ha convertido en hora y media de nervios, patinazos, cláxones y algo de descontrol. No suelo enfadarme en el coche, pero hoy he vivido mi propio «Día de Furia».

—No sé por qué pero me cuesta imaginarte enfadada.

—Una horita entera de morros, indignada, superada por todo lo que estaba pasando. Sin parar de pensar que ni siquiera tendría que estar de camino a la emisora de no ser por la reunión. También es casualidad. De haber venido por la tarde, como siempre, la situación habría sido otra muy diferente...

—Y si mi abuela tuviera ruedas sería una bicicleta.

—Jajaja, Emma, ¡tienes cada puta frase!

—No, en serio. No lo pienses. ¿No te parece genial estar aquí aunque hayas tenido que venir por el camino difícil? ¿Qué habría tenido de bueno quedarse en casa?

—Bueno –dijo quedándose pensativa–, es otra forma de verlo.

—Ahora sabes algo que esta mañana, antes de salir de casa, no sabías. Puedes hacerlo, Inés. Enfadada o no, mejor o peor, pero lo has hecho, y lo has hecho tú sola. ¿No te parece algo increíble?

—No sé... Lo que me parece es que debería estar en mi casa bajo mi edredón soñando hasta la una de la tarde. ¿Sabes para qué es la reunión? –preguntó cambiando bruscamente de tema.

Mientras intentaba rebobinar la larga conversación por email entre el equipo del programa y el jefe de programación para responder a su pregunta, me di cuenta de que la que realmente estaba muy emocionada por todo lo sucedido aquella mañana era yo. Para Inés no parecía tener tanto sentido... pero para mí, y por encima de las lágrimas con Jess y la forma en que dejé el coche tirado en la puerta de su casa, había sido un paso de los grandes. Donde otros mortales ponían la primera vez que habían montado en globo, que habían escalado alguna cima o que habían corrido una maratón... yo tenía aquella rampa nevada. Muy lejos de un ocho mil, muy cotidiana, puede que hasta vulgar, pero cargada de simbolismo para mí. Sólo los lunes conseguían contagiarme tanta energía como ella, que acabó convertida en un efímero mantra que me canturreaba *sottovoce* cuando la vida me ponía en algún apuro: «Subiste la rampa nevada, Emma».

Posiblemente en la reunión de hoy tocaba rampa. Rampa sin Álex que todavía seguía haciendo las Américas emocionales a rastras de un Jon alienado de sentimientos como un robot de cocina. Sería muy injusta si no reconociese que esto lo sé ahora. Entonces, mientras preparaba temblorosa la reunión con Carlos Alzada, pensaba en Álex y en Jon levantando hojas secas con las punteras de los zapatos y sellando sentimientos en largos paseos por Central Park.

A veces, cuando pienso en ellos, hago mía la pregunta de Springsteen en *The River*: ¿Es un sueño una mentira si no se hace realidad...?

Capítulo X

Los que te buscan y no te encuentran
SANTOS A. BISAR

Hay historias que simplemente no suceden. Aquella tenía protagonistas guapos, un combinado casi perfecto entre el centro de Madrid y las grandes avenidas neoyorkinas, *emails* de amor... y una buena amiga en el papel de Celestina moderna convencida de que, aunque a ella se le había caído el castillo de naipes, el que Jon y Álex estaban construyendo con el Atlántico de por medio resistiría los soplidos del lobo de *Los Tres Cerditos*. Sin embargo nadie tuvo que soplar para que, como tantos otros castillos, éste también se desvaneciera como las huellas de los pies en la arena mojada.

Creo que, de todas las decisiones que podemos tomar en la vida, hay una muy dañina y sibilina como la serpiente que engatusó a Eva. Se llama «querer querer a alguien». Hasta la editora cree que lo he escrito mal y lo marca con una línea roja debajo. No querida, no está mal escrito. Simplemente está mal hecho. Conocemos a alguien, normalmente de una forma un poco peliculera, y comenzamos a ver señales, como pequeños guiños del destino que nos hacen ilusionarnos con la idea de que hemos conocido a un ser de otro planeta. No necesitamos mucho más para darnos sin medida, para explicar todas las locuras que se nos pasan por la cabeza –aunque sólo hagamos la mitad de ellas–, para canturrear canciones de amor pensando que las han escrito para nosotros. También para justificar ausencias, llamadas perdidas que se convierten en desaparecidas y mensajes cariñosos que esperan horas una respuesta que nunca jamás está a la altura. No vemos nada de esto, sencillamente porque no queremos verlo o porque el autoengaño se ha convertido en una fantástica zona de confort de la que no queremos salir.

—Emma, ¿puedes avisar a Álex para que venga a la reunión?

—Álex todavía sigue de vacaciones. Se incorpora en un par de días –dije justificando la ausencia de mi amigo.

—Entonces estamos todos. Seré breve. ¿Alguien sabe por qué estamos aquí? –preguntó Carlos Alzada clavándome la mirada.

La esquivé como pude y miré a Inés convencida de que sólo ella podría tener la respuesta correcta a aquella pregunta. No me equivoqué.

—Supongo que por los resultados del EGM.

—Supones bien, Inés. Ha sido toda una sorpresa pero estáis por encima de los datos que ha conseguido la cadena en esa franja horaria durante los últimos estudios.

—¿En serio? –preguntó Inés.

—¡Claro! Chicos, es una muy buena noticia... ¿Nadie va a decir nada? ¿Emma?

—No sé muy bien qué decir... –mascullé poniendo media sonrisa.

—Esa sonrisa también vale –dijo Carlos guiñándome un ojo.

En esas situaciones echaba mucho de menos a Álex. Él habría sabido perfectamente qué contestar a las dos preguntas de Carlos. Para la primera habría disparado uno de sus «estamos aquí por su poquito de EGM» y para la segunda: «justo así empezó Oprah y lo sabéis». He conocido a pocas personas tan biológicamente preparadas para el humor como él.

La «reunión sin rampa» le hizo sitio a unas ganas increíbles de que Álex me contara qué tal su singladura americana del amor. Cuando le vi tirando de su enorme maleta naranja con el rostro ajado de desilusión, no hicieron falta palabras. Me dio un abrazo de ésos que duelen, muy parecido a uno que le di a mi madre cuando me bajé del autobús que me traía de vuelta del campamento de verano más horrible del mundo.

Prácticamente no hablamos, sólo me cogía la mano de vez en cuando mientras conducía de camino a su casa en el centro.

—Gracias por no preguntar, Emma.

—Shhhh –susurré mientras le ponía un dedo delante de la boca para que no siguiera hablando–. Sube y duerme todo lo que puedas. Y si sueñas, mejor. Mañana paso por el oriental de mi barrio y traigo comida para los dos.

—Eso sería genial, Emma.

—Eso será genial, Álex –le dije guiñándole un ojo.

Esta vez fui yo quién le hizo sonreír a él. Me gustaba cuando eso pasaba.

En verdad, Jon, al que todavía hoy adoro y por el que siento la debilidad suficiente para haberle podido perdonar todo aquello, reaccionó con la frialdad de un psicópata ante los sentimientos de Álex. No poder quererlo era su condena, y no haberse atrevido a decírselo, su único delito.

Oí una especie de clic suave y mental que me devolvió a aquella habitación en la que Marco puso en negativo sus sentimientos por mí. Luego compuse una especie de comparador mental, un «kayak emocional» y coloqué en el lado de la izquierda a Marco y en el espacio que quedaba libre a la derecha, a Jon. Según aquel artefacto imaginario, Marco ganaba en honestidad, valentía y determinación. Seguía suspendiendo en oportunidad y también en expresión verbal, pero ésas eran menos importantes. Fue genial pensar en Marco sin rencor, comprendiéndole, entendiendo las razones que le llevaron a decirme aquellas horribles palabras. Me sentí ridículamente orgullosa de él. Porque, pensándolo bien, ¿qué otra cosa podemos hacer cuando nos damos de frente con el desamor? ¿Disimular? ¿Mirar para otro lado? ¿Engañar? ¿Engañarnos?

Jon me ayudó a comprender a Marco y eso se lo agradezco. También le debo que volviese sus enormes ojos verdes hacia mi amigo porque, aunque no pudo quererle, supo mirarle mejor que nadie en el mundo.

Cuando desvié la vista del semáforo, el redondel rojo seguía latiendo atenuado en mis pupilas, salpicando el bolso en el asiento del copiloto y obligándome a parpadear sin parar. Busqué a tientas mi libreta de frases y apunté con prisa:

«Por encima del dolor, la verdad. Porque el dolor se pasa, pero la mentira queda, anida, crece y arrasa vidas enteras. En el coche. Volviendo de recoger a Álex del aeropuerto. Diciembre 2010».

Llegaba lo suficientemente tarde como para tener que dar explicaciones. En el ascensor preparé una versión falsa, pero convincente, por si el enfado de Marco era de los monumentales. Cuando abrí la puerta y le oí de fondo avisando a los niños, supe, por su tono de voz, que no tendría que mentir.

—¡Chicos, ha llegado mamá! ¿Quién va corriendo y le dice lo que hemos preparado para cenar?

—Despacio, cariño, que me vas a tirar al suelo –le advertí a Julia mientras me comía algunos mechones de su larga melena morena.

—¡Hemos hecho *crêpes* de jamón y queso! –gritó Santi desde el fondo del pasillo, chafándole la exclusiva a su hermana.

—¡Vaya, menuda sorpresa! ¿Seguro que los habéis preparado vosotros? A ver esas caritas, miradme a los ojos para que sepa si me estáis contando la verdad.

—Han sido los ayudantes del chef –confirmó Marco mientras se acercaba a darme dos besos–. Chicos, ¿qué os parece si vais cenando mientras hablo de una cosa con mamá?

—¡Vale!

—He dejado la mesa preparada en la cocina. Enseguida va mamá a cenar con vosotros. ¡Dejadle alguno, eh!

Su buen humor no parecía esconder nada muy dramático, pensé mientras colgaba el abrigo.

—Emma, me gustaría que hablásemos sobre cómo vamos a organizarnos con los niños en Navidad.

—Está bien, habla, seguro que tienes alguna idea, has tenido un año para hacer planes.

—Bueno –continuó, pasando por alto la impertinencia de mi comentario–, había pensado que pasasen conmigo Nochebuena y Navidad y contigo Nochevieja y Año Nuevo. ¿Te parece bien?

—Supongo que me parece bien.

—¿Supongo?

—Sí, supongo, porque todavía no lo sé. Lo sabré después de Reyes. Por cierto, y Reyes, ¿lo echamos a suertes? –dije abusando de la ironía.

—Creo que podemos ponernos de acuerdo sin sorteo.

—Vale, y ¿qué propones?

—Pueden levantarse en una casa y luego ir a comer y pasar la tarde en otra, ¿te parece bien?

—Supongo.

—¿Qué prefieres?

—¿Ah, puedo elegir? Cuanto honor para mí sola.

—...

—Prefiero que vengan a comer y así luego pasamos la tarde con mi familia.

—¡Vale! Entonces duermen conmigo el 5 y te los traigo a última hora de la mañana.

—OK. Es todo, ¿no? Quiero quitarme las lentillas y probar un *crêpe*. Por cierto, ¿quién te ha enseñado a hacer *crêpes*?

—Busqué la receta en Internet.

–Pues ya te diré qué tal, aunque por el silencio de los niños, te han debido salir muy ricos.

–Me voy pitando, que es tardísimo.

–Muy bien –le dije mientras giraba la llave de la puerta.

–Los recojo el viernes en el cole, ¿vale?

–OK.

–Nos vemos.

–*Ciao*. Saluda a Internet.

Cerré la puerta llevándome una mano a la boca y regañándome por mi último comentario, pero se me escapaba una risa floja mientras avanzaba por el pasillo. La posibilidad de que a Marco se le hubiera ocurrido buscar una receta de *crêpes* en Internet era tan creíble como que hubiera *googleado* para encontrar una fórmula casera para hacerse una mascarilla facial hidratante.

–Así que habéis estado haciendo *crêpes* con papá –dije entrando en la cocina.

–¡Prueba uno mamá!

Fueran de Internet o de Susana, lo cierto era que estaban de coña.

–¡Chicos, están riquísimos! Dejadme adivinar –empecé a jugar con la voz–, Julia ha ayudado a papá con la masa... y Santi se ha encargado del queso, ¿a qué sí?

–¿Cómo has sabido que yo he puesto el queso, mamita?

–Porque tú eres mi ratón... y los ratones siempre se encargan del queso –le dije mientras mi dedo índice le tocaba la punta de la nariz.

Santi me devolvió una de esas miradas llenas de admiración que regalan los niños y me hizo pensar en la increíble capacidad de creer que tienen. Pienso que las madres nos parecemos a ellos en eso. Los niños lo hacen por naturaleza, y las madres, la mayoría de las veces, por una razón más parecida a la supervivencia emocional que a otra cosa. ¿Cómo sino una madre va a creer, por ejemplo, que su hija se va a pasar un fin de semana con su novio en una tienda de campaña canadiense de dos habitaciones?

–Chicos, pero si queréis ser buenos cocineros de verdad, debéis conocer la primera regla de los cocineros del mundo.

–Mamá, ¿los cocineros también tienen reglas? –interrumpió Julia.

–Claro, cariño, casi todo en la vida tiene reglas.

–Pues vaya rollo –dijo suspirando.

–La primera regla de un buen cocinero es recoger la cocina después de cocinar. Así que supongo que puedo contar con vosotros para recoger este desorden, ¿no?

No es que se pegaran por ver quién era el primero en colocar platos en el lavavajillas, pero me ayudaron a recoger la mesa y el desastre que había dejado Marco tras sus estupendos *crêpes* de Internet.

Mi móvil, tan oportuno como un dolor, empezó a vibrar al final de la encimera. La conversación que tenía pendiente con Álex, se puso del lado de los niños que vieron cómo les cambiaba el lavavajillas por la televisión del salón en los 20 segundos que tardé en descolgar.

–Hola, Álex. ¿Qué tal?

–Hola, cariño. ¿Te pillo bien? Estarás liada con los críos.

–No, tranquilo –mentí piadosamente–, estaba terminando de limpiar la cocina.

–Ha sido la locura más enorme que he hecho en mi vida.

–¿Te arrepientes?

–No lo sé. Creo...

–Si dudas –le interrumpí– es que no te arrepientes. Tenías que hacer esa locura, tenías que ir. Si te hubieras perdido esa aventura yanqui seguirías dando vueltas en los *emails* de Jon. Por lo menos ahora sabes que no puede ser, porque Jon no quiere que sea. Fin de la historia, Álex. ¡Sal de ahí pitando! –le dije como si tuviera que esquivar un coche en marcha.

–Si hubiera una puerta para salir dando un portazo...

–El primer portazo lo tienes ahí mismo. No vuelvas a escribirle. No vuelvas a llamarle. Concéntrate en ti y no vuelvas a abrir esa puerta aunque te tiente la curiosidad de saber qué es de su vida.

–Me jode que no podamos ser por lo menos amigos, Emma. El puto Jon y su puto corazón de piedra.

–Podéis serlo, pero no esta noche. Hoy toca estar enfadado con Jon *Stoneheart*. Mañana quizá empieces a comprenderle un poco, en unos días te sentirás de coña ignorando uno de esos mensajes que antes te daban la vida, en unas semanas nos reiremos juntos de todo esto, y algún día tal vez escriba sobre vosotros.

–¿Escribirías nuestra historia?

–Negro sobre blanco. Frase a frase. Zarpazo a zarpazo. Risa a risa. Llanto a llanto. Lunes a lunes.

–¿Lunes a lunes? –preguntó un poco desconcertado.

–Tienes ante ti un gran comienzo. Una página en blanco. Todo está por pasar de nuevo. Que ése alguien increíble no sea Jon, sólo significa que está por llegar. Todo está por suceder, Álex. Estás de lunes, cariño. ¡Bienvenido al club!

Colgamos con prisa cuando los números del microondas me chivaron la hora que era. En menos de tres minutos cambiaba el chip coreando por el pasillo la típica frase de madre:

–¡Chicos, nos lavamos los dientes y a la cama!

A veces, la TV gusta de hacerme regalos inesperados. Que la pequeña Emma está un poco tristona en su habitación lamentándose porque el desamor se ha hecho sitio en su cama... pues toma, *Dirty Dancing* en HD. Canciones como *She's like de wind* me recordaron que yo también había sido una tonta al pensar que aquello funcionaría; Marco era el viento, como la chica de la canción, con lo bueno y lo malo de esa clase de libertad. Empiezo a sentirme una auténtica *friki* de los principios, pero a veces los finales también tienen magia. Y aquel final, con la oscarizada *Time of my life* sonando alrededor de las piruetas que Patrick Swayze le dedica a Jennifer Gray, me inspiró la idea de conseguir mi propio baile final en el que un hombre enamorado de mí me levantara en volandas ante un público entregado a aquella brutal escena de amor.

Aunque no pasó inmediatamente, lo cierto es que, escondido en el tiempo verbal que anuncia el futuro imperfecto, una historia con pintas de peliculera esperaba escondida tras un *tuit* furtivo.

Había pasado el tiempo suficiente para que Marco no doliera tanto y para que todos nos hubiéramos acostumbrado. Tiempo suficiente para que también Susana doliera menos. El necesario para decirles a los niños que éramos una familia diferente, pero de las chulas, una increíble familia de cinco.

En mi libreta de frases guardo con una marca fluorescente la frase que me dijo Santi el primer día que le hablé de nuestra nueva familia. Estaba sentado en la bañera, con el agua a la altura del pecho y protestando porque había demasiada espuma. Jugaba con dos muñecos de goma que peleaban entre ellos hábilmente manipulados por sus pequeñas manitas mientras yo le observaba sentada sobre el inodoro. Comencé a hablarle de lo chula que era nuestra nueva familia y él no tardó ni un segundo en preguntar:

–Mami, pero algún día seremos una familia de seis, ¿verdad?

–Claro –le dije sonriendo–, cuando yo encuentre un novio, como papá ha encontrado a Susana. Entonces seremos una familia de seis. ¿Molaría, eh?

Se saltó la pregunta y volvió a su batalla naval. Aproveché su silencio y, con toda la ingenuidad que conseguí reunir, contraataqué con otra pregunta:

–Aunque no sé Santi... –dije haciéndome la pensativa–, igual nunca encuentro ningún novio. No sé, igual es que no soy muy guapa –continué mientras él seguía a lo suyo.

—Mamá, no digas eso. Tú eres muy guapa.

—Entonces, igual es que soy un poco gruñona.

—Que no, mamá, pero si tú nunca te enfadas.

—Ya, bueno –dije suspirando.

—Además, mamá, tú tienes muchos novios en el corazón –dijo sentenciando como un adulto.

—¿Ah sí? ¿Y qué novios tengo yo en el corazón?

—Los que te buscan y no te encuentran.

Siempre que cuento la anécdota tengo que jurar que es cierta, y que aquella frase salió de la boca de un niño de seis años. Al primero que tuve que hacerle una certificación verbal de que la historia era verídica fue a Álex que la supo en cuanto Santi tuvo el pijama puesto, después de aquel mítico baño.

De todas las cosas increíbles que me han pasado después de divorciarme, conocer a Leo es una de mis favoritas. Supongo que fue eso lo que pasó, me atrapó la historia, me atrapó cómo empezó todo, prisionera de un comienzo.

Cuando menos esperaba que llegara... apareció, y lo hizo con digitalización y alevosía. Un día cualquiera, de una semana cualquiera. Mientras iba de camino a uno de los estudios de grabación para dejar listas un par de cuñas promocionales del programa, saltó una notificación en la pantalla del móvil que me hizo fruncir el ceño en forma de interrogación.

Twitter me avisaba de un nuevo seguidor que no habría sido noticia de no haber sido por aquel nombre de guerra que me hizo sonreír: «@ReporteroSamurai te está siguiendo».

Mientras Inés se encargaba de los preparativos técnicos, entré en el perfil de mi nuevo seguidor que me despertó la curiosidad suficiente como para devolverle el *follow*, dándole las gracias vía *tuit*.

Creo que no había empezado a grabar el primer promo cuando el móvil me avisó de la mención de aquel samurái virtual:

«Gracias por seguirme @EmmaBisar ¿Así que te gustan los lunes, eh? –haciendo alusión a una de las frases de mi bio–. Bienvenida a mi TL #MissMonday».

De alguna manera, que las dos cuñas salieran a la primera fue culpa suya. Las palabras suenan mejor cuando las vocaliza una sonrisa.

—Hola, cariño. ¿Te pillo bien?

—Hola –gritó Gaby al otro lado.

—¡No te vas a creer lo que me ha pasado esta tarde!

—Me rindo, directamente, Emy. Paso de jugar a las adivinanzas contigo. Total, ni siquiera me aproximo.

—Está bien, aguafiestas –le dije medio en broma medio en serio–. Acabo de conocer a alguien genial por Internet.

—Espera, ¿cómo que por Internet? ¿No habías cerrado tu perfil de Meetic jurando que no querías saber nada más de *ciberligues*?

—No ha sido en Meetic, ha sido en Twitter.

—¿En Twitter?

—¿No te parece increíble?

—Me parece que empiezas a sonar como una chica de 17 años.

—Gaby, dame 10 minutos. Vuelve Inés y estamos grabando unas cuñas. Te llamo en un rato.

—Pero llámame, Emma. Odio cuando me dices que me llamas ahora, y «se te pira» como dices tú.

—Te llamaré. Te lo prometo.

—Dale candela a esas cuñas y me llamas, ¿vale?

—Hecho. Besos.

Grabé un par de promocionales para el programa y volví a marcar el teléfono de Gaby mientras bajaba las escaleras hacia la redacción. Buzón de voz. «Genial», pensé.

Odio cuando Gaby me reprocha que no le devuelvo las llamadas y a mí se me olvida decirle que empiezo a estar un poco hartita de su buzón de voz. ¿Qué clase de mente abyecta inventó los contestadores automáticos? Ésos que nadie oye y que sólo sirven para que se pierdan las llamadas perdidas en los móviles de amigas que luego te reprochan que «se te pira» devolver las llamadas.

Vayamos por orden. Primero cambiaré mi estado de WhatsApp, luego contestaré el DM de @ReporteroSamurai y volveré a probar con Gaby.

«Más ignorados que los mensajes que dejamos en los buzones de voz».

Mientras escribía y borraba el privado para el Samurai, recibí un WA de Gaby que me hizo alterar mi orden de prioridades:

«No te ignoro. Acabo de oír tu mensaje. Llámame anda...»

—Odio tanto a tu buzón de voz... Si nunca lo oyes, ¿por qué no lo desactivas?

—Supongo que por la misma razón por la que no tiramos los yogures caducados de la nevera, que parece que los coleccionamos. Es una especie de pereza patológica que vive en todos nosotros y nos impide desactivar el contestador, el corrector de texto, tirar los yogures caducados, vaciar el buzón antes de que las cartas y la publicidad se escapen como la lava de un volcán por las rendijas...

Sabía exactamente a qué tipo de pereza patológica se refería, y su forma de expresarlo me hizo reírme durante unos segundos y recordar por qué la quería tanto.

—Eres genial, Gaby. Siempre con la frase adecuada.

—Tú tampoco lo haces nada mal, Emma. Bueno, cuéntame lo de ese galán *tuitero*.

—Se llama @ReporteroSamurai no sé mucho más. Bueno, sí, que es ocurrente y que se ha parado a leer mi biografía para descubrir que me gustan los lunes y me ha bautizado con la etiqueta #MissMonday. ¿A que es genial?

—¡Emma, *caution*!

—Ya, tienes razón –dije un poco desfondada.

—Emma, tienes esa increíble necesidad de querer y ver solamente el lado bueno de la gente. Pero tienes que aprender a protegerte. Es una cuestión de prudencia.

—Lo sé. Pero ¿qué hay de malo en conocer a alguien y dejar la puerta entornada para que algo mágico suceda?

—Nada, excepto que a veces no es magia lo que entra.

—Supongo que tienes razón. Pero, no sé, es todo un poco raro. ¿Sabes?, a veces recuerdo cómo conocí a Marco, cómo nos enamoramos, nos casamos, los niños... Cómo dimos cada paso por el camino correcto, y me veo aquí, con este final de divorcio. Entonces me acuerdo de esas parejas, como mi tío Pedro y mi tía Lola, que se conocieron preparando la boda de sus respectivos hermanos y se casaron el mismo día que ellos, al mes de conocerse. Y pienso que la única respuesta válida para analizar cualquier cosa relacionada con el amor es la locura. Y que sólo ella habla el lenguaje del amor. Que sólo ella puede en verdad llegar a comprenderlo.

—¿Tus tíos Pedro y Lola se casaron al mes de conocerse?

—Afirmativo.

—¡No te creo!

—Mi tío Pedro trabajaba en Alemania y vino un mes antes de la boda de su hermano Jesús para echar una mano en los preparativos. Mi tía Lola tenía 18 años recién cumplidos y era la sombra tímida de la novia, mi tía Milagros. El flechazo se convirtió en noviazgo casi al instante, y como el novio tenía billete de vuelta para una Alemania comunicada con Sanabria por carta y transferencias telefónicas imposibles de asumir económicamente, pensaron que la única solución era casarse el mismo día que Jesús y Milagros. Sólo ellos se tomaron en serio y sólo el tiempo les ha dado la razón.

—¡Qué fuerte!

—Cuatro hijos y más de cuarenta años después siguen paseando de la mano. ¿Sabes qué es lo mejor?

—Ni idea.

—Lo mejor es terminar de comer en su casa, acercarte a la cocina con unos vasos en la mano y pillar a mi tío pellizcándole el culo a mi tía Lola mientras friega los cacharros. Es inspirador, conmovedor, y, de alguna forma, pone a salvo mi esperanza.

—Emma, yo también creo en esa clase de amor, en el que da los primeros suspiros bendecido por el destino. También en el que empieza tranquilo con menos guión hollywoodiense o en el que arranca matándose a dar brazadas en un mar de dificultades y dudas. Sólo quiero que cuando dobles una esquina y te des de bruces con un hombre, no pienses que el karma está empatando el partido.

—¿Que el karma está empatando el partido?

—El karma... ya sabes, se llevó a Marco, te debe una.

Prudencia y cautela. Ir despacio. Mirar dónde ponemos los pies. Protegerse para no sufrir o protegerse para no vivir. Ésa es la cuestión. Nos convencemos de que la experiencia nos da sabiduría, pero a veces pienso que nos hace más torpes.

Cuando nos hieren, hasta los animales, sólo por instinto, evitan la causa del dolor. Sólo he tenido que pisar una vez a Vainilla con tacones para que ella aprendiera a odiarlos por encima de todas las cosas. Las primeras veces que la oía ladrar como una loca desde la cocina pensaba que era por el traqueteo del ascensor. Hasta aquel sábado, en el que me observaba tumbada en la alfombra de mi cuarto mientras decidía qué zapatos me pondría para taconear con Gaby por ahí. Al subirme en el primer par se puso como loca. Me los quité y vi cómo se calmaba. Probé con el segundo par y descubrí cuál era el verdadero motivo de su tormento.

Entiendo que Vainilla no quiera saber nada de mis tacones después de aquel pisotón, pero yo no podría vivir sin ellos. Tacones que duelen cuando pisan, y a veces sólo al caminar. Esos mismos tacones te hacen sentir especial, y a veces la chica más guapa. Llegas a casa pensando en quitártelos de encima mientras los miras de reojo en el ascensor susurrando por lo bajini: «son tan monos».

Pensaba en Marco como en un par de tacones baratos, de ésos que te dejan sin una tapa en cuanto te descuidas. Tras la separación, los odié. Me veía caminando por la vida en bailarinas, puede que en botas, pero en tacones nunca más. Exactamente igual de intensos fueron los momentos en los que un gesto, un acierto con los niños, un ayudarme a llegar a fin de mes, un devolver la bolsa del fin de semana con la ropa lavada y planchada, me hacían susurrar: «es tan mono».

Ahora, cuando me subo a mi parra particular y dejo la vista perdida allende la redacción, veo mi vida como una divertida sucesión de lunes que van llegando pequeños y con pocas pretensiones. Los miro a los ojos con ilusión y preparada para que los tacones me cosan a leches ;-)

De los siguientes tacones que iban a conquistar mi armario, sólo sabía una cosa: que eran samuráis.

* * *

Fui en taxi, con la excusa racional y socialmente admitida de que no habría sitio para aparcar a menos de 2 kilómetros de la puerta de los juzgados, pero sabiendo que la verdadera razón era que no me fiaba del todo de que la ansiedad no me jugara una mala pasada. Sentía que estaba tranquila, pero una suave brisa mecía el visillo de mis dudas mientras me maquillaba delante del espejo del baño. El trazo negro sobre las pestañas salió impecable, pero tuve que hacerlo en tres tiempos, descansando el brazo y sacándole punta al lápiz dos veces. No eran nervios sino un miedo terrible a desmoronarme, que me hizo sentarme sobre la taza del inodoro y respirar hondo dejando caer la toalla que me había enrollado en la cabeza. Sentí un alivio tan repentino como efímero porque el peso de la toalla, humedecida por el pelo, no era suficiente. Pesaba más el miedo. El vértigo de no saber cómo iba a reaccionar. La sensación inestable de que tal vez ése sería el día de la caída. El día de «hasta aquí he llegado». Hasta aquí más o menos fuerte, más o menos erguida, más o menos honesta, más o menos tranquila, más o menos madura, más o menos dulce, más o menos muerta de miedo. Tal vez hoy el miedo gane a todas las otras versiones de mí, y cuando tengamos que aplicar dos manos de barniz definitivo a nuestros muebles, me tiemble el pulso. Seguía allí sentada, con la vista perdida en los muñequitos de la cortina de la ducha, incapaz de volver a buscar mi reflejo a medio maquillar delante del espejo, cuando el mensaje más oportuno que nadie me ha enviado nunca iluminó la pantalla del móvil:

«Cabeza alta, jovencita. Sonríe y dale un autógrafo chulo a Marco para que nunca olvide lo tonto que ha sido por dejarte escapar. Esta noche te llevaré a un sitio increíble a no celebrar nada. Ponte muy guapa que es LUNES».

Si en lugar de baldosas de cerámica mis pies hubieran estado pisando hierba, habría dado tres volteretas laterales y me habría dejado rodar por el suelo como una niña pequeña. «¡Gracias, Álex!», dije cambiando las volteretas por una breve, pero intensa, secuencia de saltos y muecas divertidas frente al espejo. Estos pequeños instantes surrealistas son mágicos para mí. Los guardo y los recupero siempre entre risas. Al hacerlo puede que pierdan misticismo pero mantienen intacta la magia.

Es la realidad la que desmorona los recuerdos. O, al menos, lo intenta.

Mientras avanzaba por el pasillo, veía la puerta de la pequeña sala en la tendría que esperar, siguiendo las indicaciones de la chica del mostrador de Información. A medida que me iba acercando, la miopía iba corrigiendo el enfoque para dejarme ver con claridad a la abogada de Marco. Tan impecable como tiesa, enfundada en un sobrio –por no decir aburrido– traje negro. Cuando se acercó a saludarme con la mano apuntando casi a mi barbilla, reparé en la camisa de encaje blanco y en el elegante top de seda que dejaba entrever por debajo. Me quedé con la vista fija en la camisa el tiempo suficiente como para que Elena Durán se diera cuenta de: primero, que me había gustado su camisa; y segundo, que era más gilipollas de lo que Marco me había contado.

Arturo Casla no me dejó plantear una tercera opción, al acercarse por mi espalda y enroscar sobre mi brazo izquierdo la única mano que le quedaba libre de papeles.

—Buenos días –dijo, justificándose por la interrupción y alegando que tenía que hablar conmigo antes de la vista.

—Hasta ahora –dije inmediatamente antes de seguir los pasos de Arturo hasta una pequeña sala contigua.

Al salir nos cruzamos con Marco, que llegaba sofocado y un poco desencajado. Mientras Arturo volvía a explicarme lo que sucedería cuando entráramos a la sala con el juez, recordaba lo frío que había estado mi ex en el pasillo. Prácticamente ni nos habíamos saludado, porque aquello que hizo subiendo el cuello como hacemos para que pase un ibuprofeno, tuvo de saludo lo que yo de primera bailarina del Royal Ballet de Londres.

Cuando volvimos a la sala de espera, Marco jugaba con sus manos, cabizbajo, perdido en la conversación entre Elena y la procuradora. Nos unimos a ellos con los saludos de rigor. Busqué contacto visual con él para que leyera en mis labios un híper fonético «¿qué tal?». En el mismo idioma, pronunció un sordo pero muy gestual «bien», y volvió la vista al suelo. Incómodo era el adjetivo que hacía juego con su actitud.

Incómodo, «¡tócate los cojones!» pensé. Si esto es justo lo que tú querías, no entiendo esa cara de cordero degollado. Lo llamo «mímesis emocional», un auténtico arte, y Marco era un artista destacado. La técnica es sencilla: consiste en anticiparse a la emoción del contrario e imitarla en grado superior. Era el último estoque de Marco en la mayoría de nuestras discusiones. Me enfadaba por algo que me había molestado (como por ejemplo, encontrar el ticket de una caja de condones de la que no había ni rastro en casa). Llamadme loca, pero a mí este tipo de cosas me molestan un poco. Discutíamos. Y al final, Marco imitaba mi estado emocional de enfado supino, enfadándose más que yo por desconfiar de él, por juzgarle, por no entender que sólo le estaba haciendo un favor a un amigo y bla bla bla. El desenlace, nada sorprendente: servidora pidiendo perdón por desconfiar, por ponerse celosa, por hacer preguntas incómodas, por la suspicacia...

Ahora debería pedir perdón también por ¡GILIPOLLAS!

Supongo que, mientras esperábamos al juez, estaba utilizando aquella vieja táctica. ¿Cómo se suponía que estaría la frágil Emma en aquella situación? Incómoda, triste, afligida, abatida, cabizbaja... Bien, pues Marco compartía esas mismas emociones elevadas a nivel de tragedia griega.

Se equivocó. ¡Zas, en toda la boca! Supongo que, tarde o temprano, la arrogancia de creer que conocemos tanto a alguien como para predecir sus reacciones resulta aniquilada por la maravillosa capacidad de improvisación del ser humano. Eso o que la vida, pizpireta y caprichosa, gusta de echarse unas risas dejando con el culo al aire al típico y predecible listillo de turno.

Dos horas antes, sentada sobre el poco romántico y nada carismático W.C. de mi casa, ni siquiera yo sabía cómo iba a reaccionar. Habría sido milagroso, casi metafísico, que Marco hubiera podido adivinarlo. Ingenuo hasta la ternura que siguiese convencido de que me conocía hasta tal punto.

El café que vino después con Arturo Casla se sabía de los amargos desde hacía semanas, puede que meses. Como cuando intentas cerrar un *tupperware* que no encaja a la primera. Olvídate, si no cierra a la primera, no cerrará nunca. No tiene nada que ver con la maña, tampoco con la fuerza y, por supuesto, no es una cuestión de actitud. No era nada personal, simplemente, Arturo no era la tapa adecuada para mí.

—Bueno, Emma, aquí acaba todo –entonó con cortesía mientras me ayudaba a retirar el taburete del mostrador.

—Acaba «un» todo y empieza otro.

—Es una buena forma de verlo, pero sabes a qué me refiero.

—Perfectamente –dije evitando mirarle a los ojos como hacen los niños cuando saben que les van a regañar.

—Acaba como tú has querido. Necesito que este punto quede claro porque tú, mejor que nadie, sabes que mi sensatez y experiencia profesional recomendaban otra forma de hacer las cosas. No obstante, tengo que reconocer que has sido muy justa y muy honesta durante todos estos meses, puede que demasiado. Jamás habría recomendado hacer las cosas así, pero haciéndolas he aprendido algo importante: que atendiendo a la legalidad podemos ser terriblemente injustos. Tú elegiste ser justa y le quitaste importancia a la parte legal de todo este asunto. A veces la vida nos hace elegir entre la justicia y la verdad. Siendo periodista, Emma, dice mucho de ti que, ante esa encrucijada, eligieras la verdad. Un día, muy enfadada conmigo, me dijiste: «Habrás llevado el divorcio de miles de parejas, pero yo soy Emma Bisar y me quiero divorciar como Emma Bisar; lo que hagan las demás parejas del mundo me da igual». ¿Lo recuerdas?

—Claro que lo recuerdo. Estaba muy enojada –murmuré iniciando una disculpa por aquel reproche que Arturo cortó en seco.

—He recordado muchas veces esas palabras. Como tú dijiste, he llevado miles de divorcios, pero de todos ellos, el único que creo que recordaré con nombre y apellidos es el de una chica, presuntamente frágil, llamada Emma Bisar.

—Muchas gracias, Arturo. Gracias de corazón. Pensaba que estabas enfadado conmigo. Tenía la sensación de que te sacaba de quicio cada vez que hablábamos por teléfono. Que me veías como un tonta marioneta en manos de su ex marido.

—¿Una tonta marioneta? –repitió un poco indignado–. En todo este tiempo, si alguien ha movido los hilos de esta historia con inteligencia, has sido tú. No eres ninguna tonta, Emma. Tú lo sabes. Ahora quiero que sepas que yo nunca he pensado eso.

Fue la última vez que vi a Arturo Casla. Guardo aquella conversación intacta entre el batiburrillo de recuerdos que almaceno de aquellos días malvas que me asustaban a medida que se iban aproximando al morado intenso que visten la mayoría de mis miedos.

Junto a ella, también los desencuentros, algunas impertinencias y las ganas de mandarle a la mierda en dos de cada tres conversaciones. Sacó cosas horribles de mí. Los peores tacos, las risas más falsas, los asentimientos compulsivos como alternativa a reconocer que había desconectado hacía mucho rato. Pero, sin duda, lo peor de todo era fingir que me importaban las cosas de las que me hablaba. Hubo llamadas de teléfono que no habría sabido resumir treinta segundos después de colgar.

Custodiando a todos ellos, la verdad que me dejaba dormir tranquila sabiendo que, en realidad, nunca estuve enfadada con él. Arturo sólo fue el mensajero inoportuno que paga culpas y decepciones ajenas. Creo que supe decírselo en aquel abrazo en la puerta de la cafetería. Sin embargo resultó insuficiente para cambiar las cosas entre nosotros. Somos en un espacio y en un tiempo. Sencillamente aquél no fue nuestro momento. Lo acepté sin más. No hice nada. No volví a llamarlo. Tampoco le envié un mensaje, ni un *email*. Sólo seguí caminando y lo dejé estar.

Capítulo XI

Elegir no dormir en toda la noche
para poder estar cansados juntos

—¿Vas de camino?

—Sí, en quince minutos estaré en la estación.

—¿Nerviosa?

—Atacada, Jess. Dime que no es una puta locura lo que estoy haciendo.

—Emma, es una locura. ¡Pero es una locura genial! No estás haciendo nada malo. Tranquila, ¿vale? Piensa que es como cuando vuelves a quedar con alguien después de una noche de borrachera. Le conoces, pero como si no le conocieras. ¿Sabes por dónde voy?

—Perfectamente.

—Una cosa, Emma. Si te agobias, si te asustas, si no lo estás pasando bien, si no es como esperabas, prométeme que me llamarás. Nos inventaremos cualquier historia e iré a buscarte.

—No te preocupes.

—Prométemelo –insistió sin vacilar.

—Te lo prometo –dije alargando la «e».

—Bueno, que vas con el manos libres y no te quiero despistar. ¡Pásatelo en grande! Quiero ser la primera en saber cómo ha ido todo con ese «samurái del amor».

—¡Hecho! Luego te cuento. Un beso enorme, amor.

El día que llegue con tiempo de sobra y haya plazas libres en el parking de la estación de Atocha, me daré el gusto de pasar de largo y sacarle la lengua. El mero hecho de pensarlo hizo que se me pasara el enfado. Bueno, eso y acordarme de esa patraña de Jess que, a fuerza de repetirla, he empezado a creerme. Cuenta la leyenda de mi hermana pequeña que, si no aparco en la puerta, no lo haré muy lejos de ella. En el siguiente parking, un poco más alejado pero más que asequible para mis sandalias de tacón, encontré sitio. A siete pasos del coche retrocedí al darme cuenta de que no había memorizado el número de plaza. No volví para intentarlo sino para hacerle una foto con el móvil. Me recompuse la camisa y el vaquero mientras caminaba con soltura hacia la entrada de la estación. Paré en seco delante del paso de peatones y, mientras los coches se decidían a parar, pensé en dar media vuelta. Había algo poderosamente misterioso en toda aquella historia que hizo que mis sandalias azules siguieran avanzando hasta la sala de espera de viajeros. Pensé en algo parecido al morbo, pero ésa no era la respuesta. Bajé algunos escalones hasta la curiosidad, pero le faltaba fuerza. Recordé entonces que aquello tenía toda la pinta de una historia de las buenas. Esquivando cabezas, mientras miraba compulsivamente el reloj, comprendí que estaba enamorada de una historia increíble.

Para cuando la verdad me fue revelada, era demasiado tarde. Un chico muy parecido al de la foto, pero bastante más bajo, avanzaba hacía mí saludándome con la mano. Le abracé con fuerza en un intento desesperado de procrastinar la simple idea de pronunciar una frase y evitar que la emoción me sentara de culo en el suelo.

—Hola, Emma.

—Hola, Samurái. ¿Te puedo llamar así?

—Claro, Miss Monday.

»¿Por qué sonríes?

—Por nada. Deben ser los nervios.

—No estés nerviosa. No pasa nada. ¿Te apetece que vayamos a dar un paseo por el centro?

—Sería genial.

—Pues andando –dijo rodeando mi cintura con su brazo.

Los comienzos tienen la misma dosis de ternura que de torpeza. Aquél no fue una excepción y cuando, al ir a cerrar el maletero, le golpeé sin querer en la cabeza, quise morirme en el sentido literal y explícito de la palabra.

–¡Lo siento, no te he visto! –dije con 20 megatones de vergüenza–. ¿Te duele mucho?

–Tranquila, no ha sido nada –aunque su forma de llevarse la mano a la cabeza me hacía dudar.

–Cuánto lo siento, de verdad. Déjame ver si te sangra.

–Seguro que no, no ha sido tan fuerte.

Le creí cuando, al retirarle el pelo, comprobé que no había sangre ni chichón, sólo una pequeña marca enrojecida que demostraba que el portón de mi maletero había pasado más que rozando su cráneo.

En las cuestas y en este tipo de ocasiones celebro la hora en la que convencí a Marco para comprar un coche tan automático como sus sentimientos por mí. Entre los nervios y el leñazo con el portón, habría sido incapaz de recorrer más de 50 metros sin que se me calase el coche. El temblor de piernas fue a más en la siguiente pregunta:

—Dime una cosa, ¿lo tenías planificado?

—¿Planificado?

—Lo de intentar matarme en la primera cita.

Siguió hablando, pero tuvo que elevar el tono de voz dos octavas por encima de mi risa.

—Muy sutil no ha sido, Miss Monday. Me esperaba algo más delicado, más femenino. Sigues sorprendiéndome. No imaginaba que cambiarías el veneno de la copa de vino por un hematoma intracraneal lanzándome a traición el portón del maletero de tu coche.

Seguía hablando mientras yo me reía por las patas abajo.

—Una cosa te digo: «Arrieritos somos».

Pude dejar de reír el tiempo justo para pronunciar un ahogado:

—Lo del veneno lo has descartado muy rápido.

—Tú no sabes dónde te has metido, Miss Monday.

—Creo que tú tampoco.

* * *

Dos contra uno. El samurái y el semáforo contra mí. Quería mirarle pero no me atrevía por si el contacto visual evolucionaba a «beso pokémon». Entonces noté la iniciativa samurái girándome suavemente la barbilla hacía él para arrebatarme el beso más nervioso que he dado en toda mi vida.

Las bromas nos acompañaron dando un largo paseo por el centro. También los abrazos por la cintura y los besos que se dan de pie, como estatuas enlazadas, con el poder mutante de congelar todo lo que sucede alrededor. Volvimos a la realidad cogidos de la mano, frente a las comedias románticas ordenadas alfabéticamente, del FNAC de Callao.

Jess habría dicho que era el hombre de mi vida sólo por cómo aguantó heroicamente y sin despeinarse el rato que tardé en decidir mi película. El samurái lo tuvo claro enseguida. Eligió *One Day* porque el corte de pelo de la protagonista le recordaba a mí. Tras semejante enunciado explicativo quise morirme o inventarme algo que estuviera a la altura pero acabé reconociendo que mi mejor amiga había leído la novela y se había enamorado de la historia de *Criadas y Señoras*.

No hay nada como la realidad para ponerle a uno las expectativas en su sitio. Estuve una semana amueblando mentalmente aquel encuentro. Estudiando cada detalle de la indumentaria, meditando sobre el perfume adecuado, eligiendo las sandalias de tacón de la seguridad, ésas que consiguen que te enamores de tus piernas cuando te miras al espejo y con las que aguantas lo que te echen caminando.

Días eternos que parecían detener el tiempo. Vencía la pereza mañanera con la ilusión de vestirme para él. Caminaba por la calle en mi propia fantasía que lograba convencerme de que me iba a cruzar con él en cualquier momento. Sonreía al recordar su última frase en el chat de WhatsApp y a veces me sonrojaba.

La magia se desvaneció en el *hall* de la estación como los dibujos del espejo cuando el vaho desaparece. Nada de todo lo que ocurrió a partir de aquel momento fue como había imaginado. El primer beso lo había soñado en la estación. Mentira. Dormida o despierta, en mis sueños sucedía mientras caminábamos por el párking. Él me paralizaba con la mirada mientras me rodeaba la cintura con una mano. Podía sentir su otra mano subiendo a contrapelo por mi nuca y acercándome despacio a sus labios, que esperaban enmarcados en una perfecta barba de tres o cuatro días. Obviamente el beso que nos dimos en el coche no tuvo nada que ver con eso. Fue apresurado, nervioso y con más saliva de la necesaria.

El hechizo terminó de romperse en casa después del primer intento fallido de hacer el amor. Descubrí el truco cuando comprendí que no era el samurái el que me había atrapado, sino la historia. Si hubiese podido frotar la lámpara de Aladino aquella noche, no tengo ninguna duda de cuál habría sido mi primer deseo.

Ctrl+Alt+Supr

Creo que, inconscientemente, era algo que hacía los domingos en algún momento. Activaba un *Ctrl+Alt+Supr* secreto y selectivo que se llevaba por delante todo lo que no merecía realmente la pena. Ese borrado furtivo, aliado de mi mala memoria, me regalaba la posibilidad de empezar cada lunes prácticamente de cero. Visualizaba la vida por semanas, confiada en superar los pequeños objetivos que se iban encadenando como una larga cadena de ADN. Semanas enteras en las que haber cambiado un halógeno del falso techo de escayola del baño me levantaba en volandas durante días enteros.

La única decisión verdadera que tomé en aquellos días ha sido una de las mejores de mi vida. Cuando todo acabó con Marco, me negué a pensar en lo que perdía, y cada día, cada lunes de cada semana, me levantaba decidida a descubrir todo lo que estaba a punto de ganar.

Después de todo, mi intuición estaba intacta.

Ganaba mucho cada semana porque cada pequeño triunfo era una gran victoria. El primer día sin llorar, la primera gran discusión con Marco, el primer bote de espárragos que abrí sin su ayuda, la primera función de Julia en el cole, el primer día en la emisora, la primera cuña, el primer promocional, la primera vez que Inés me puso la sintonía del programa, el primer viaje a Londres, la primera vez que vi a Álex...

Dejé de pensar en lo que salía por la puerta y me concentré hasta en la cosa más pequeña que atravesaba su umbral. Aquello cambió mi vida y me cambió para siempre. Desde entonces estoy en deuda con los lunes, con cada uno de los lunes mágicos de aquel caprichoso y excéntrico año.

* * *

—Si yo te digo «nada acaba realmente», tú dices...

—Porque cada día es un comienzo.

—Y el polígrafo dice que dice la verdad.

La risa me ahogaba y la frase que intentaba pronunciar sonaba tan incomprensible como si la estuviera pronunciando debajo del agua.

—Emma, muy fuerte. No te lo vas a creer. No podía esperar a mañana aunque debería. Es una historia que merece ser contada un lunes.

—Déjame adivinar. ¿Noticias de Jon?

—Frío, frío.

—Vale, ¡me rindo!

—¿Tan pronto? Cariño, tú no eres de tirar tan rápido la toalla.

—Me da igual. Venga cuéntame, me muero de impaciencia.

—¿Te acuerdas de un grupo que estuvo hace un par de semanas por la radio?

—No caigo –reconocí después de hacer memoria durante unos segundos.

—Estuvieron en el *magazine* de la tarde, el día que estuvimos grabando los nuevos promocionales del programa.

—Ah, vale. Ahora me acuerdo. Bueno, los recuerdo vagamente, la verdad. Los vi de refilón, pero sé el día al que te refieres.

—El caso es que coincidí con uno de ellos en la máquina de café. Hablamos dos minutos. Mentira. No fue hablar, más bien le eché una mano cuando la máquina secuestró su *capuccino*. Hace unos días los seguí por Twitter. Y al rato comenzó a seguirme el grupo y también este chico desde su cuenta personal.

—¿Hola? Si pudieras dejar de robarme la vida, lo que vienen siendo las historias, la originalidad de mis aventuras –dije vacilando a Álex, como él solía vacilarme a mí.

—Muy fuerte, Emma. Yo también lo he pensado. Vidas paralelas. Es increíble.

—¿Cómo se llama? ¿Habéis quedado? ¿Debo ir encargando una pamela?

—Cuánto me alegro de que me hagas esa pregunta. Se llama Marco. Vengo de tomar un café con él por el centro.

—¿Marco? *In which moment...?*

—Es genial, Emma. Hemos estado hablando un montón. Del grupo y de un montón de cosas.

—El karma te debe una, ojalá esté haciendo las paces contigo.

—¡Soy un desastre, perdóname! –dijo cayendo en la cuenta de que no me había preguntado por la desvirtualización samurái.

—Regular, cariño. ¿No te importa que te lo cuente despacio mañana en la emisora? Quiero llamar a los niños y hablar un ratito con ellos antes de que se vayan a dormir.

—Claro, tranquila. Mañana me lo cuentas todo en el primer café.

—¡Genial!

—¡Hasta mañana, Antonia!

—¡Hasta mañana, Antonio!

Cuando pensaba que los domingos no podían ser más tirriosos, me tocó descubrir a la fuerza los domingos sin niños. Sencillamente, mortales. Salvo que Marco me animase la tarde con su irresistible forma de hacerse el interesante no cogiendo el teléfono. Odiaba llamarle y que me saltara el buzón de voz o tener que pedir audiencia previa por WhatsApp.

A veces, como aquella tarde perdida que no iba a ningún sitio, pensaba en Marco como en una silueta dibujada sobre la arena de la playa intentando resistir cada paso de agua salada. Después de aquellos meses de interminables negociaciones, enfados, incomprensión mutua, revelaciones y un largo etcétera de situaciones emocionalmente extrañas, la huella de la silueta de Marco sobre la arena había perdido mucha profundidad y también nitidez.

Mi dibujo tampoco era el mismo. De hecho, aquel mismo día él se encargó de confirmarlo.

Como si me hubiera leído el pensamiento, se adelantó marcando mi número de teléfono.

—Hola, estaba a punto de llamarte para hablar con los niños. ¿Todo bien?

—Sí, todo bien. Tengo que pedirte un favor. Salgo de viaje mañana muy temprano, ¿podría dejarte a los niños ahora en lugar de mañana?

—Claro, sin problema. Estoy en casa. ¿A qué hora venís?

—Estamos de camino, lo que tardemos en llegar. ¿OK?

—OK. Hasta ahora.

Fiel a su estilo, sin decir adiós y con la decisión tomada, dando por hecho cuál sería mi respuesta. Me reventaba que siguiera haciendo eso y que todavía pudiera adivinarme con tanta facilidad. Conseguía que me sintiera como una aprendiz de ajedrez jugando frente al puto Kasparov. Era como cuando estábamos juntos, como cuando él tocaba las palmas y yo aparecía a los diez segundos bailando por rumbas al ritmo que marcaba con aquellas manos enormes que un día abarcaron prácticamente todo mi universo. Aquello tenía que acabar. De alguna forma tenía que borrarle la media sonrisa de «te conozco como si te hubiera parido» que se le dibujaba en la cara cada vez que adivinaba la emoción que yo iba a sacar de la chistera. Tenía clara la misión, pero no sabía muy bien por dónde empezar, la verdad. No hizo falta. La determinación es un poderoso imán para la oportunidad y a veces es más que suficiente para hacer que las cosas sucedan.

—Chicos, podéis quedaros un ratito viendo la tele en el salón. Tengo que hablar de una cosa con mamá. Nada de peleas, ¿vale?

Cuando escuché las instrucciones de Marco, pasé de largo el salón y comencé a caminar por el pasillo notando sus pasos del 46 detrás de mí. Cuando estaba a punto de abrir la puerta de la cocina, Marco me detuvo:

—¿No te importa que hablemos mejor en la habitación? Tu perra me pone un poco nervioso.

«A mí también me pasa con la tuya», pensé. Casi me da la risa. Pero luego me pareció muy cruel, así que borré aquellas palabras de mi cabeza, y por supuesto, no las pronuncié.

–No, no pasa nada. Vamos a mi cuarto.

–Está diferente, pero me gusta.

–Sólo he cambiado la cama y he colocado la mesa del ordenador en el rincón de la ventana.

–Entonces, el despacho...

–Yo no lo utilizo, no tenía ningún sentido. Ahora no hay ningún escritor en casa, así que lo borré del plano. Ahora es la habitación de Santi. ¿Quieres verla?

–Luego me la enseñas, hay algo que me gustaría que comentáramos primero.

–Está bien. Tú dirás.

–Emma, todos estos meses han sido muy difíciles para los dos. Pero quiero saber si estás bien. Te veo estupenda, pero quiero estar seguro de que realmente lo estás. La verdad es que nunca imaginé que ibas a reaccionar así.

–¿Cómo?

–Aceptando todo esto sin más. No has peleado ni un minuto por nosotros, por recuperar nuestra relación. ¿Nunca te has planteado que volviéramos?

–Bueno, supongo que cuando te escuché decir «ya no te amo», supe que no tenía nada por lo que luchar. Lo que queda después de esas cuatro palabras no merece ninguna reyerta. Aceptarlo y acostumbrarme a estar sin ti es lo único que podía hacer para no seguir haciendo el ridículo.

–Emma, nunca hiciste el ridículo.

–Bueno, tú eres el escritor, igual tienes otra palabra para definir mejor lo que hice durante el último año que estuvimos juntos. Me refiero a amarte como aman los idiotas que no son correspondidos.

—Te quise durante todo aquel tiempo, aunque de otra manera. Me gustaría encontrar mejor las palabras para explicarte lo duros que fueron aquellos meses también para mí.

–Supongo –dije apática e incrédula.

–¿Nunca te has planteado que volviéramos? –insistió de nuevo.

–Puede que fantaseara un poco con esa idea las primeras semanas.

–¿Sólo las primeras semanas?

–Sí.

–Muchos días, todavía le doy vueltas a todo esto. A veces pienso que es posible que haya cometido el error más grande de toda mi vida.

–...

–¿No vas a decir nada? –dijo un poco incómodo por mi silencio.

–No tengo mucho que decir, Marco. Es tu decisión, yo sólo puedo respetarla y asumir las consecuencias. No puedo decirte si has tomado una buena o una mala decisión. Pregúntale al «oráculo del tiempo», sólo él da y quita razones.

–Bueno –dijo con la voz reflejando desgana–, voy a despedirme de los niños y me voy a casa.

–Muy bien. Te acompaño.

Noté el pellizco mientras le miraba levantar por los aires a Santi, intentado mantener el equilibrio que Julia comprometía tirándole de los vaqueros para que le hiciera volar a ella. Duró un segundo y me di cuenta de que cada día duraba menos.

En la puerta de la entrada, mientras llegaba el ascensor, las palabras salieron solas:

–Marco, sobre tu pregunta de antes, tengo la respuesta. Si volviera a nacer, volvería a casarme contigo. Pero, para volver contigo, tendría que morirme y volver a nacer. Ésa es mi respuesta.

—*¡Touché!* –dijo sonriendo y dejando que la puerta del ascensor se cerrara silenciando el eco en francés de su última palabra.

* * *

La vida pierde mucho encanto cuando se pone irónica. Y prefiero pensar que era ironía porque las otras alternativas tenían que ver con palabras menos eufemísticas como la venganza, la revancha o el escarmiento.

Álex fue el primero en preguntar por aquella primera cita con el samurái virtual que me había desvelado cada noche durante las últimas dos semanas. Tiene algo increíblemente poderoso conocer a alguien por Internet, la plataforma es lo de menos. Algo sobrenatural que conjura y nos empuja a abrir nuestra vida compartiendo compulsivamente fotos, palabras y conversaciones que suelen ir perdiendo cordura a medida que gana fuerza la exposición al influjo lunar. No escapa ningún secreto. Un deseo voraz por desnudarte ante un desconocido al que no puedes evitar contárselo todo. Supe que podría ser un problema el día en que se me pasó por la cabeza inventarme una historia como excusa para hablar con él.

Esto sólo se lo había contado antes a un proyecto de diario que tengo a medias por ahí. Bueno y a Álex, que reaccionó como siempre, escuchando sin dramatizaciones, comprendiendo sin juzgar, y haciéndome reír sin piedad.

Sentí que la vida se ponía irónica conmigo cuando, en el reparto de papeles de la historia con aquel reportero virtual, me entregó el de chica que se deja querer pero que no está enamorada del protagonista. La típica, previsible e insulsa #tequierocomoamigo .

Por favor, ¿no había más papeles? Yo qué sé, el de amiga enamorada del novio en secreto, el de alumna ingenua que se «pilla» por el profesor, el de sufrida esposa que espera paciente a su amor soldado, o el de bruja arpía que seduce a un hombre con la secreta intención de emerger de las cenizas ridiculizadas de su presa, como la diosa griega Afrodita brotaba del mar.

Somos más cuando podemos contar lo que nos pasa a alguien. Ganamos centímetros de adictiva importancia sólo pronunciando un «no te vas a creer lo que me ha pasado hoy».

Las semanas habían pasado haciendo saltar radares de velocidad; quizá por eso no me había dado cuenta del tiempo que llevaba entrando en una casa afónica. Con los niños sonaba mucho mejor pero a ellos no siempre podía contarles las batallas que había ganado y perdido durante el día. Por eso me daban las tantas hablando con Álex por teléfono o «whatsappeando» enterrada en el edredón, para amortiguar las risas. Por eso debí abrazarme hasta el ridículo a aquel periodista virtual, con apodo misterioso, que me atrapó en los primeros 140 caracteres que nos cruzamos.

Por eso patinaba en tacones por la redacción, con el reflejo de la pantalla del móvil todavía en las lentillas, para contarle a Álex el último mensaje firmado por el guerrero japonés que me desvelaba por la noche y me idiotizaba por el día. Tan sola que te convences de sentir algo por el primero con el que tus ojos pierden el pulso de mirarse fijamente. Tan sola que fantaseas por deporte. Tan sola que piensas que no puede ser bueno.

«Las puertas de la felicidad abren hacia dentro»; otra vez aquella frase pasando fugaz entre mis sienes y haciéndome sentir inmortal, porque no se puede estar más a salvo que bien en uno mismo. Es curioso lo que uno acaba aprendiendo con cada empujón de la vida.

Encontraba una explicación convincente para cada duda, una justificación a cada sospecha, y al final acabó ganando el «por qué no intentarlo». Así empezaron primero los días, luego las semanas y después los meses samuráis.

—¿En serio vas a envolver la maleta en ese horrible plástico?

—Llámame loco, pero no me gustaría acabar en una cárcel mugrienta por culpa de algún traficante que me cuela droga en el equipaje.

—No te creo. Dime que también te crees que hay gente que va por ahí echando droga en las copas, que me caigo de culo.

—Cuidadito con lo de las copas, que se dan casos todos los fines de semana.

—¿Qué pasa los fines de semana? –interrumpió Gaby con la voz agotada de tirar de su vieja maleta.

—Álex, que quiere forrar su maleta para que no le metan droga... Le dan cosita las cárceles mugrientas.

—¿En Italia hay cárceles de ésas?

—Vale –dijo Álex saliendo de la cola para embalar maletas–, vámonos a facturar bajo vuestra responsabilidad.

—¡Relájese, soldado! –soltó Gaby sosteniendo entre risas el tono grave con el que un coronel entonaría aquella frase.

En el avión, sentada entre Álex y Gaby para soportar un poco mejor el miedo a volar, propuse un *selfie* divertido para compartir con los que se quedaban en tierra, incluido el samurái. Cuando Gaby y yo estuvimos contentas con nuestra poses, dejamos de hacer el idiota, sobre todo para una pareja de abuelos que nos miraban cuchicheando desde los asientos contiguos.

—Álex, miradas de rayo láser a las tres en punto.

—Cariño, con esas miradas me hago yo una tapia. Un muro de ladrillitos, lo que viene siendo una medianera que me protege a mí de opiniones faranduleras, criticonas y maliciosas.

Gaby y yo nos echamos a reír, empeorando la situación con los vecinos que se dieron perfecta cuenta de que eran los protagonistas de nuestra juerga.

Todavía sonriendo por la última frase de Álex, saqué el móvil y le mandé la foto a mi chico con un sencillo #SelfieRumberoEasyJet.

Mi siguiente maniobra era apagar el móvil, pero enseguida recibí su contestación.

—No me gusta verte sufrir ;-)

—Jajaja.

—Buen vuelo, Miss. ¡Pasadlo en grande!

—¡Gracias! El próximo mensaje desde Italia. Beso enorme.

—Otro gigante para ti, *bella ragazza.*

Apagué el móvil. Seguía sonriendo, esta vez recordando las palabras de aquel samurái que empezaba a removerme a ratos.

Álex había estudiado un año de Erasmus en Bolonia, así que era el único de los tres que dominaba el italiano. Gaby y yo no estábamos preparadas para oírle hablar en el idioma de Rafaella Carrá. Lo tuvimos claro en cuanto dio las indicaciones al taxista.

—Chicas, este señor se va a pensar que nos estamos cachondeando de él y nos va a dar una vuelta por Bolonia que se caga la perra.

Si Álex quería que se nos pasara el ataque de risa, consiguió justo lo contrario. Yo era un poco más lenta pero Gaby ésas no las dejaba pasar nunca.

—Droga en la maleta, en las copas, taxistas que timan... ¿Te sabes la de la chica de la curva?

—Putas.

Cuando el taxi se quedó más o menos en silencio y libre de risas, Álex pensó que era el momento de hacernos una última advertencia.

—Chicas, ¿habéis desconectado los datos móviles, verdad?

—Claro. No queremos pagar facturones a Movistar.

—En serio que sois muy putas las dos –insistió al darse cuenta de que seguíamos bromeando con sus compulsiones obsesivas del apartado viajes al extranjero.

—Eres lo más grande, Antonio. Que no se te olvide nunca.

—¡Cállate, Antonia! Que eres una Antonia de mucho cuidado.

Hacía magia cada vez que pronunciaba aquel nombre para referirse a mí. No había discusión con Marco, preocupación por los críos o problema de redacción, que un «Antonia» de Álex no pudiera llevarse por delante.

Estaba impaciente por llegar al albergue, soltar la maleta, cargar el móvil y comprobar si teníamos *wifi* gratis como prometían en la página web. Aquellas cuatro letras determinaron muchas de las decisiones que tomamos en aquellos inolvidables catorce días italianos. Si había *wifi* gratis, mientras uno preguntaba por el precio de algún souvenir, los otros dos actualizaban Facebook, «tuiteaban», subían a Instagram la foto más chula del día y, por supuesto, pasaban de puntillas por WhatsApp. Si había *wifi*, se comía en aquel restaurante sin mirar el precio del menú y cualquier otro detalle sin importancia.

Acuñamos frases míticas en aquellos días y Álex disparó #FotosSamurái desde su iPhone y su Canon prestada, con un amor y una paciencia que sólo pude devolver agarrándome de su mano mientras caminábamos dejando caer mi cabeza sobre su hombro. Desde entonces soy fotogénica; él con su cariño al disparar, cuidando cada enfoque, cada filtro, corrigiendo cada pose, y con un «Antonia» siempre a punto de escaparse de su boca, lo hacía posible.

Bolonia empedrada al abrigo de inmensos soportales, la belleza napolitana tan inesperada como cierta, las ruinas de Pompeya dibujada en trazos de ceniza y piedra al pie del Vesubio, y Positano y su increíble forma de mirar al mar. Florencia estuvo un poco altiva y puso en jaque mis conocimientos de Historia del Arte, ajena, por supuesto, a que era la asignatura impartida por el único profesor del que me he enamorado, en silencio, pero de verdad. Despedimos el tour desde una Capri voluptuosa y ostentosa que me hizo sentir fuera de lugar al hacerme pensar en mi cuenta bancaria a cada paso. En todas eché un poco de menos a Marco y sobre todo a los niños. Cada vez que veía una familia, un pellizco mudo atrapaba el centro de mi estómago. Un pellizco crónico que va conmigo desde que nos separamos. A veces más intenso, a veces sólo un rumor, pero siempre al lado de una familia de vacaciones, o en el reflejo de una pareja que se detiene a darse un beso de escaparate mientras busco otro par de zapatos, o cada vez que alguien me pregunta si sigo sola. Tal vez ahora dejen de preguntar (o no).

Estiré un poco el bajo de mi camiseta canalla de camino a la barra. Manchas irregulares en rosa y verde sobre fondo negro. No demasiado escotada pero ceñida a la cadera y con un corte que me favorecía lo suficiente como para haberla nominado en la categoría de «camiseta preferida para noches inciertas de elevadas expectativas». «Camiseta de la seguridad» en palabras de Álex.

La gran pizarra de combinados que colgaba tras el «hipstercamarero», unida a mi firme indecisión, hicieron que pidiera una caipiriña seguida de un «no, mejor un daiquiri suave», para acabar en «un mojito flojo de ron y dos cervezas por favor». El flash del iPhone de Álex confirmaba ronda de «frikifotos».

—Puede que al apagar la luz de la mesilla, justo antes de dormirte, cuando repasas rápido el día o anticipas lo que pasará a la mañana siguiente, se arrepienta un nanosegundo de haberme dejado.

—Sinceramente, no lo creo, Emma –diagnosticó Álex categóricamente.

—¿Ni la más mínima duda, una pequeña fisura, un algo...? Que te dejen ya es suficientemente humillante como para que encima lo hagan con ese nivel de certeza.

—Está huyendo hacia delante sin volver la vista atrás un segundo. El día que se pare, que llegará justo cuando se crea a salvo de vuestra historia, ese día se preguntará algunas cosas, entenderá otras, asumirá errores y puede que, atraído por la cara humilde de la luna, se disculpe.

—De momento está bastante eclipsado por otra cara de la luna que nada tiene que ver con ésa que dices –espetó Gaby en clara alusión a Susana.

—Brindemos. Por esta aventura italiana –dije mirando a los ojos de mis amigos y dándole altura al mojito–. Y por la extinción de las férulas de descarga –improvisé todavía con el mojito en todo lo alto–. Esas odiosas prótesis inventadas por los dentistas contra el bruxismo son auténticas tumbas de matrimonios. Por favor, miras de reojo y es como si tuvieras al lado pidiendo guerra a Rocky Balboa. Si alguna vez hago una tesis doctoral investigaré sobre *dónde va la líbido de los seres humanos cuando ven a su pareja con una férula de descarga en la boca.*

—Por la prohibición de las televisiones en los dormitorios –dijo cerveza en alto Gaby–. A la cama se va a dormir o a follar. O a dormir y follar. O sólo a dormir. O sólo a follar. Pero no a ver la tele. La tele se ve en el salón ¡Que nos estamos liando!

—Joder, dos de dos. Férula+TV en el cuarto –reconocí–. Estábamos abocados a la ruina como pareja.

—Hombres del mundo, le veis un *sex-appeal* a los calcetines que no tienen. Habita sólo en vuestras mentes para justificar la pereza que os da agacharos a quitároslos –seguía incansable Gaby.

—Férula, televisión y calcetines... éramos demasiados en esa habitación –dije chocando mi mojito contra la cerveza de Álex.

De aquella noche no recuerdo con detalle toda la filosofía que le regalamos al mundo, pero sí las risas, los brindis por casi todo y el cariño de mis amigos que me apretaban en el pecho como el corsé en el talle de una bailarina de cancán.

Me seguía costando alejarme de Julia y de Santi. Cuando cerraba la puerta con una maleta dejándolos atrás, se activaba la culpa y me regañaba por si pasaría algo que me sorprendiera a miles de kilómetros. Aunque conseguía apaciguarlo y acababa justificando la decisión de irme, lo cierto es que aquel reproche solía venirse conmigo y aparecía flotando entre el hielo ámbar de un mojito, o mientras dudaba eligiendo los sabores de mi cucurucho de helado, o cuando intentaba mirar el paisaje por la ventanilla de un autobús y sólo veía sus caritas risueñas. Aprender a pasar mi tiempo sin ellos es, con diferencia, el peaje más caro de toda esta situación. Un peaje muy injusto pero que con el tiempo he aprendido a soportar sin enfadarme. Cada vez que escucho dentro de mí esa pregunta traidora, que me interroga sobre la razón por la que debo estar dos semanas al mes sin ver a mis hijos, repito la misma respuesta: «Cada día que no están conmigo, están con su padre». Duele cada sílaba, pero con el tiempo se ha convertido en un cortafuegos muy efectivo contra la ira. Un sentimiento que empieza insignificante, como una chispa, pero que con el oxígeno necesario puede arrasar vidas enteras.

Sólo así he conseguido silenciar el reproche para asumir el profundo cambio que Marco había impuesto en nuestras vidas. Y sólo sin reprochar, se puede avanzar. Supongo que por eso nunca he estado enfadada con Marco. Al principio porque tenía que reaccionar, tomar decisiones, coger el timón de mi vida. Después, sencillamente, dejó de tener sentido hacerlo.

Dando vueltas a la pesada capa de azúcar moreno armada con una pajita negra, me quedé mirando el pequeño remolino que intentaba abrirse camino entre el hielo, la hierbabuena y la lima. Álex me preguntó:

—Emma, ¿estás bien?

—Sí –dije cambiando el mojito por los ojos caramelo de Álex–, estaba pensando en los niños. Me acuerdo mucho de ellos, ¿sabes?

No dijo nada. En lugar de eso, serpenteó con su mano derecha entre las copas de las mesas hasta encontrar la mía y agarrarla con fuerza.

—Estaba pensando en ellos, en lo mucho que les echo de menos, y en que si nada de esto hubiera pasado, no estaría aquí sino con ellos en casa.

—Pero estás aquí, Emma. Y en unos días estarás de vuelta en Madrid, con ellos, que tendrán la suerte de que su madre les cuente lo bien que lo ha pasado con sus amigos en Italia; las ciudades increíbles que ha visitado; todos los helados que se ha comido pensando en ellos; las aventuras y las ganas locas que tiene de llevárselos de viaje cuando sean un poquito más grandes.

—Bueno, si os vais a poner románticos vuelvo a la barra –interrumpió Gaby cerveza en mano.

—¡A bailar!

Cuando quise ofrecer resistencia, el tirón del brazo de Álex había conseguido levantarme del taburete y me tenía a medio camino del barullo de gente que bailaba la última de los Black Eyed Peas.

Las vueltas, las copas, y los contoneos más desinhibidos que recuerdo haberme marcado en toda mi vida me hicieron perder la noción del tiempo.

No recuerdo la hora. Sólo estiré el brazo y dejé la habitación a oscuras. Me acurruqué en el edredón y recé una oración:

Querido lunes, pasa despacio,
entra sin ruido y cambia las cosas de sitio.
Gracias por todo. Te quiero.

Capítulo XII

Hace tanto tiempo que no le escribo,
que siempre le contesto.
Tanto tiempo que no le llamo,
que siempre le cojo el teléfono

Los lunes amanecen siempre bañados por la luz de las infinitas posibilidades. Llenos de sencillas anotaciones en la agenda de la semana. Tenía la ventaja no tener que leer un *«asistir a la gala de los Oscar»*, marcado en amarillo fluorescente, para estrenar semana con la impaciencia de una niña pequeña. Recibía los lunes con la esperanza con la que algunos americanos parten las galletitas de la fortuna esperando encontrar respuestas chinas a sus preguntas existenciales.

Me desperté temprano, antes de que sonara el despertador, nerviosa por alcanzar la vieja libreta que siempre llevo perdida en el bolso. Sólo tenía que encontrar un bolígrafo para que aquel texto no quedara atrapado para siempre en el mundo de los sueños. Con los bolis pasa como con los hombres, los clips y las horquillas: nunca están a mano cuando los necesitas. Pero para estas ocasiones, el Señor inventó el lápiz de ojos negro.

¡Hola, lunes!

Pasa despacio, entra sin ruido y cambia las cosas de sitio. Tendrás que esperarme un rato mientras me maquillo y dejarme bailar frente al espejo de mi cuarto. Si me miras a escondidas, igual te entran unas ganas locas de darme un beso de embarcadero. Hazlo, son mis favoritos. Puedes quedarte un rato conmigo mientras Julia se despide de sus ami-

gas y hacerte un sitio en el banquillo para animar a mi extremo izquierdo favorito. No te prometo grandes hazañas, sólo un montón de increíbles cosas pequeñas. Bienvenido a mi vida sencilla. Muévela un poco si quieres, pero nada de agitarla.

Leí aquel texto en voz alta, cerré la libreta y la abracé con fuerza contra el pecho. Aquella mañana decidí dos cosas. Que me haría el tatuaje que llevo en la muñeca derecha, y que no volvería a olvidar los yogures que me gustan. O en otras palabras, que nunca volvería a sentirme culpable por colocarme en el centro de mi propia existencia. Los niños conmigo, pero yo en el centro. Una hipotética pareja a mi lado, pero yo en el centro.

De camino a la emisora, recordé a mi abuela Elvira acariciándome el pelo bajo la colcha de ganchillo y susurrándome al oído que era hora de levantarse:

—Corre, Emma, está empezando el día. Date prisa o te perderás el principio, que es lo mejor.

Los lunes que me acordaba de ella, y la veía por el rabillo del ojo con su pelo blanco perfectamente recogido y el olor a *Heno de Pravia* en las manos, eran más lunes. Los llamaba «lunes elvirosos» y en ellos siempre había sitio para pensar cosas que casi nunca me atrevía a hacer. Eran días de soñar despierta, de sonreír y luego pensar por qué lo había hecho.

En esos días en los que todo parece posible, te sacudes los obstáculos como si fuesen migas sobre un mantel. Pero a veces hay que prestar atención a los problemas y ocuparse de ellos, porque intentar borrarlos como la tiza de una pizarra no siempre funciona. La palabra «samurái» se iluminó en mi cabeza con luces de bar de carretera. Aparqué el coche y el tema samurái en la calle de la emisora, bendecida por la suerte que Jess solía maldecir.

Al entrar, la chica de recepción me soltó un papel con un recado por todo «buenos días». Ella no era de lunes. Realmente, no sé muy bien si tenía algún día preferido porque solía gastar la misma cara rancia día tras día.

«Sube al Estudio 3 de grabación cuando llegues.

Fdo.: Alexander Acosta».

Alexander Acosta en vez de Álex. Tenía toda la pinta de tema serio. Me salté el saludo en redacción y subí directa al estudio de grabación que decía la nota.

—Hola, guapo. ¿Chico, emisora, familia, televisión, otros...?

—Chico.

—¿Conocido o desconocido?

—Conocido.

—Vale. Creo que lo tengo. Tenemos noticias de Jon.

—Frío, frío.

—¿Seguro que lo conozco?

—Seguro.

—Vale. ¡Me rindo!

—Pensaba que lo ibas a acertar. ¿Quieres dar un último nombre por si acaso?

—Negativo. Quiero detalles.

—Alto. Medio rubiales. Ojos verdes. Barba. Médico.

—Espera, ¿médico?

—Sí, de Urgencias.

—¿De las Urgencias de hace un par de días por lo de tu tobillo?

—Sííííí. En serio, Emma, tienes un cuerpo para el pecado y una mente para escribir guiones.

—Pero, ¿cuándo?, ¿cómo?, ¿dónde?, ¿por qué?

—En Urgencias, nos gustamos. Nos dimos los teléfonos para hablar otro día. Me llamó ayer para tomar una cerveza por el centro y acabo de dejarlo en su casa de camino a la emisora.

—Espera. ¿Todo de todo, esta noche?

—T O D O, E M M A.

—Todo #EsBien.

—Es genial, pero creo que no ha sido como con Jon.

—No tiene que ser como Jon para ser genial, cariño. A Jon le has querido mucho y puede que le quieras toda tu vida, pero él no te dio prácticamente nada. Te mereces coger lo que alguien estupendo esté dispuesto a darte.

—¿Y si yo no puedo darle lo mismo?

—Tendrás un minúsculo e insignificante problema. En cualquier caso, creo que deberías esperar a chocarte con ese muro antes de construirlo.

—Rollo «un clavo saca otro clavo».

—Rollo «conocer un chico interesante, dejar que suceda y probar suerte».

—Me gusta mucho tu rollo, Emma.

Con aquel abrazo podría haberme roto una costilla. Pero no pasó; en lugar de un hueso magullado, nos marcamos un programa redondo, confeccionado a medias con llamadas bien elegidas que aquella noche hicieron que el programa sonara a comedia romántica neoyorkina.

* * *

Dejamos pasar una semana. Y, aunque llevábamos tiempo dándole vueltas, elegimos aquel lunes al azar. ¿Deja de ser una locura si se piensa? Creo que no.

Dejé a los niños en el colegio y pasé a recoger a Álex. En menos de media hora estábamos eligiendo tipos de letra para que nos escribieran en la piel.

Un «lunes» en cursiva para mi muñeca derecha. Un «trece» escrito en letras finas para la muñeca izquierda de Álex.

Duele. Pero es esa clase de dolor consciente que uno elige y que por coherencia personal no debe lamentar. Aquel cálido escozor mereció la pena porque ahora, cada vez que alguien me tira el castillo de naipes, sólo tengo que mirarme la muñeca para recordar lo poco que me importa empezar de nuevo.

Le pusimos un Amaro y confesamos ante los *instagramers* del mundo que nosotros estábamos del lado de los denostados. Que cuando tocaba pedir a dedo, elegíamos a los vilipendiados. Que teníamos carné del club de los incomprendidos. Que no éramos supersticiosos. Que nos gustaban los principios. Y que en algún secreto momento, que ninguno recuerda muy bien, cambiamos sin mirar tener suerte por tentarla a todas horas.

Mi aventura con el samurái tuitero se cruzó de repente, siguiendo no sé muy bien qué estela asociativa de ideas. El caso es que allí estaba, dando tumbos en mi cabeza como la bola de una máquina de *pinball*. Pensé que había dejado de llevar la iniciativa de las llamadas, los mensajes y que, hasta cuando le pensaba, lo hacía después que él. Hacía tanto tiempo que no le escribía, que siempre le contestaba. Tanto tiempo que no lo llamaba, que siempre le cogía el teléfono.

Me seguía gustando, pero desde la «desvirtualización», eran menos las certezas y más las preguntas, y sobre todo las dudas.

Como si me hubiese estado espiando oculto en mi hipotálamo, un mensaje suyo iluminó la pantalla del teléfono:

—Hola, Emma. ¿Te pillo bien? ¿Puedes hablar?

—¡Hola! Sí, claro. No adivinarías nunca de dónde salgo con Álex.

—Mmmm. ¿Una pista?

—Ha dolido un poco.

—Déjame pensar.

—Tic, tac, tic, tac. Se agota el tiempo ;-)

—Otra pista.

—La última.

—OK

—Se puede leer.

—Duele y se puede leer. Vale. Creo que lo tengo.

—¡Dispara!

—Has escrito una verdad sobre un papel.

—¡Jajaja! Buen intento, Samurái. Casi aciertas.

—...

—¿Y esos puntitos?

—Estoy esperando la respuesta correcta.

—Y yo que escribas un «me rindo».

—Jajaja. Está bien. Me rindo. ¿Contenta?

—Mucho.

—¿Y la respuesta correcta es?

—Me acabo de tatuar «lunes» en la muñeca.

—¿En serio? ¡No te creo!

—¡Foto va!

Un montón de caritas de ésas con los ojos abiertos como platos empezaron a llenar la pantalla del chat. Debajo de todas ellas, al cabo de unos segundos, apareció un escueto y plano:

—Mola mucho.

—Síííí, es genial. Tenía muchas ganas de hacérmelo.

—Emma, ¿podemos vernos esta noche? Hay algo que te quiero contar.

—Sí, claro. Pero tengo programa.

—Lo sé. Me puedo pasar un momento por la emisora cuando acabes. ¿Te parece?

—Vale.

—Luego te veo. Bs.

En la redacción, mientras ojeaba la escaleta del programa y me ponía al día de las noticias revisando al azar las portadas de los periódicos que se amontonaban en una de las esquinas de la mesa, repasaba mentalmente aquella conversación de WhatsApp. Me llamaba la atención que se hubiera despedido con aquel escueto «Bs» y me intrigaba qué sería aquello tan importante que tenía que decirme y que no podía esperar a un café tranquilo al día siguiente. Zanjé las dudas aceptando que querría saber si me pasaba algo, alertado por mi apatía de los últimos días en los que, en honor a la verdad, me había dedicado a contestar sus mensajes pasando por alto cualquier tipo de iniciativa.

Empleé los siguientes minutos a analizar un poco por qué lo había hecho, despejando de paso mi respuesta a aquella pregunta, que resultó ser demoledora.

«El samurái no te gusta. Quieres que te guste porque crees que se lo debes por la forma en la que os habéis conocido, por su interés, por contestar cada mensaje, por reírse de tus historias, por lo buena persona que es, porque te quiere mucho, por cómo te mira, por cómo tartamudea cuando busca a tientas esas palabras tan bonitas que te dice, pero sé honesta: SABES QUE NO ES ÉL. Lo era cuando os escribíais privados en Twitter hasta las tantas. Lo era el primer día que hablasteis por WhatsApp y os dieron las siete de la mañana. Lo era la primera vez que oíste su voz por teléfono. Ahora sólo estás atrapada entre la verdad y la cobardía que te hace procrastinar una y otra vez la confesión hiriente».

Unos minutos más tarde, el silencio de la noche lo acaparaba Lucía entrando en antena desde un pequeño pueblo de Galicia. Sólo los pitidos de las señales horarias interrumpieron los detalles de la tortura emocional en la que vivía inmersa desde que sus vecinos supieron de su *affaire* con el casado profesor de gimnasia del colegio.

La ingenuidad con la que contaba lo sucedido y su falta de anticipación a las consecuencias de su amorío clandestino, despertaron mi ternura hacia ella. Si hay algo que todavía no tolera un pueblo en el siglo XXI es que una mujer se salte una señal de prohibido. Una de ésas que inventaron los hombres para hacernos creer que ellos respetan ciertos límites. Una de tantas manipulaciones tramposas a las que deberíamos estar más que acostumbradas, como ese universal embudo de género que nos deja el lado estrecho a nosotras y el ancho a ellos para que puedan justificar sus infidelidades, sus mentiras, sus errores, sus inseguridades, sus excusas...

—Lucía, creo que tu único error ha sido no anticiparte a lo que nos estás contando. Que el centro de los insultos seas sólo tú, y no ambos, confirma que no hemos avanzado mucho en estas situaciones, que sinceramente y a estas alturas, creía sólo posibles en los culebrones que llegan del otro lado del Atlántico.

»No sé si es de alguna vieja novela o del guión de alguna serie de televisión. Da igual, llegó vestida de cadena por *email*. Da lo mismo, ahora esta frase parece escrita para ti: «Gente con menor valía que tú, levanta la cabeza como si fueran reyes. ¿Acaso no eres tú una reina?» Cabeza alta, jovencita. Que no se te olvide.

Mientras despedía la llamada de Lucía, escuché la voz de Álex por los cascos dándome el título de la canción que sonaría a continuación. Sonreí mientras anotaba el nombre en la esquina de uno de los folios que se amontonaban alrededor del micrófono. La reconocí al instante y me pareció que era la mejor canción para aquel momento, para Lucía y para todas las mujeres del mundo.

Presenté *She's Always a Woman* sobre el sonido de las teclas del piano de Billy Joel y dejamos que sonara sin interrupciones.

Busqué en Google la letra traducida y quise memorizarla haciéndole sitio a cada palabra en mi cabeza.

Oh, ella se cuida de sí misma,
ella puede esperar si así lo desea,
ella es una adelantada a su tiempo,
y ella nunca se agota, y ella nunca cede,
ella simplemente cambia de parecer.

Ella es generalmente bondadosa
y de repente es muy cruel,
ella puede hacer lo que desea,
ella no es la tonta de ninguno,
y ella nunca será condenada,
ella se ha ganado sus méritos,
y la mayoría de las cosas que hará,
es arrojar sombras sobre ti,
pero ella es siempre una mujer para mí.

Son como las notitas del colegio pero en grande. Las de la radio ocupan un folio entero y se escriben en grandes letras mayúsculas para que puedan leerse desde el otro lado del cristal. Así fue cómo Álex me daba las noticias importantes, pintándolas a rotulador negro y pegándolas sobre el cristal que nos separaba físicamente.

«TU SAMURÁI ESTÁ EN REDACCIÓN.
¿LE DIGO QUE SUBA?»

Asentí, acompañando aquel gesto con una sonrisa que dejaba claro, uno, que me hacía mucha ilusión la visita samurái y, dos, mi absoluta incompetencia para la anticipación.

Al programa debían quedarle unos veinte minutos, que pasaron lentos con el visitante samurái del otro lado del cristal, que miraba muy atento y regalaba medias sonrisas a cada una de las frases que yo dirigía al micrófono.

—¡Qué bien que estés aquí! –dije mientras intentaba abrazarle con las manos llenas de papeles, bolígrafos y una botella de agua–. Dejo las cosas en redacción y te enseño todo esto. ¿Vale?

—Claro –dijo, cogiendo una parte de los folios y la botella de agua.

—Gracias, guapo.

Estaba raro. Intentó prestar atención a todas mis explicaciones durante aquel tour improvisado por los estudios de RadioNews y al sinfín de anécdotas que tenía sobre cualquier espacio de aquel maravilloso lugar que en los últimos meses se había convertido en mi refugio favorito. Era peor disimulando que yo mintiendo. Mientras me llevaba de la mano al coche, como si sólo de la forma de la luna dependiera la perfección de aquel momento, formulé la pregunta sin más:

—¿Estás bien? ¿Te pasa algo conmigo?

El primero en responder fue su cuerpo. Su forma de detenerse y soltarme la mano me dejó claro que de sus labios saldrían dos afirmaciones para aquellas preguntas. No me equivoqué al interpretar su lenguaje no verbal.

—Verás Emma, eres una mujer increíble. Divertida, ocurrente, cariñosa...

—Samurái, creo que esa parte ya me la sé. Si no te importa, preferiría que fueras directamente a lo del PERO.

—Esto es muy difícil para mí.

—Pues póntelo fácil, sólo di lo que me quieres decir.

—Quiero que sepas que no hay nada malo en ti, Emma. Soy yo el que no está bien. No sé lo que quiero. Ni tampoco si éste es el momento de tener a mi lado a alguien como tú. Estoy absolutamente destruido en el plano emocional, muy afectado por el recuerdo de mi última relación. Siento que no puedo construir nada sobre estos cimientos. Tengo que seguir trabajando en mí. Necesito darme un tiempo, estar solo, recuperarme, aclararme... Ahora mismo, soy una horrible versión de mí. Sólo eso puedo ofrecerte en este momento. No es justo, Emma. No es justo para ti.

—¿En serio? ¿Me acabas de soltar la perorata del «no eres tú, soy yo»?

—...

Interrumpí su silencio-descoloque, para explicarle cómo me sentía yo.

—Agradezco tu sinceridad, Samurái, sobre todo porque yo tampoco he sido muy sincera últimamente. Algo dentro de mí también me decía que esto no iba bien. La locura de los primeros días, las noches hablando hasta las tantas se fueron desvaneciendo, y cuando sentía que tenía que parar y hablar contigo, acababa por echar un paso al frente por miedo a herirte.

—Entonces, ¿tú tampoco te encontrabas bien? –preguntó aliviado.

—Sentía que algo era diferente entre nosotros. Y que yo estaba por estar. Lo sé, suena horrible. Tenía tanto miedo a hacerte daño, que prefería seguir como si nada estuviera pasando.

—A mí me pasaba lo mismo. Me alegro mucho de haberlo aclarado.

—Yo también. Aunque me da mucha pena que se acabe. Ha sido una historia increíble. Repetiría cada minuto de locura, cada *tuit*, cada conversación por WhatsApp. Voy a echarte mucho de menos, Samurái.

—Bueno, podemos seguir siendo buenos amigos. Llamarnos y escribirnos de vez en cuando.

—Los mejores amigos del mundo, Samurái. Eso seremos.

Al llegar a casa, abrí el portátil con la impaciencia que le ponen mis hijos a los regalos la mañana de Reyes. Mientras me bajaba de los zapatos y me desenroscaba el pañuelo que llevaba al cuello, entré en Facebook y escribí un pequeño texto en mi muro. Aquéllas fueron las últimas palabras que le dije al samurái. Nunca más volvimos a hablar.

«Gracias por cada tuit dedicado. Por llamarme Miss-Monday.

Por cada sonrisa mientras leía tus mensajes.

Gracias por decirme la verdad tardona.

Estás perdonado. Nunca olvidado.

Hasta siempre, Emma».

A la mañana siguiente, me levanté de la cama sin la energía habitual. Caminé perezosa y sin mucho garbo hasta el armario, y mientras iba pasando perchas de un lado a otro, pensé: «lo que no cura la distancia, lo curan los centímetros». Tacones ¡Ale-hop! En diez minutos estaba en el cuarto de baño enfundada en una falda negra de tubo, una camisa de cuadros sin mangas y los zapatos de tacón que solía elegir para pasar por encima de todo lo que intentaba herirme.

Capítulo XIII

Aprendió tanto de sus errores
que, cuando tropezaba,
en lugar de caer, volaba

Era un aniversario especial que se merecía un sitio en mi muro de Facebook, junto a la foto divertida de unas Converse moradas bajo metros de tela y tul blanco de traje novia.

«Una chica romántica y soñadora avanzaba hacia un salón nupcial.

La niña bonita le ha soplado que se cumplirían quince años de aquel efímero desfile. No está triste. Tampoco duele. Sólo lo recuerda cada año con cariño y un chispazo de nostalgia.

Hoy lleva la ilusión en las mochilas de sus hijos, en la voz abrazada al micrófono y en las historias cortas que escribe a ratos.

Cierra los ojos y piensa que #LaVidaEsChula».

Cuando alguna de esas verdades que aprendemos de pequeños se rompe como una hoja seca, todo se tambalea por dentro. Al principio, la energía que se necesita para intentar sujetarse y no caer lo invade todo. Sin tiempo para volver la vista atrás, sin tiempo para juzgar, sin tiempo para enfadarse con alguien que no seas tú mismo. Avanzas despacio por los días que pasan con sigilo pensando que las cosas siempre pasan por algo, por idiota, por ejemplo. Sonríes cuando lo piensas y vuelves la vista al mapa que dibujaste con trazo tembloroso sobre un *postit*, mientras te tomabas el primer café a solas sobre aquella encimera que un día os sintió haciendo el amor como locos en la cocina. Existe el *postit* porque lo muy grande necesita ser escrito en lo muy pequeño.

Repasas con cautela los hitos principales: encontrar un trabajo, buscar un abogado, algo sobre unos papeles de divorcio que mueves compulsivamente al final de la lista, acostumbrarte, no deprimirte... Objetivos que fueron llegando para hacer compañía al más importante de todos ellos: encontrarte a ti misma. El único que no apunté.

Todavía hoy siento un bocado de angustia cuando pienso en lo que ha quedado de mí tras todo aquello. Si ahora me siento más yo que nunca, ¿quién fui durante aquellos 13 años? Rebobino mentalmente y tengo la sensación de estar viendo mi propia vida a través de la bola de cristal de una pitonisa extravagante. Imágenes cóncavas de una chica menuda que pasea despistada por una facultad de frío hormigón, que ríe a carcajadas salpicada de agua salada llevando a Jess de paquete en una colchoneta de playa, que juega con otras manos por debajo de una mesa coronada de micrófonos y auriculares colgantes, que se mira de perfil en un espejo sin creerse que allí dentro esté creciendo su primera hija, que se despide de una redacción entera llevándose un imán para la nevera y el corazón roto, que empuja un carrito de bebé a medias con una mano regordeta que le ayuda a mantener la dirección, que llora sentada al borde de una cama aliviada hasta el surrealismo porque su marido la está dejando, que vuelve a llorar en el pasillo de un supermercado porque ha olvidado qué yogures le gustaban.

Suelo zanjar la cuestión y la ansiedad que la acompaña, pensando que, sentirme mejor y más auténtica ahora, no significa necesariamente que antes estuviera mal o peor, sino simplemente diferente. Cuando empiezo a tener la sensación de haber sido otra persona, me rallo y salgo pitando de pensamientos enfermizos sobre desdoblamientos de personalidad y paranoias del estilo.

Cuántas supuestas verdades nos han contado que han acabado destruidas a manos de la vida real. Aquel viaje fue como escapar de *Matrix* a una realidad que mola más que la que me habían contado alrededor del hule de la mesa de la cocina, o en el cole de las monjas, o en aquellas tardes de domingos de café y bizcocho entre primas, madres, tías y abuelas. Llevar una vida tan diferente a todas aquellas conversaciones a veces me hacía inmune a su condescendencia, otras, diana fácil de los zarpazos de la nostalgia. Pero, por encima de sus juicios y la nostalgia, crecía, como la hierba entre el hormigón, la determinación de seguir adelante. Mordía el miedo de volver a caer en aquellos días grises que me arruinaron por dentro durante casi medio año, que pasó tan despacio como los minutos en las salas de espera de los hospitales. También me arruinaron por fuera, rompiéndome el sueño, la ilusión, que dejó de brillar en mi rostro, y la sonrisa que quedó oculta tras la losa invisible de no comprender lo que me estaba pasando. Aquel miedo me hacía temblar como tiemblas sin querer cuando estás a punto de entregarte a un desconocido.

Vencer aquel miedo cada día me ayudó a seguir adelante. Un pequeño triunfo al que me abrazaba cada noche bajo el edredón susurrándole de lejos a Marco: «sigue sin atraparme». Continúa sin venir, espero que nunca lo haga. Pero si llega, seguro que elige una mañana fría de noviembre, el mes más triste. Lo estaré esperando para decirle que esta vez no lo tendrá tan fácil. Le explicaré que ahora me conozco mejor que nunca. Que también a mí me ha sorprendido saber de mi fuerza. Le diré que soy increíble en una única cosa: saber perder. Qué solo hay dos cosas que puede quitarme para aniquilarme y que, para arrebatármelas, tendrá que aniquilarme a mí primero.

Ahora, desde la vida pequeña que he construido apilando sólo los recuerdos buenos, las personas tan repentinas como increíbles y los días nuevos, sólo tengo palabras de agradecimiento para Marco por arrancarme como una hoja en blanco de su bloc y ponerla a mis pies para que volviera a escribir mi vida de cero, de lunes.

Supongo que es también a Marco a quien tengo que dar las gracias por colgarme de nuevo la «L» de novata cuando pensaba que todo estaba hecho y me había resignado a pasar los días asomada al alféizar de la vida de mis hijos y de mi marido con el mismo margen de maniobra que tiene un catamarán en un lavabo.

Después de días malvas, de otros más ciertos, y de algunas noches en vela, queda la Emma que soy ahora. La que se dibujó a ramalazos poniendo sus miedos patas arriba. Se amarró al principio y dejó caer el final. Lo lloró con hipo en su cuarto escuchando viejas canciones de U2, y lo guardó para siempre en el primer cajón de cualquier mueble, ésos en los que guardamos por no tirar, pero en los que nunca volvemos a buscar.

Tampoco yo lo haré, no miraré en cajones de sastre buscando finales que no necesito recordar, cuando hay principios por escribir. Principios que sólo muerden la conciencia porque no fueron elegidos, sino adjudicados. Si hubiera tomado yo aquella decisión... ¿Por qué no lo hice? ¿Por qué esperé deprimida a que Marco decidiera por mí?

Supongo que debería llamar a declarar al miedo por todo aquello. Por su forma de invadirme por dentro, dejándome cabizbaja en una vida fingidamente perfecta, paralizada y mirando sin ver hasta que aquella brisa de junio inspiró el valor suficiente a la versión más cobarde de Marco para decidirlo todo por mí.

Debió ser entonces cuando prometí en secreto cambiar la mentira por la verdad bien explicada para no volver a engañarme a mí misma y para no engañar a nadie.

Aprendí el lado pequeño de la vida. A vivir de acampada, haciendo de cada día una aventura. Aprendí a contar los días en palitos, las distancias en canciones, y las historias en garabatos.

Nunca más he subestimado un garabato. Porque ahora sé que ellos encierran las verdades tímidas que no se atreven a salir por nuestra voz.

Ahora sólo espero en un columpio, mecida por la ilusión de no saber quién espera en la siguiente página. El viento frío de febrero me revuelve el pelo mientras pierdo un zapato. Mañana es martes.

Tal vez sea tan increíble como este inesperado y extraordinario lunes.

Agradecimientos

Sois tantos, que lleváis noches enteras desvelándome por si me olvido de alguno. No seguiré ningún orden, excepto el de nombraros según vayáis llegando a mi memoria.

Papá, mamá, os debo cada página de este libro por muchas razones, bueno, realmente por todas. Por el amor, la generosidad, la honestidad, las regañinas, las bromas, los días enteros de bar, las visitas médicas a la carrera, los días que no fuimos juntos al cine, las vacaciones cortas pero chulas... Creéis que no, pero habéis estado siempre ahí. Como los grandes, los que se sienten en el espacio vacío de haberlo deseado con todo el corazón. Absolutamente todo lo que soy, lo que hago y lo que escribo, os lo debo.

Esther, *mi tati* del alma. Eres cómplice de esta historia desde párvulos. No sé si llevas la cuenta de las veces que nos han preguntado si somos mellizas. Da lo mismo, en realidad es como si lo fuéramos. Esa conexión que nos hace decir lo mismo al mismo tiempo, vestirnos con la misma ropa y adivinarnos miradas y frases que no necesitamos acabar.

Gracias por cuidar de Inés y Alonso para que pudiera escribir a hurtadillas. Gracias por no preguntarme por qué página iba. Gracias por mirarme así mientras escribía. Eres mi vida entera. Porque te la sabes, porque estabas allí, porque ella sólo tiene sentido si puedo salir pitando a contártela.

Inés, gracias por leer a escondidas cuando me dejaba el ordenador encendido. Gracias por cada «mamá ahora no puede porque está escribiendo». Gracias por fingir que no te importaba que no fuéramos al cine para que yo pudiera seguir avanzando en la historia de Emma. Sigue escribiendo, pequeña. Hazlo siempre. Dilo en papel. Tienes una forma increíble de decir y de escribir. Aunque a veces proteste, no me sobra ni uno de esos besos tan enormes que me das. Te quiero hasta la luna y vueltas.

Alonso, te recordaré siempre mirándome desde el quicio de la puerta con los ojos a lo grande y disculpándote por no haberte dado cuenta de que estaba escribiendo. Nunca molestabas. Me encantaba que me preguntaras por qué página iba, y sobre todo por escucharte decir después: «Jo, mamá, llevas un montón de páginas». Gracias por cada beso de manos. No quiero ni un día sin uno de ésos. Te quiero hasta la luna y vueltas.

David, te debo una mención especial por llegar al final de la historia de Emma, para escribir un principio conmigo. No me importa cómo venga el viento, quiero quedarme a sumar contigo entre trapos, gatas guapas, ecuaciones, sirenas y alas voladoras.

Hay alguien a quien le debo de una forma muy especial este *Lunes*, el mejor de todos. Como Cenicienta, yo también encontré a mi hada madrina, Marta Prieto Asirón. Gracias por escucharme un día cualquiera de evento en Valencia y decirme aquellas palabras, que para mí, desde entonces, son mágicas: «Si escribes esa historia, te la publico».

Bibidi Babidi Bú.

Gracias por posar tu varita en mí para hacer posible este zapato de cristal disfrazado de lunes.

Llegó de repente, como esta novela. Se llama Alfonso Campos Segura y me esperaba subiendo la escalera de un albergue londinense. Nos conquistamos en dos días y no nos hemos vuelto a separar. No lo haremos nunca. Nos unen los lunes, los treces, los guardadores de deseos, las risas por todo, las velas para la vida, las notas a escondidas, las llamadas de madrugada, las lágrimas por todo, y el hecho trascendental de haber sido mi primer contacto de WhatsApp.

Eres la mejor mitad de mí, Alfon. Este *Lunes* tiene mucho de ti. Que nunca se te pase el amor ni la pasión que le pones a la vida en general y a la mía en particular. Te quiero.

Jerusalén, tú has sido mi primera lectora. Te debo el impulso que me llevó en volandas hasta el final de esta historia. Sin aquella cena no sé si lo habría conseguido. Los *whatsapps* con aquellas frases increíbles, los «me gusta» en cada frase de Emma en Facebook... Tanto interés, tanto cariño. No lo olvidaré nunca.

Tengo una prima muy especial, de ésas que inspiran y a las que no puedes ocultarle nada porque todo te lo adivina en la cara. Machus, quiero que sepas que también hay un poco de ti en Emma. Porque Emma se parece a todas las grandes mujeres de mi vida. Quiero que sepas que es un honor saber que estás tan orgullosa de mí. Que te quiero y llevo queriendo ser como tú desde que te miraba embobada poniéndote brillo de labios en el baño de la *Ciudi*. Cuando pensaba que nunca tendría una hermana mayor, llegaste tú. Gracias por quedarte. Te quiero.

Me gustaría mencionar de una forma muy especial a mi amiga Cris, que ha disfrutado de este libro antes de que fuera ni siquiera un proyecto. Ella estaba a escasos 50 metros de aquella conversación con Marta. Recuerdo llegar derrapando a la secretaría del evento que ella gobierna y decirle: «No te vas a creer lo que me ha pasado». Sólo unas horas antes había estado vendándome el corazón como sólo ella sabe hacer. Cada vez que me llamabas Danielle Steel me entraban unas ganas locas de escribir. Gracias por ESTAR siempre.

Muy cerquita de Cris, Miguel Ángel. Y también de mí. Estos últimos seis años en Interban Network han sido un regalo. Te debo cada maleta de ilusión, cada entrevista, cada locución, cada agenda, y cada carrera en tacones por tantos hoteles, que he perdido la cuenta. Lo que nunca olvidaré es la oportunidad que me diste de actualizar mi currículum.

Gracias por dejarme formar parte de vuestro equipo. Es una suerte increíble jugar la vida defendiendo vuestros colores.

Otra prima de las que cuesta distinguir de una hermana. Se llama Esperanza, pero yo le digo Tita desde que me acuerdo. Es increíble que esté escribiendo esto para alguien como tú. Alguien que es un ejemplo de fuerza y coraje. Alguien que nació cuesta arriba, pero que se empeña en vivir cuesta abajo. Alguien que ha creído en mí hasta cuando yo no lo hacía. Un gracias se me queda corto, prima. Eres un ejemplo para mí, también para Emma. Te quiero mucho, peque.

Clemen, me he acordado mucho de ti escribiendo los renglones de esta historia. Gracias por hacerme sentir tan guapa, tan especial y tan grande. Saber que lo iba a conseguir me hizo sonreír muchos días. Ahora, con la batalla ganada, compartes esa experiencia vital conmigo y con Emma. Cabeza alta jovencito. Es un orgullo tenerte entre mis mejores amigos.

A mis amigas y compañeras de fatigas escolares, Marta 1, Jeru, Geni, Bea, Eva, Marta 2, Ana, Mireia, Susana y Elena. Sois geniales. Lo sé porque hacéis cosas geniales. Habéis estado más cerca de esta historia de lo que os imagináis. Gracias por la risas, por el cariño y por hacer enorme cada pequeña anécdota que os cuento en el café de los viernes, o en las cenas locas que organizamos de vez en cuando. Sois las mejores cómplices de mi vida.

Cuando supo que estaba escribiendo, mi Carmen Campos me regaló la sonrisa más bonita de todas. No se me olvida. Tampoco tu forma de llamarme cariño. No te imaginas la magia que regalas. He elegido tu sonrisa y te la he cogido en prenda para que cuando sonrían las chicas de esta historia lo hagan como tú. Te quiero muy cerca de mi próxima novela. O no podré escribirla. Eres amor.

Juani, mi Juani del alma. Esa aguileña maravillosa que contagia la risa como nadie y que cuenta las cosas haciendo doce pausas dramáticas para no morir atragantada por su propia risa. Cariño, no te busques en ningún personaje, porque estás un poco en todos. Y cuando ríen, lo hacen con tu risa. Es la mejor que conozco.

Manuel y Curro han hecho de Londres una ciudad mucho más bonita desde que viven allí. Manu, cada vez que me llamas «Miss Monday» me levanto, dejo lo que estoy haciendo y taconeo sonriendo como hacen por tu tierra. Estáis en mi corazón y en mi grupo favorito de WhatsApp. Ahí lo dejo.

¿Sabéis esos guiños del destino que te hacen conocer personas mayúsculas? Así conocí a Eduardo Gismera. Buscaba un ponente para un evento y apareció al otro lado del teléfono lleno de cercanía y genialidad. Gracias por decirme SÍ. Gracias por venir de ponente a aquel Manager Fórum Valencia y traer a Marta contigo. Te debo cada página, cada línea y hasta los márgenes de este libro. Sin aquella conversación de moqueta a las puertas de la sala, nada de esto habría sido posible. De alguna forma despertaste esta historia que dormía dentro de mí.

Mama Mari, no me ha dado tiempo. Me di toda la prisa del mundo, porque sabía la ilusión que te hacía leer mi *Lunes*, pero he llegado tarde. Encontraré la forma de leértelo. Tal vez lo haga por las noches, en voz alta, para que me oigas desde lejos.

Sabes, Emma quiere ser como tú cuando sea mayor, y yo también. Pienso en ti cada vez que veo el mar. Creo que sólo él es un poco más grande que tú.

Tengo otras dos estrellas en el cielo que me cuidan y me guiñan de vez en cuando. Las siento aquí conmigo, como si nunca se hubieran ido. Abuela Jesusa, gracias por enseñarme a perder. A saber perder. A ganar perdiendo. Cuando vuelva a soñar contigo te contaré en persona que he escrito mi primera novela. La otra luz en el cielo la pone Jani, que me quiso hasta la ternura de apuntar en una caja de pastillas la fecha de mi cumpleaños para ganarle la partida a una cabeza que empezaba a confundirla. Todavía guardo la foto de esa caja de pastillas, no la borraré nunca. También tus manos, tu cariño y tu voz. Sigue conmigo y dile a Victorino que no se vaya nunca. A ti te hará más caso que a mí. Os quiero mucho a los dos.

May, Benito, Marina, Carmen, Antonio, María, Espe, José, Chemi, Sergio, Loli, Pepe, el Antonio Marín, Cristina... A TODOS mis Campos Segura del alma. Gracias por *camposségurizarme* para la eternidad. Sois mi familia. Os llevo a todos en cada página de esta novela y en el corazón.

Celia, te quiero dar las gracias por abrirme las puertas del Gabinete Guisasola. Tú has hecho posible que la voz de Emma suene tan bien. Gracias por tocar el piano para mí y por regalarme ese espejo mágico que me puso la voz rumbera para siempre. Volveré. Lo prometo.

Carol, gracias por Londres, Berlín, por las noches rumberas y las de confidencias... Fue genial tenerte tan cerca cuando todo era nuevo. Vuelve pronto. Ahora las dos estamos de estreno y te echo mucho de menos.

Turno para mis pepinos de Interban. Miguel, Nacho, Borja, Jorge, Adrián y Raquel. Gracias por poner bonitas las frases de Emma para Facebook y Twitter. Gracias por preguntarme cada lunes al dejar el bolso sobre mi mesa: «¿Qué tal va esa novela pepina?» Gracias por dejarme un sitio con vosotros en los desayunos, en las fiestas interbaneras, ésas que se van de manos y nos llevan a morir de risa a las tantas. Me quitáis años sólo con mirarme. Sois lo más.

Irene, ¡te he echado tanto de menos escribiendo...! Me habría encantado girar la silla en la oficina y verte a contraluz; tomarnos esos cafés largos con historias de lunes por la mañana; decirte por qué página iba. Emma está deseando conocerte.

Ana Sacristán es una nueva y misteriosa amiga. Misteriosa, porque no termino de entender cómo no nos hemos conocido antes. En cualquier caso, capricho o no del destino, celebro que estés aquí, y quiero darte las gracias por leerme, por darme tu opinión y por decirlo tan bonito. No te imaginas la confianza que me regalaste con cada una de aquellas frases.

La del pupitre mágico. Ése que nos unió para siempre mientras atendíamos en las clases de *Whole Social*. La embajadora de #MissMonday por donde quiera que va. La que ha cambiado los Kleenex por el confeti en el bolso. Se llama Blanca Junoy y es una de las personas más increíbles de mi vida. Fue genial contarte mi *Lunes*, Blanca. Genial que lo hayas hecho un poco tuyo. Gracias por la última llamada de teléfono. Me gustan todas, pero la última siempre es la mejor. Te quiero mucho #MissConfeti.

Nacho, gracias por sentarme en este columpio maravilloso a ver la vida desde los lunes.

A mi familia.

A mis amigos.

A mis compañeros de trabajo.

A toda la gente buena con la que me he cruzado, aunque haya sido sólo un segundo.

Todos habéis sumado en mí, en Emma y en esta novela.

Gracias.

KOLIMA
BOOKS